EL DESTINO DEL LOBO

JOHN BROUGHTON

Traducido por

CECILIA PICCININI

Publicado en 2020 por Next Chapter

Arte de Tapa por Covert Mint

Dedicado a Adam, Dylan y Jeanne.

AGRADECIMIENTOS

Agradecimiento especial a mi querido amigo John Bentley por su apoyo constante e infatigable. Su corrección de pruebas y sugerencias han hecho una invaluable contribución a *El destino del Lobo*.

1

AELFHERE Y CYNETHRYTH

Steyning, Oeste de Sussex, enero 685 AD

AELFHERE TIRÓ DE LA CORREA QUE LLEVABA al cuello y la oreja marchita de un lobo hizo que se erizara la piel. El amuleto oculto no previno que su corazón se hundiera cuando el Lord de Kent bebió más cerveza. El mozuelo bebió rápido, los pómulos sonrojados, el brillo en su frente, la voz aguda sobre el ruido cargado de juramentos, revelaba mucho más. ¿El novato ignoraba cuánto estaba en juego?

El aire lleno de humo causó que Aelfhere frotara sus ojos que le picaban antes de chequear en el ceño permanente de su hija, Cynethryth, sentada con otras mujeres nobles en el final del salón. Ella. Que tenía más razones que nadie para evaluar al joven, desaprobado, una actitud que su presentimiento.

Extraños compañeros de mesa, los anfitriones Suth Seaxe y sus invitados. Nueve años atrás, los Mercianos –señores del sur de Suth Seaxe- devastaron Kent, ¡y molestó! La atmosfera, densa con desconfianza se propagaba a los perros, sintiéndose la tensión en la habitación, varios dejaron de masticar huesos y se pararon levantando sus talones. Algunos comenzaron a ladrar. Al lado del noble se sentaba el Rey Aethelwahl. ¡El viejo zorro! Gobernante debido al apoyo de los Mercianos en sus fronteras del norte. ¿Dónde está la verdad? Si le hubieran dado la espalda a los dioses de sus antepasados para abrazar a la lechera que adoraban sus vecinos: ¿el llamado dios que besaban sus enemigos en lugar de matarlos como cerdos o enviar a las valkirias para conducir al asesinado al Salón de la Muerte? O, como Aelfhere sospechaba, ¿promulgó una estratagema para ganar tiempo antes de sacudirse el yugo alienígena?

Mirando hacia arriba, la mirada de Aelfhere recorrió la viga de amarre toscamente tallada, el roble de los bosques cubría los Downs. La misma madera formaba la empalizada alrededor de la fortaleza al mando del vado en Adur. Una llama parpadeaba en la cresta, su luz captaba la imagen del dios de la guerra con un solo brazo grabado en la pulsera de cobre en su muñeca. La imagen sombría de Tïw brillaba cuando alcanzaba su taza solo para Baldwulf, su amigo más cercano, para empujarlo, causando que su cerveza se derrame y Aelfhere maldijera. Apuntando con un hueso de costilla de carne, lo que indicaba el rellenado del cuerno del noble.

Una vez antes en su vida Aelfhere había visto a Eadric, en Wiht, su casa isleña: un bebé en los brazos de su madre, la hermana del rey de la isla y la esposa de Ecgberht de Kent. El niño había crecido. Sus dieciocho años habían hecho de él un hombre, pero debió aprender a controlar sus bebidas. Ningún lancero seguiría una compensación de exilio – no en el sangriento asunto de reclamar un reino.

Un grito de indignación perturbó sus pensamientos. Los hombres se pusieron de pie de un salto, los cuernos, copas y la comida desparramados en las mesas, mientras los bancos caían. Confuso, Aelfhere también saltó para ver a tres guerreros colgando de un oficial del rey – que se sentó en el lado lejano de Eadric. Un hombre agarraba su antebrazo con ambas manos para prevenir el uso de un arma punzante. Los otros dos luchaban por empujar al asaltante retorciéndose lejos del noble mientras todos alrededor, se reían y señalaban avivando la furia del noble indignado.

Eadric también sostenía un cuchillo, pero con el brazo flojo a un lado mientras se mecía alegremente, su otra mano agarro un largo mechón de pelo.

"Por el Gigante Lord de Mischief," Aelfhere sonrió a Baldwulf, "lo esquivó como una oveja".

Él entonces se rió, "En el nombre de Logna, ¡él también lo ha hecho!"

Los gritos y aplausos con el eco del alboroto en las vigas de estos hombres groseros comprendieron este tipo de humor.

El silencio cayó cuando Aethelwalh martilló con el pomo de su espada.

"Suficiente! ¡Es un mal deporte cuando un hombre se enoja con una broma!" Se volvió a Eadric, "Hermano, ven ahora, devuelve su premio al amigo Fordraed."

La sonrisa burlona y la diversión mal disimulada en sus ojos contrarrestaron la malicia en la expresión del otro. Un toldo de silencio acompañó al joven sosteniendo un puñado de cabello amarillos, una mano enorme lo arrojó al suelo.

"De qué me sirve?"

El gesto y la pregunta sin sentido llevaron a más risas, pero el sabio oficial del rey acalló su ira, demasiada cerveza y mal genio son malos compañeros y peores consejeros. Los sirvientes se apresuraban por enderezar y rellenar las copas y nada más terrible que las miradas fruncidas y ceñudas del oficial del rey atravesaron el alegre aleteo.

En vano, Aelfhere intentó dejar a un lado los pensamientos sombríos. Esta debería ser una ocasión jubilosa pero aquí se sentó, un guerrero con cicatrices en medio de ruidosos juerguistas con una anciana mujer murmurando en su cabeza, irritante y molesta. Arwald de Wiht, su rey, le había ordenado aquí con una cantidad de hombres armados. En el resultado favorable de su misión montó la salvaguarda de la isla: un escudo para su modo de vida. Sabios avances, dado los meses muertos del año habían provocado un brote debilitante de la fiebre amarilla después de una cosecha pobre. En la línea de vida de Aelfhere, su patria nunca había sido tan vulnerable. Wihtwara debe fortalecerse. Nadie discute que los dioses ayudan a los que se ayudan a sí mismos, ¡para Woden ningún hombre podía decirle a quien servir o para quien trabajar! Tiempo para unir el Kenting con el Wihtwara y unir a ambos con la gente del Suth Seaxe en una fuerza que fuera reconocida. Con los años, ¡la gente de Aethewahl habían tenido cría con los Jutes! Suficiente sangre en común fluía en sus venas para soldar un bloque sureño capaz de tener un gran y fuerte poder invasor antes de contemplar un ataque.

Cerveza y buena comida alegraba su humor a medida que avanzaba la noche, hasta que la luna iluminaba las formas jorobadas de hombres estúpidos con bebidas tumbadas bajo las mesas. Inestable en sus pies, Aelfhere desafió el frío hierro para recuperar su choza.

Cynethryth llegó a él en la mañana. Ante su saludo, pasó su dedo por la cicatriz al lado de su nariz sobre el delgado bigote que ocultaba el corte en el labio y abajo hacia su mentón. El ritual, lo repetía cada vez que lo obligaban a escuchar algo que le disgustaba.

"Padre, ¡insultar y molestar a un invitado no es la marca de un hombre sino de un mocoso arrogante! No necesito decirte la importancia del cabello para una persona de rango, un oficial del rey nada menos."

La lengua como una madeja de lana, la cabeza como el yunque de un herrero hizo que la discusión no fuera bienvenida.

"Solo un bufón", él pudo.

"Un bufón! ¡Ustedes hombres son tan tontos! Una broma como esta puede conducir a un derramamiento de sangre. Yo vengo a decírtelo, padre, no me gusta él y no quiero tomarlo por mi esposo."

Ella cruzó sus brazos y lo miró fijamente.

Luchando contra el apretón en su estómago y el juramento en su lengua, Aelfhere recurrió a tácticas sabias.

"Hija, ¡ten piedad de mi pobre cráneo! Prepárame alguna de esas flores secas para la cabeza partida- "

"Matricaria?"

"Ay"

Ocupada cerca del fuego, ella preparaba agua para hervir en una olla. El calor lo envolvió desde la niña que él había criado desde que su esposa muriera en la agonía del parto. ¡Si él fuera un poeta que versos cantaría para alabar su belleza! Una mujer ahora, dieciséis años completos. La verdad sea dicha, su apariencia eclipsaba aún la de su madre, Elga, apodada 'elfin-grace' por su simpatía.

Ah, Cynethryth, joya de mi vida, cambiante como las profundidades alrededor de nuestra isla. Un momento calmo, el rojo-dorado flujo del cabello como un reflejo del atardecer reflejado en un arroyo; ojos como la niebla gris que se arremolina en la costa en la mañana – la superficie ondula a través de la bahía la sonrisa en tus amorosos labios; al siguiente, semblante pálido como la espuma del viento, un temperamento negro e implacable como las interminables olas.

Una risa irritante ante su propia vanidad hizo que su hija lo mirara.

"¿Qué?"

"Oh, nada. ¡Una fantasía! Podría tomar la audiencia. Nunca se sabe, si pasara la noche cantando habría menos tiempo para cenar..."

Cynethryth sonrió y arrojó las flores secas de su bolsa en el agua hirviendo como ojos de peces. "Serviría para cada último hombre de ustedes. Dejaría de beber, padre... ¡La sala se vaciaría más rápido que nuestra cala en la marea baja! ¡Hay torres más afinadas que tú!"

Hirviendo en el líquido. él encontró la consolación sabiendo que otras cabezas estarían peor que la suya esta mañana.

¿Cómo abordarlo con ella? Thunor martillando en mi cerebro no está ayudando.

Sus obscuros ojos grises encontraron los suyos y él se estremeció ante su mirada penetrante.

Un dedo metido dentro de su taza y retirado con un jadeo produce una risa tintineante que lo complació tanto. La había distraído.

"'El no será un chico incauto para siempre, lo sabes..."

"Uh?"

"Eadric. He dicho- "

"Te escuché, padre. Mi decisión está tomada. No me casaré."

Aelfhere sopló en su posición más fuerte que lo necesario. Tenía que encontrar una forma, pero ¡cómo, con la niña tan terca como las piedras que recubren el fuego! Además, el dudaba poder forzarla. Otros hombres de Wiht trataban a sus mujeres como bártulos, pero él no lo haría. Esta resolución dio forma a su enfoque.

Ennoblecerla, elevarla al consejo del rey.

"Hija, dejemos de lado que serás la dama del rey de un gran pueblo y no quieres nada..." él levantó una mano amonestadora, ¡"...escucha! Te amo y te encadenaría a mi lado, pero Mi Vida, hay circunstancias que van más allá de los deseos de un hombre. Hay palabra. Los dioses tejen nuestro destino, Niña."

Cynethryth, a punto de hablar, se detuvo cuando sacudió sus mechones amarillos y puso sus dedos a los lados de su nariz. En una voz de acero, él dijo. "*cuando* nací, Wiht estaba bajo el yugo de los Seaxe del Oeste. Ellos buscaban controlar nuestras vidas y forzarnos a darles la espalda a nuestros dioses. Ellos destruyeron nuestros bosques sagrados y asesinaron a nuestros sacerdotes."

"Padre, ¿por qué me dices esto?"

El líquido herbal ahora colado, él tomó un largo trago y secó su boca con el dorso de su mano.

"Paciencia! ¡Atiende mis palabras! Wulfhere barrió de Mercia y expulsó al invasor del West Seaxe, poniendo las cosas peores. Diez años atrás, el murió y Aethelred tomo el trono. Mira, no hubo un amor perdido para él en Kent para que devastara su tierra para asegurar sus fronteras. Entonces, cuando tu tenías once años, cinco inviernos atrás, él ganó la batalla en el Trent contra los hombres del norte del Humber y se apoderó de Lindesege para ellos."

"Por lo tanto, ¡un rey más poderoso!"

Aelfhere se otorgaba una delgada sonrisa. En su mente, él había ganado su atención y medio-ganado la contienda.

"Ay," él presionó, "pero la tierra que él gobierna es vasta y su agarre en el reino del sur es débil. Hacia el oeste, ¡Centwine trabaja para el nuevo dios... cristianos... espinas como medusa...!" él escupió en el suelo y bebió de un sorbo lo que quedaba de su brebaje como si quisiera limpiar un mal sabor, "...en los dominios de Andredes – el bosque de Andred – vagaba una banda de guerra de hombres desesperados, West Seaxe y Meonwara, liderado por alguien que sería el rey de aquí. Fueron tiempo turbulentos, peligrosos, hija. A causa de esto, Aethelred dejó el sur a Aethelwalh quien lo reconoce como señor supremo. A su vez el reconoce a nuestro Arwald quien es nuestro señor. ¿Comprendes?"

El ceño de ella le decía, *¿qué tiene eso que ver conmigo?* Apurado, él agregó, "El pueblo de Kent son nuestros parientes. Son de los valores de Jutish, como es la mitad del Suth Seaxe. Unidos en armas, nosotros podemos estar solos contra todos los que vengan. En su corazón, Aethewahl trabaja por los dioses de nuestros antepasados y él puede traernos la paz. En esto, nosotros tenemos su palabra. El príncipe es medio-Wihtwara ¿sabes? Su madre es la hermana de nuestro rey. Cynethryth, no puedes verlo? Nuestro futuro yace contigo, mi gata salvaje. Eadric tiene ojos para ti. ¿Quién no? Mi tarea es arriesgar tu problema y él se convertirá en un buen guerrero y tú serás la dama del rey..."

Ella dio un paso adelante y puso un dedo en sus labios antes de lanzar sus brazos alrededor de su cuello. La taza se deslizó de su mano y cayó estrepitosamente en el piso cuando ella lo abrazó. Respirando en la esencia de flor de manzana de su cabello, su emoción lo sobrepasaba y él juró que cualquiera fuera su decisión, él la cumpliría.

"Padre, Te quiero mucho," murmuró ella, "Y adoro nuestra isla. Nosotros debemos hacer lo que sea para mantenerla segura. Te obedezco padre. ¿Estás contento?

Él se forzó a sí mismo a decir: "¿Estás segura, Nena?"

Su semblante ovalado se abría como la luz del sol detrás de una nube.

"Haré de él un hombre, padre. ¡No tengas miedo!"

Ante eso, él se rió a carcajadas.

"Más bien él que yo, ¡gata salvaje!" y la besó en la frente.

En la tarde, un grupo de mujeres vino a preparar a Cynethryth para los esponsales. Bañada y perfumada, ella no debería verse "en su cabello". Su doncella trenzó sus rizos rojo-dorados, el signo de su castidad, como un símbolo de desposesión. Llegó una citación de Aelfhere y dejó a su hermana atrás dentro de la sala, la escena de la noche previa de revuelta. Listo para prometer esta flor en su brazo a otro, estaba hinchado de orgullo porque ella sería la dama del rey si los dioses estaban dispuestos. Los esponsales descansaban en una condición: Eadric debía ganar el trono de Kent de un usurpador, su tío, Hlothhere.

La sala, cubierta de juncos limpios, no delataba signos de la agitación de la noche previa, las mesas estaban arregladas para los testigos para sentarse con el Rey Aethelwalh. Eadric tampoco mostraba efectos de sobre indulgencia, pero una palidez notable. El conjunto alto de su frente se compensaba por el anillo dorado alrededor de su cabeza, nobleza a medida. También lo hizo la agradable mandíbula, los pesados brazaletes dorados en sus muñecas y su vestido del más fino lino bajo una túnica de cuero fileteada con diseños de bestias mordiendo.

Acercándose al príncipe Aelfhere se advertía el esplendor de la juventud, un buen signo, la brusca inhalación de la niña a su lado lo confirmaba, por cierto. Eadric se inclinó hacia la dama y giró hacia el Rey del Suth Seaxe.

"Ante ustedes hoy, Yo prometo un matrimonio de cuarenta piezas de oro a los fideicomisarios de mi palabra para tomar como esposa a Cynethryth de Cerdicsford..."

Con un gesto de improviso, una bolsa cayó, golpeando con sorda pesadez.

"...y esto," dijo él, abriendo una mano para revelar un anillo de oro adornado con un único rubí, "es el tesoro el fervor que traigo de la propia mano de mi madre." Deslizó el anillo en el dedo de Cynethryth antes de meterse en su túnica para producir una joya de cuentas de oro entrelazadas. Un collar intercalado con piedras de azabache pulidas engarzadas en oro batido se lo colocó alrededor del cuello. "y, por último, esto, mi amada", le dio un beso, causando que ella se sonrojara.

De parte de Cynethryth, Aelfhere se dirigió al Rey.

"Mi Señor. Yo juro ante usted y los fideicomisarios que yo, Aelfhere de Cerdicsford corregiré cualquier responsabilidad que mi hija pueda incurrir en su vida de casada. Como representante de su familia, yo tomo responsabilidad en su favor." De su cinturón sacó un bolso, "Aquí está la dote."

Aethelwalh levantó una mano, "Pero, no todo está establecido," los murmullos entre la multitud se acallaron. ¿Qué podría esconder el casamiento? El rey miró a Eadric con consideración y una expresión de tristeza, "si en tres temporadas a partir de esta primavera no es coronado en Kent, el casamiento será nulo"

El príncipe no mostró sorpresa, "Acepto."

"Bueno," dijo Aethewahl, "la reunión se despide. Eadric, Aelfhere, mi oficial, quédate! Es de guerra que tenemos que hablar."

Mientras el pensamiento de lucha no le preocupaba a Aelfhere, deseaba para el joven que fuera entronizado lo antes posible. Aelfhere y su puntuación de Wihtwara podrían darle armas a Eadric quien podría reunir fuerzas en el oeste de

Kent y unirse a ellos con sus fiadores. La promesa de Aethelwalh de doscientos hombres, liderados por el oficial del lago despojado, también lo tranquilizaba. La seguridad de su hija le concernía, pero, en cuanto a eso, el Rey tenía la intención de retirarse de Kingsham con las mujeres en custodia.

Dos semanas han pasado desde los esponsales, catorce días de marcha, juntando hombres dispuestos a lanzar su suerte con el príncipe por la promesa de preferencia. Su número se había hinchado hasta cerca de trescientos. El día anterior, sus exploradores encontraron al enemigo liderado por Hlothhere dirigiéndose al sudeste. Ellos esperaban entre los árboles en una subida en el valle de Oise en un lugar conocido como Isabel. Silenciosos como espectros, se deslizaron de la cubierta, para formar un muro de escudos. El suelo, un poco pesado para sí ventaja, favorecía el uso de armas que se arrojaban. Distinto al Suth Seaxe y el Kenting que llevaban una lanza y algunas jabalinas, Aelfhere y sus hombres solo tenían el primero y sus hachas.

En apuros; el adversario, retrocedió hacia el río, también formaban una línea de escudos. El tío del príncipe caminó delante de sus hombres y su voz derivó arriba en la colina. Eadric dio un paso delante de sus guerreros. Ligereza en el marco, la voz afilada y su juventud desmintieron su desplume. Aunque el Wihtwara no seguía al dios débil, el príncipe lo invocó, sus palabras lo inspiraron e, incluso a sus hombres.

"Cantwara aquí nosotros lucharemos hasta la última gota de sangre en el nombre del Padre y tomaremos de vuelta lo que es nuestro por derecho. El usurpador, Hlothhere debe pagar por su ofensa a la memoria del Rey Ecgberth. Que el que deje su vida sepa que su sacrificio es por una causa justa y su alma vuela al cielo."

El príncipe se dio vuelta y retrocedió, los bigotes de metal forjado sobre el protector de su casco brillando al sol.

Aelfhere propuso su propio dios: *Que Tïw esté con nosotros y le de fuerza a nuestros tendones.*

Eadric continuó, golpeando con un puño su pecho, "Amigos de Suth Seaxe y de Wihtea, nosotros tenemos una deuda y un juramento, un reino de hermanos siempre estará a nuestro lado. ¡No escatimen enemigos! ¡A la masacre!"

Un rugido gutural y golpeteo de armas contra los escudos ahogaron a voz aguda del príncipe. A mitad del discurso, a trescientos pasos de distancia, en el estruendo, Hlothhere giró sobre sus talones para mirar a su enemigo.

Desde las profundidades de su pecho de barril, Aelfhere empezó una batalla gritando y el anfitrión tomo el aullido espeluznante. El Wihtwara se apresuró hacia adelante, los hombres de los estandartes luchaban por mantenerse en la carreta. A treinta yardas del enemigo, los hombres arrojaban las rocas que habían cosechado y las hachas eran arrojadas por el aire. Aquellos con jabalinas arrojaban desde lo alto, otro plano para confundir a los escudos de los enemigos; algunos enterrados en el terreno blando para ser agarrados y devueltos, varios desfiguraron los cuerpos de los desafortunados. Los gritos de los afectados resonaban en el bosque detrás.

Aelfhere tropezó cuando el cuerpo del desafortunado hombre a su lado cayó. Sin tiempo para tribulaciones por un alma arrancada a Waelheal en cambio, acomodó su yelmo y bajó su lanza. Aquellos que portaban escudos los estrellaron contra los del enemigo y los empujaron. Aquellos quienes, como Aelfhere no tenían más que un palo con punta de hierro buscaban atravesar a un enemigo. La resistencia de un fémur hizo que el oficial Wihtwara liberara su agarre en el arma antes de usar desagradablemente su hacha y evadir una punta de metal dirigido a su pecho. Para balancear mejor su hacha de batalla hacia el enemigo, más que ser impedido por una lanza difícil de manejar.

Los isleños siguieron su ejemplo. En un charco de carne roja, un clamor de chillidos, y la locura de la sed de sangre golpeando en sus venas, escudriñaron a través de las líneas enemigas para ubicar el otro lado y la tierra abierta. Un empuje de hombres alrededor de un estandarte azul engalanado con un caballo blanco llamó la atención de Aelfhere. Urgió a sus hombres que volvieran al grueso de la lucha y después de unos minutos interminables de cortes y saltos, tallando y esquivando, con un rugido áspero arrastraron el trofeo. Comenzó la persecución hacia los árboles.

Sus treinta y cinco años pesando sobre sus articulaciones doloridas. Aelfhere apoyado sobre su hacha de batalla... Con el día ganado dejaría la persecución a las piernas más jóvenes. Los gritos de los hombres que huían y se encontraban con su fin, asaltaron sus oídos. Se quedó quieto, fatigado, el dolor se apoderó de él, pero de la inspección, no encontró heridas bajo la sangre derramada. Todo alrededor se extendía la muerte, tentando a los predadores, milanos, cuervos y cornejas para subirse al banquete de carroña. Lo enfermaba.

Sus ojos recorrieron la carnicería hasta

donde yacía un guerrero con una lanza rota en su pecho. Se acercó: el objeto agarrado en la mano del hombre – ¡una espada! Aelfhere estaba a punto de cumplirse un deseo de toda la vida. Sin jactarse de tener herreros expertos en la fabricación de armas afiladas. Por Tiw, ¡en otro lado le cobrarían una compensación de un brazo!

Una mirada lo advirtió de los camaradas que pululaban por los árboles. Tres límites lo llevaron al hombre caído. Un milano rojo a punto de posarse en el cadáver aleteó con un graznido de protesta. El arma quitada del agarre sin vida, miró fijamente la hoja con su ranura serpenteante en el centro. El equilibrio lo complació y gruñó, satisfecho, contemplando azorado el pomo de bronce con la forma de una cabeza de lobo. ¡Como lo había bendecido Tiw! No solo con el regalo de una espada sino con la riqueza del yelmo, donde la dorada de figura de un lobo forjado corría por el borde. Al menos, el hombre muerto debió haber sido un noble. Reposando sus armas, con manos temblorosas. Aelfhere soltó las correas debajo de la barbilla del hombre para liberar los protectores de las mejillas y sacar fácilmente el yelmo. Los ojos ciegos, tan insensibles como el guerrero Wihtwara, miraban a los cielos. Su simple sombrero de hierro, que tiró al suelo, su frente sudorosa por el cuero interno de su sombrero, cansado cojeó con sus botines para saludar a sus compañeros que se acercaban.

La preocupación de Baldwulf dio lugar a una gran sonrisa al ver a su amigo exhausto pero ileso, "Aelfhere, ¡viejo zorro! ¡Mientras hacíamos el trabajo duro tu hiciste lo tuyo!"

¡Contento, sonrió de vuelta, "¡Por los dioses, Baldwulf, estas piernas de zorros no pueden corretear más! Miren alrededor. Tu puedes también encontrar una espada."

Los sirvientes miraban alrededor, ¡"Por las estrellas! ¡Ellos son perores que cuervos!" y se sumergió en el medio de sus camaradas saqueadores.

Asustado, a mitad de la risa, con una mano palmeando su hombre, Aelfhere de dio vuelta para quedar frente a la cara frontal del yelmo real.

"El día está ganado. Golpeé a Hlothhere con mis propias manos. Ha ido al infierno con el hermano de mi padre y mi propio padre falleció hace mucho, hay un llamado para otro consejero..."

Detrás de las orbitas, el iris azul pálido cambió con ansiedad.

Aelfhere se inclinó sobre una rodilla, "Mi Lord- "

"Párate!" arrastró al Wihtwara a ponerse de

pie, "Llamaré a tu padre." Dijo él, "porque ellos me coronarán, y entonces me casaré con mi Cynethryth."

"Con sus propias manos?" preguntó Aelfhere, sin darse cuenta de la sonrisa escondida debajo del yelmo.

"Uh?"

"Mataste a Hlothhere con tus propias manos?"

Eadric se puso serio.

"El traidor era más fuerte que yo. Pero yo fui diez veces más rápido y rebané su garganta."

El joven se levantó, en apariencia regio.

Aelfhere se regocijó.

"Mi Lord, ¡estoy contento que usted vaya a casarse con mi hija! Su marido será un digno gobernador y usted podrá llamarme como quiera."

En esta estación, las sombras crecían muy temprano en el día y el sol ámbar, brillaba en el río, modelando la tierra en ricos y profundos verdes y ocres. Una escena tranquila, hecha incongruente por lo horrible de la carnicería y las peleas de los guerreros discutiendo sobre los trofeos en disputa. El cielo, lleno de ruedas de rapaces chirriantes, frustrados ante la presencia de los carroñeros humanos, hacían un marcado contraste con el silencio amigable de los dos espectadores. Eadric rompió el hechizo, quitándose un pesado anillo de oro y entregándoselo a Aelfhere.

"Un símbolo de nuestra gratitud," dijo, "el Wihtwara peleó bien este día. ¿Cómo podremos olvidarlo alguna vez?"

Conmovido, miró la joya con los ojos muy abiertos. Grabado en relieve en la banda dorada, acurrucada en su palma ensangrentada, las fauces de otra bestia lo miraban boquiabierta – ¡otro lobo! ¿Qué mensaje lo eludía? En la primera oportunidad, buscaría un hechicero para revelar el significado de los dioses.

Una marcha forzada los llevó al pequeño establecimiento de Uckefeld donde ellos mataron dos ovejas y cabras marcadas y las asaron en el establo. Eadric, el rey, puso un puñado de monedas en las manos del más anciano del pueblo. Para los pueblerinos, la preocupación de enfrentar el resto del invierno sin ganado se perdió en la exuberancia. Una vez más, el príncipe bebió mucho, pero Aelfhere lo midió con una cantidad distinta. Sí que fuera su culpa, el destino había acelerado la juventud a la virilidad, y por Thunor, ¡el guerrero estaba emergiendo!

En la mañana, con un abrazo, Aelfhere se despidió de Eadric: uno dirigido a la tierra del Cantwara y el otro con sus isleños y los hombres del Suth Seaxe para unirse al Rey Aethelwalh.

El joven partió con una promesa en sus labios de reclamar a su prometida antes que la primavera le diga adiós al verano.

Indemne de la batalla, Aelfhere volvió a su hija con el corazón lleno de alegría y contando con solo un Wihtwara muerto, aunque dos hombres habían perdido dedos en peleas cercanas. Cynethryth iba a convertirse en la dama de un gran pueblo y el marido que él había temido un poco inútil demostraba ser un líder de hombres y un guerrero valiente. No menos importante, él, Aelfhere, había entrado en el favor de quien pronto sería rey y, alrededor de la primera fogata en Weald, su espada de lobo, yelmo y anillo eran fuentes de admiración. La vida estaba bien.

"Deberías cambiar tu nombre a *Aelfhere* a *Wulfhere*," dijo Baldwulf.

"Una sola calva sarnosa de lobo es suficiente en este paquete!" dijo él, con un rugido de risa, "además Wulfhere es un nombre que maldecimos en Wiht."

Esto llevó a una discusión acerca de a quien odiaban más, el West Seaxe o a los Mercianos. Duró hasta que uno de los hombres lo llamó para que volviera a contar como le había sido regalado su anillo y cómo había encontrado su arma y el yelmo. Pasó la espada en redondo para el asombro general y Eadwin, uno de los campesinos libres de Aelfhere estalló en una canción improvisada:

'En este claro del bosque
En la amplia sombra del roble
En el gran nombre de Woden
Canto la fama
Del brazo que empuña,
Hasta que el enemigo se rinda,
La mejor cuchillada
¡Que jamás fue hecha!"

No lo alcanzó, a Eadwin, pero un aplauso salvaje y con una palmada en la espalda agradeció su ofrecimiento y ellos lo presionaron a continuar creando la saga de la batalla. Voces ansiosas buscaron contribuciones hasta que la noche se puso vieja y los fuegos comenzaron a brillar y a arder, y prevaleció un sabio consejo, ya que el día siguiente prometía una marcha agotadora. Encendieron las flamas contra el frío de febrero y sortearon el reloj. En poco tiempo, los hombres se acurrucaron en sus abrigos pata soñar con las hazañas en el campo de exterminio.

Aelfhere poseía el rasgo del viejo guerrero – de sueño instantáneo y vigilia. En las profundidades de la noche, se levantó, se quitó la capa, y derribó la sombría figura de un ladrón que huía con su espada. La disputa resultante fue unilateral. El cuerpo musculoso del isleño superó rápidamente la constitución más ligera del joven. La pelea despertó a los durmientes, quienes encendieron una antorcha para iluminar al villano luchador, manos ásperas arrastrándolo a sus pies. La cara, con sus ojos mostrando miedo, mostraba a uno de los Suth Seaxe no mayor de diecisiete años de edad.

"Por qué el tono y el llanto?" llamó Fordraed, el funcionario real, apresurándose.

Varias voces hablaron a la vez, pero todos reconocieron al legítimo dueño de la espada-lobo.

La orden brusca llegó de inmediato, ¡"Busquen un tronco!"

Un guerrero se apresuró a cumplir las órdenes del funcionario real y retornó con una rama de roble gruesa como el muslo de un hombre, que dejó caer a los pies del sinvergüenza tembloroso.

"¡Sujétenlo con la mano del arma sobre la madera!"

A pesar de su insensibilidad, el joven se quedó quieto, ojos desafiantes, determinado a aceptar el castigo en la manera apropiada para un guerrero.

"Un hacha!" Fordraed agitó una mano impaciente por un cuchillo y se lo arrojó a Aelfhere, "Cortadlo" él apuntaba al miembro ofensor.

El Wihtwara apoyó el arma contra su hombro derecho y parecía, en el silencio abrumador, aún los árboles que bordeaban el claro se inclinaban expectantes.

"La otra mano," dijo él, asintiendo hacia el suelo, "sostuvo un escudo y esquivó un hacha que iba hacia mi garganta unas pocas horas atrás." Los espectadores no notaron el asombro en la cara del cautivo y se sintieron aliviados, Aelfhere siguió, "El otro llevó un puñal al estómago de mi atacante." Un gruñido de aprecio se extendió entre los espectadores. Mirando alrededor, con un aire de desafío innecesario, agregó, ¡"Dejen que la mano esté! ¡Entonces la puntuación está arreglada! Y tú, nada, juras que solo tomas lo que ganas por derecho, ¡de ahora en adelante!"

En el cuarto día desde la batalla, las puertas de Kingsham se abrieron y la fuerza que retornaba avanzó penosamente. Cansado pero contentos de compartir noticias de victoria, ellos no necesitaban excusas para otro festín. Cynethryth buscó a su padre y buscó abrazarlo, molestándolo con un torrente de preguntas. Él trató de ser brusco, ordenándole que esperara hasta la noche cuando un poeta haría un recuento de la historia de lo ocurrido en una canción. En realidad, pronto alardeó de sus nuevas posesiones; yelmo, anillo y espada.

Ella maravillada y regocijada por el buen humor del hombre quien hasta el mes pasado vivía en un silencio intercalado con irritabilidad. No necesitaba ningún engaño para la razón de su alegría. Irrumpiendo para relatarlo, para su sorpresa dejó de lado cualquier interés en el arma con el pomo de lobo y soltó, "Hija, ¡él es un guerrero digno de sus antepasados!"

El amor por los acertijos no le sirvió a Cynethryth para comprender a quien se refería su padre. ¿Los nervios de uno de los jóvenes campesinos había destruido al enemigo? A punto de pedirle que ordenara sus pensamientos, se detuvo cuando él agregó, ¡"Mató al usurpador con sus propias manos!"

Ella frunció el ceño, "¿Quien, padre?"

Aelfhere la miró en perplejidad. ¿La niña se volvió tonta de repente?"

"Eadric, por supuesto! ¡Ah, deberías haberlo visto, Cynethryth! Su yelmo brillante, su espada vengativa y su noble porte. ¡Derribó a un guerrero endurecido y a un hombre gigante!"

"Eadric?"

"Ay, ¡Eadric! El Rey por derecho de Kent y él que será tu esposo. *Él* me dio el anillo de lobo. Dulzura, este es un juego de los dioses – te lo digo, niña, ¡nunca la vida ha sido tan agradable! Bueno, tal vez cuando yo me casé con tu madre y el día de tu nacimiento..."

"Oh, padre, ¡yo estoy tan contenta! Esta noche nos deleitaremos y escucharemos el relato de tus actos."

"Ay, pero primero yo debo ir y hacer un sacrificio a Woden para que estos sajones no se enojen con la adoración de ese tímido dios. Ellos deben agradecer a los hombres de Wiht si ellos ganaran el conflicto. Thunor y Tiw fortalecieron nuestros brazos, aunque ellos no lo sepan, Espera! Yo debo ir solo para encontrar una arboleda sagrada en el bosque. Es lo apropiado."

Primero, sin embrago, tuvo que buscar a Fordraed. Como había adivinado, el guerrero del Suth Seaxe tenía poco tiempo para el dios de Aethelwalh. Bajo su aliento, confió la sospecha que su rey servía al cristianismo para endulzar a sus señores mercianos. Después del encuentro con el noble, Aelfhere, alegre, salió de la fortaleza, lanza en mano y la espada en su costado, para penetrar en lo denso del bosque. Sabiendo que estaba bien armado, dadas las bestias salvajes y los hombres desesperados que vagaban por los bosques. Siguiendo direcciones, repitiéndoselas en su cabeza, llegó a una arboleda. La vista de un enorme roble en el centro lo sobrecogió y se estremeció ante la pesadez que flotaba en el aire.

Los huesos desgastados de varios animales colgaban con cuerdas de las ramas inferiores, entre ellas tres cráneos abiertos, uno de ellos más pequeño, el de un niño o una mujer. Debajo de las ramas sobresalientes había parches carbonizados de tierra donde los sacrificios habían sido quemados después de la matanza, los pálidos fragmentos de huesos astillados contrastaban con la negrura del suelo. En lo alto del árbol entre los huesos se ofrecían collares, brazaletes y un arma extraña, un hacha invertida, un puñal y cuchillos de caza. Aelfhere rezó, hablando con los dioses por sus dones a él y determinación para llevar su propio tributo. ¿Pero qué? ¡No su espada recién encontrada! ¿El anillo del lobo? Una ofensa al dador. ¿Por qué no había pensado en ello antes de partir? ¿Qué poseía que fuera querido para él? Era obvio, pero no quiso dejar su oreja de lobo de la fortuna. ¿qué más sino? Con un profundo suspiro, se pasó el lazo por la cabeza, la tosquedad familiar de la piel le picaba en su piel y se dirigió al árbol. Una última mirada al su talismán y el recuerdo de la cabeza de la bestia, el líder de la manada, separada de sus hombros por su hacha... y colgó la correa al lado de otras ofrendas. Abatido al renunciar a su encanto, se volvió para irse, consolado con la idea de que, en combate, Woden seguramente lo favorecería.

A menos de doscientas yardas abajo se detuvo con la cabeza inclinada hacia un lado. ¿Imaginación? No, ¡el sonido volvía otra vez! A su izquierda, perturbando, demasiado para ser un oso o un jabalí. Sacudió su cabeza, escuchó más. En su mente no había dudas, el sonido de hombres – una fuerza considerable moviéndose adelante en silencio – esperó, necesitaba estar seguro. El matorral formaba una barrera difícil de penetrar y la larga asta de su lanza lo obstaculizó. Apoyándose contra un árbol, se movió con precaución en dirección de donde venía la maleza susurrante, hojas crujientes y ramas que se partían. Se movía cauteloso por los exploradores de los alrededores. El bosque crecía denso y una vez fuera del camino hecho por el hombre, él siguió el rastro de un animal para acortar hacia su cantera. Vulnerable sin su lanza, él esperaba que el camino no lo llevara derecho a los dientes de la bestia. No necesitaba preocuparse, porque a medida que avanzaba, su hacha de mano le servía para cortar las espinas, las zarzas y los helechos que se aferraban, lo que significaba que ningún animal grande había pasado. Voces bajas murmuraban adelante; avanzando lentamente se abrió camino sobre helechos dorados y bajo de tallo leñoso donde, separando sus ramas, a pesar de su cautela, casi grita sorprendido. Delante de él se extendía un claro lleno de hombres armados con lanzas, hachas y cuchillos. Habituado a calcular el número de una masa enemiga. Aelfhere reconoció a diez guerreros calificados, pero habría más entre los arboles? Su corazón se hundió. Esta podía ser una banda de guerra del West Seaxe y Meonwara. Ellos estaban en grupos, pero su atención estaba dirigida a esos tres hombres que se destacaban del resto.

El principal en el centro, más alto y más ancho en los hombros, llevaba una túnica de cuero suelta con anillos de acero cocidos en las juntas. Su pelo rubio, largo y rizado aparecía debajo de una gorra ajustada protegida por placas remachadas y ornamentada por una creta. Desde la distancia el espía de Wihtwara lo veía como a un halcón. Su mirada bajó a las mallas ajustadas atadas con tiras que desaparecían en un par de gruesas botas. De su cinturón colgaba un hacha de batalla, equilibrada al otro lado por una larga espada, como todos los otros hombres, él portaba una lanza. Aelfhere no tenía dudas, había uno a tener en cuenta, hostil al asentamiento en su retaguardia. El discurso del guerrero estaba muy distante, pero logró captar: "... aquí, ahora hasta el crepúsculo- "

Estas cuatro palabras fueron suficiente para traicionar su plan, tan advertido que se arrastró hacia atrás con el mayor cuidado. Cuando juzgó que estaba seguro para pararse regresó hasta donde había dejado su lanza, desde donde se apresuró a lo largo de la pista, recordando todos los giros tomados antes.

¿Por qué en tu momento más feliz, la vida te mete un puñal entre las costillas?

¡No hay tiempo para detenerse! La luz del día estaba con él, pero se desvanecía y la media luz podría traer un asalto en la fortaleza de Kingsham.

2

CYNETHRYTH

Kingsman, Oeste de Sussex, febrero 685 AD

"VEN, NELDA", CYNETHRYTH LE DIJO A SU antigua niñera, ahora criada, la voz amortiguada desde dentro del cofre que guardaba su ropa. "ayúdame a encontrar un vestido para esta noche. ¿Piensas en el rojo? ¡Brillante para una fiesta alegre!

"Querida mía, elige el tejido más fino del verde que resalta mejor con tus ojos. ¿Por qué te preocupas? Muévete a un lado, ¡déjame alcanzarte lo que tu necesites para que no hagas un desorden de todo! Allí, el manto gris con el dobladillo bordado y el tocado de seda blanca."

Ella extendió sus manos bajo el vestido,

"Mira, ¡es fino como el ala de una mosca damisela! Ahora, ¿dónde está el vestido verde? Ah, ¡ahora tenemos todo!"

La anciana mujer ajetreada arreglando los vestidos sobre la cama antes de desenredar y peinar el cabello de su amada hasta que cayera brillante sobre su espalda.

"Debemos trenzarlo de nuevo como corresponde a una prometida."

"Más que lástima!"

La sirviente detuvo su paciente tares, "¿Cómo puedes decir algo así? ¿Es eso lo que te aflige? Él es un joven excelente, alto y bendecido con la justicia de cejas, que pronto será el Rey del Kenting y tú, su dama."

"Nelda. ¡Ser la dama del rey no me importa! ¿De qué sirve un semblante justo si el portador agrada a la vista, pero no al corazón? Le gustan los bromistas y tomar cerveza."

"Como todos los hombres!"

Las dos mujeres compartieron un silencio reflexivo roto al final por un suspiro de Cynethryth, seguido por, "Y aun así me caso por amor."

"Niña, tú me desconciertas. Primero tú dices..."

"Oh, Nelda, no debes juntarte con una chica caprichosa. Dieciséis años me hacen una mujer, es mi deber y habito." Una sacudida de sus trenzas rubias provocó un gruñido de molestia y un tirón de la trenza a medio terminar, haciéndole hacer una mueca. "Aun así" chasqueó una caña del piso con la punta de su zapato, "Desearía que Eadric no hubiera renunciado a los dioses de nuestros antepasados," Ella aplasto el junco bajo los pies, "Con el hombre, no voy a desposar al dios..."

Un golpe las molestó antes que ella, con el cabello trenzado, alcanzara su ropa en la cama. Mirando por encima de su criada, distinguió a una niña de al menos trece. Descalza, llevaba un grueso vestido marrón tejido hasta los tobillos, atado a la cintura por un trozo de cuerda. Este gorrión de persona se retorció las manos y frotaba un pie con el otro.

"Mi Lady," ella dijo, con su voz temblorosa, "ellos me envían a decirle que lleve todas sus cosas de una vez a la sala. ¡No hay tiempo que perder!"

La niña se dio vuelta para irse corriendo, pero Nelda la agarró por el brazo y la arrastró hacia atrás.

"Ellos?" dijo ella, "quienes son ellos que mandan órdenes a mi Lady? ¿Por qué tanto alboroto?"

Cynethryth se acercó. Sonriendo a la huérfana y notó la belleza debajo de la mugre y el cabello descuidado y corto.

"Quédate tranquila, niña. Dime ahora, ¿qué pasa si huimos al pasillo?"

La niña se frotó el brazo donde la había sujetado la mujer mayor. Con mirada huidiza, ella dijo. "Oh mi Lady; él espió a unos visitantes en el bosque y ellos vendrán a atacarnos cuando oscurezca. Pronto, ¿ves?"

"¿Él? ¿Quién?"

Impaciente, la niña mujer saltó en el acto y con un insolente revoleo de ojos para atribuirle a la mujer noble la falta de ingenio, dijo, "Porque, él los conduce hay isleños, Rápido, Lady, ¡ellos van a cerrar la puerta!"

La mensajera giró sobre sus talones y se arrojó corriendo.

Espantada, Cynethryth se volvió hacia su sirviente, "¡Padre!" dijo ella. "Buscó una arboleda sagrada en el bosque y se topó con un huésped enemigo! ¡Rápido! Mete esos vestidos en el cofre y lo levaremos entre nosotras al salón."

No era una caja fuerte para el dinero y las joyas era una caja de madera ligera, ellas hacían buenos progresos. Aun así, se detuvieron varias veces, para evitar la carrera precipitada de hombres y niños que no prestaban atención más que a la necesidad de tomar armas y llegar a la empalizada. La confusión hizo que la esperanza de encontrar a su padre fuera fútil, así que Cynethryth consiente de sí misma, como la otra mujer, serían un obstáculo para la defensa de la fortaleza, obedeció las órdenes y entró a la sala.

Las mujeres sucias, harapientas y medio hambrientas de Kingsman estaban paradas en grupos. Algunas sollozaban mientras otras las consolaban, todo en un marcado contraste con las pocas mujeres nobles del South Seaxe. Ellas habían acompañado a sus maridos nobles a la fiesta en el tren del Rey Aethelwahl. Una vez entraron saludaron con digna calma a la doncella prometida para abrazarla.

En una de las puertas dobles se cerró dónde estaba el noble Fordraed, con el hacha de batalla y una lanza en sus manos, flanqueado por dos guardias.

"¡Esposa!" él llamó, "Mira si la entrada está cerrada. ¡Sin miedo! ¡El enemigo no pasará!"

Un guerrero cerró de golpe la otra mitad de la puerta.

Pálido, uno de los jóvenes hombres nobles, su figura de sauce realzada por un vestido rojo ajustado, murmuró: "Por qué debemos cerrarla si ellos no van a pasar?"

Ansiosos, buscaban tranquilidad uno en el

otro. La guerra, era una ocurrencia regular para estas mujeres, que llevaba a sus hombres fuera del hogar. Los primeros llantos y gritos alcanzaron sus oídos y ellos comenzaron a temblar y llorar. Cynethryth mordió sus labios y sacudió a Nelda por su brazo. "La viga, levántenla entre los soportes. Tú, tú y tu ayúdenla!" sus ojos destellaban. Como picada por una avispa, las mujeres saltaron hacia adelante y juntas intentaron levantar la barra de roble. Ellas luchaban, ¡"Dos más!" ella señaló y una joven mujer tiró de su amiga sobre las otras. "¡Cuiden sus manos, ahora!" Levantaron la madera robusta y la dejaron en posición. El ruido de la batalla les llegaba a ellas. El choque del acero y los gritos de los heridos y muertos.

Nelda permanecía en las puertas con sus ojos en una ranura entre ellas.

"¿Qué puedes ver?" le susurró en sus oídos Cynethryth.

"No mucho, porque la luz se desvanece. ¡Yo veo hombres golpeando hacia abajo, oh, uno ha sido golpeado! ¡Una lanza – falló!"

Cynethryth la empujaba a un lado impaciente. Su sirviente decía la verdad. Era difícil discernir la pelea. Se asomó a la penumbra. Por el momento, al menos la defensa resistía.

¿Qué cantidad tienen ellos? ¿Qué pasaría si ellos ganan el día?

Ella sacó esos pensamientos de su mente y con igual determinación se rehusó a preocuparse por su padre. Aelfhere había sobrevivido a muchas batallas y no había ningún otro en el mundo que ella eligiera para defenderla.

La lucha continuó, pero desde dentro del salón, el estruendo del combate no tenía sentido. Ahora, nadie lloraba. En oposición al caos afuera, adentro el susurro ocasional de una madre calmando a su bebé alteraba el silencio. Cynethryth contaba los niños. No sabía si estar agradecida o triste porque había solo ocho porque muchos murieron de hambre o por la fiebre amarilla antes que comenzaran los rigores del invierno. Ella observó con lástima los delgados brazos de las mujeres del pueblo y esperaba que los defensores repelieran a los atacantes. Si no fuera así, ellas y los niños se convertirían en posesiones del enemigo.

¡Que los dioses me salven!¡Pensar que hace una hora despreciaba a Eadric! Cómo quisiera que él y sus hombres de Kent estuvieran aquí para protegerme. Y que pusiera sus fuertes brazos a mi alrededor.

"¡Escuche, mi Lady!" le dijo Nelda tocando su mano.

"¿Qué es eso?"

Los gritos llegaban a sus oídos, pero no más que el choque del acero, los alaridos y gritos de guerra. La lucha había terminado. Las mujeres se abrazaron y envolvieron a sus infantes en sus vestidos. Pero, ¿Quién había ganado el día? ¿Estaban salvados i su situación era desesperada? Lo sabrían muy pronto.

Sin embargo, pasaron largos minutos. Con los nervios destrozados algunas mujeres empezaron a llorar, contagiando a algunos de los niños. Un martilleo llegó a la puerta acompañado de una fuerte voz ordenándoles remover la viga. Cynethryth jadeó.

El acento de un hombre del país del oeste.

Se apresuró hacia la puerta y puso un ojo en el agujero y casi se sobresaltó, pero controló su miedo. Afuera había un grupo de hombres con antorchas. Las llamas parpadeaban e iluminaban el anillo de su correo, sus yelmos y sus hachas.

Ella juntó coraje y gritó, "Aquí hay solo mujeres y niños. No hay hombres. No tenemos armas. ¡Cómo vamos a abrir la puerta si van a hacernos daño!"

Hubo un momento de silencio. Hubo una pausa, antes que una profunda voz respondiera, "Si ustedes no abren la puerta nosotros incendiaremos el salón hasta el suelo y perecerán."

Ante estas palabras, comenzaron a gemir y a discutir y un bebé se acurrucó.

Cynethryth sabía que no tenía elección.

“Alto,” dijo ella, “no incendien el salón. Haremos lo que nos mandan. La viga es pesada y nosotras somos débiles. Dadnos tiempo para bajarlo.”

La voz respondió, “Estoy esperando.”

Ella dio la orden, pero solo Nelda dio un paso adelante.

“Si ustedes no me obedecen, podemos morir en llamas – una muerte cruel.” Sus palabras cayeron en la casa, pero nadie excepto un chico de cinco años. “Cobarde canalla” Cynethryth silbó y señalo al niño. “este pequeño hombre tiene más valentía en su dedo índice que todos nosotros juntos. ¿Habrán muerto nuestros hombres para proteger a este nido de ratones? Tú, tú y tu!” Escupió y esta vez, avergonzados, los sirvientes saltaron para cumplir su orden. Otras dos o tres mujeres ayudaron a levantar la viga y cayó al suelo en una nube de polvo y juncos rotos.

“Un paso atrás! Seré la primera,” dijo ella en tono perentorio. Cynethryth se levantó, con la barbilla en el aire y abrió la pesada puerta.

Él estaba parado, antorcha en mano, las llamas iluminaban su contextura dándole un aspecto más feroz. En la otra, el líder de la banda guerrera del líder del West Seaxe y Meonwara, sostenía un hacha de batalla sangrienta.

Su corazón le latía como un martillo de herrero, sus rodillas podían traicionarla en cualquier momento, pero por Freya, ¡ella no podía fallarle a esta mujer! Erecta, ella se dirigió hacia él deteniéndose lo suficientemente cerca para tocar su pecho. Al mirarlo a la cara, la delicadeza de sus rasgos bajo un yelmo con creta de halcón la golpeó. Sorprendido por su audacia, sus ojos azules incluso en ese momento de derramamiento de sangre y triunfo, revelaron una admiración mal disimulada.

"Yo soy Cynethryth de Cerdicsford en Wiht, hija de Aelfhere el noble, prometida de Eadric, Rey de Kent..." su mandíbula se apretó, "...y su cautiva," agregó ella con una voz amarga.

La mirada fija del guerrero nunca flaqueó mientras sopesaba las palabras con cuidado. Al final, el habló, "Yo soy Caedwalla, asesino de Aethelwalh y Rey del South Seaxe." Él le paso la antorcha al que estaba más cerca, "no te haré daño, hija de Aelfhere,"

La gentileza de su tono fue una sorpresa y un alivio.

"Lidera el camino hacia el salón."

Ella se volvió he hizo lo ordenado. Las mujeres se retiraron a la parte de tras de la habitación a medida que los guerreros avanzaban con las antorchas en alto. El vencedor levantó su mano y la oleada de hombres se detuvo. Tomó la situación de un vistazo y giró hacia un guerrero con una fina armadura y dijo, "Guthred, junta paja para ellos, primero para mis jefes de guerra."

Cynethryth jadeó y giró hacia un hombre gigante, "¡Qué vergüenza! Mire aquí hay mujeres nobles también, ¿No puede pretender tratarnos como prostitutas comunes?"

La sonrisa era lobuna. "Botín de batalla. Mis hombres pusieron en riesgo sus vidas esta noche. Aquellos que no fueron llevados fuera de Waelheal se ganaron sus cosechas." De nuevo él giró hacia el guerrero al que llamó Guthred, "Vean que ningún hombre pelea por una mujer que pelea conmigo: demasiada sangre se ha derramado."

"Una pregunta, mi Lord," dijo Cynethryth con cautelosa humildad, "perdone a mi criada. Ella fue mi niñera." Ella señaló a Nelda, quien puso su mano sobre y sus ojos bien abiertos.

El guerrero asintió he hizo un gesto al sirviente que se acercó, "¿Algo más?" si tono burlón.

"Bueno, ay, mis vestidos" ella hizo un gesto hacia el cofre.

Gritó con una carcajada, pero llamó a dos portadores de antorchas y otros dos hombres. Acercándose a la primera, susurró algo en el oído órdenes he hizo que Cynethryth, su criada y el cofre fueran llevadas a las habitaciones anteriormente ocupadas por el Rey Aethelwalh. Siguiendo a los guerreros su mente se aceleró. ¿Qué le esperaba en manos de este oso enorme? Ella se estremeció. ¿Qué muerte habría sufrido su padre? Su cabeza empezó a girar y ella debilitada, se aferró con fuerza al abrazo reparador de Nelda.

Los hombres entraron al edificio, no un palacio suntuoso, porque no era un burgo real, pero aún más cómoda que la cabaña asignada a su padre. En la habitación principal había una mesa enorme y sobre una pared colgaba el retrato del emblema del rey del Suth Seaxe. Seis golondrinas doradas sobre un fondo azul profundo. El hilo que formaba los pájaros brillaba a la luz de las antorchas. En el otro lado colgaba un escudo. Ella supuso que eran trofeos de guerra juzgando su mal estado. En un rincón escondido una caja fuerte, el tesoro del Rey Aethewahl, ahora el botín del líder del West Seaxe. Lo poco que revelaba la sala, iluminada por las llamas parpadeantes, mostraba una escena de ininterrumpida vida diaria donde las brasas de un fuego brillaban en un pozo del piso.

Es como su no hubiera pasado nada- como quisiera que fuera así!

Los hombres apartaron la cortina de una gran cama, cubierta con una manta de pieles de lobo. Cynethryth dobló hacia atrás una esquina revelando el forro de lino verde que hacía juego con una sábana verde que cubría un colchón de paja, sobre la cual se extendía una almohada de relleno.

Ellos depositaron el cofre al pie de la cama y el portador de la antorcha usó su llama para iluminar las antorchas en los soportes de la pared. Uno de ellos encendió el fuego en el centro de la habitación y otro trajo una bacinilla y una jarra de agua. Una orden cortante siguió, "Esperen a nuestro señor!" después ellas se quedaron solas.

Las dos mujeres cayeron una en los brazos de la otra y estuvieron por un momento antes que Nelda tomara su mano y la llevó a sentarse al borde de la cama.

"Quédate aquí mi amada. Buscaré un cuchillo u otra arma para matar al ogro si se atreve a ponerle una mano encima."

"Mi valiente y fiel niñera," ella puso una triste sonrisa, "tú crees que vas a tener éxito donde mi padre y sus experimentados guerreros fallaron?"

No hubo tiempo para respuestas, porque la puerta se abrió con un crujido y los pasos sonaron hacia ellas a través del piso cubierto de juncos. Una mano corrió la cortina a un lado, revelando a su captor de pie ante ellas. Cynethryth saltó al extremo de la cama para confrontar al extraño. Lanza y espada, las había dejado en otro lado, pero exudaba fortaleza en su camisa de malla sin mangas, músculos desnudos que los brazaletes dorados luchaban por contener. Dos pasos rápidos y él se puso con su cuerpo tocando el suyo, pero ella no se estremeció. Una mano enorme agarró su mandíbula y azul intenso se asomó al gris de sus ojos.

"Tú también eres el botín de guerra, bosque, flores... y yo te quiero a ti,"

Su voz era ronca y pesada por el anhelo y le ardían las mejillas, pero aun así ella no se apartó de él. El guerrero puso su cabeza cerca de la de ella y repitió, "yo te quiero para mí."

Ahora ella se apartó y retrocedió un paso, su mirada se clavó en él. Ella mantuvo el nivel de su voz:

"Yo estoy prometida a Eadric, Rey del Kenting."

"Y yo soy Caedwalla, hijo del Rey Coenberht y Rey por derecho del West Seaxe, ahora Rey del Suth Seaxe y yo tomo lo que quiero."

Ella abrió su boca para replicar, pero él continuó, "¡Espera! ¡Ni una palabra! ¡Escúchame primero!" Miró a Nelda y le hizo señas para que se alejara de su presencia, "Hija de Wiht, eres bendecida con la belleza de Freya y yo con la fortaleza de Thunor. El será mío, Kent, también, " dijo él en una voz uniforme, "Tendré una salón más grande que Eadric y más hombres para cenar ahí. Conmigo, tu podrás tener la riqueza de tres reinos." Él levantó una mano con el índice apuntando. "Nunca he deseado a una mujer como te anhelo a ti. No temas, seré gentil, y sobre todo, serás tú quien elija." Él cruzó sus brazos. "Un hombre puede tener todo lo que quiera pero no puede mandar en el corazón de otros. No te obligaré pero recuerda, conmigo, n o te faltará nada..." sus ojos se suavizaron y su voz bajó, "... sobre todo por amor. Mujer!" gritó y Nelda vino corriendo. "Prepárense para la noche. Enviaré a mi sirviente con comida y bebida. To dormirás aquí," señalando a la cama, "habrá un guardia en la puerta y yo dormiré allí," sacudió la cabeza, "cerca del fuego."

Los guerreros vinieron con comida, tres de ellos, con platos de aves asadas rellenas con cebollas y nabos horneados con pan tostado, una vasija de cerveza negra y vasos. Ellos habían encontrado todo preparado en la cocina para la fiesta. En lugar de celebrar estaba cenando con amargura, tristeza y melancolía. Para su sorpresa, su estómago refutaba a su mente porque ella descubrió que estaba hambrienta y pensó que la comida era sabrosa y saludable, no la animó, pero revivió sus espíritus.

Después de la comida, se enjuagó las manos y salpicó su cara de una bacinilla de agua mientras Nelda hurgaba en el arcón y sacaba sus camisones. Mientras su sirvienta la ayudaba a desvestirse, ella se mantenía mirando el cortinado que la separaba del resto de la habitación, atenta a la cercanía de su captor. Temblando, ella levantó y puso el pesado cobertor sobre ella y cuando Nelda se unió a ella en la cama se aferró a ella y disfrutó del calor y el confort.

Permanecieron así un rato antes que Cynethryth acercó su boca cerca del oído de su sirvienta.

"¿Cuántas primaveras le das a él?"

No había necesidad que la criada preguntara a quién se refería.

"En una conjetura, veinticuatro, mi querida."

"¿Crees que es apuesto, Nelda?"

El penetrante olor a humo atrapado en el cabello de su criada la hizo retroceder.

"Ay, de una manera brutal y salvaje."

"¡No, no es el aspecto de un bruto! Sus características son finas y sus ojos del color de nomeolvides, su cabello y barba dorados como un campo de trigo- "

La mujer anciana se burló. "Lady, ¡Yo diría que estás enamorada! ¿Necesito recordarte que estás prometida?"

"Él puede tomarme como esposa."

El tono de la sirvienta fue más amargo, las palabras remarcadas como solo una niñera se atreve, "La bestia que asesinó a su padre?"

Cynethryth se alejó de ella, "Te lo he dicho antes, él no es un bruto!" siseó ella, "no nos ha tratado a nosotras con amabilidad y respeto? ¿Cómo puedes decir que él mató a mi padre? ¿Dónde está la prueba?"

"Silencio mi querida! No quise hacer daño. Todo lo que diré es que no mostró el mismo trato a las otras mujeres nobles en el salón."

Al amanecer cuando se levantó con cuidado de no molestar a su compañera de sueño, estaba aún más frío. A toda prisa, se quitó el camisón y se puso su ropa. Sus pies estaban entumecidos cuando se enlazó las botas y sus dedos casi no podían con el cinturón, sacó su manto más pesado del cofre y se lo puso sobre los hombros. De puntillas se asomó como un fantasma más allá del cortinado y se detuvo solo para mirar el perfil del guerrero acurrucado en su capa por las cenizas apagadas en el pozo del fuego. Ella miraba fijamente el semblante de su captor y el indicio de una sonrisa tembló en sus labios.

Tirando hacia atrás de la pesada puerta, sorprendió a un guarda sentado con las rodillas dobladas bien envuelto en una manta y con una lanza en su brazo. Antes que él se levantara, ella puso un dedo en sus labios, "¡Silencio! ¡No despierte a su señor!" Ella se inclinó hasta que la cerveza en su aliento la golpeo en la cara. "Busco el cuerpo de mi padre entre los cadáveres. Vea, la puerta está cerrada, no puedo huir."

Dubitativo, el vigilante asintió con la cabeza, "¿Quién puede decir que no desaparecerá?"

"Que Freya me golpee hasta la muerte mientras estoy aquí..." ella escupió las palabras con tal veneno que el hombre abrió los ojos con asombro, "...le doy mi palabra que no me esconderé ni huiré."

Él mostró consentimiento con su mano libre.

Con incredulidad, ella miró alrededor a los edificios intactos. Ni saqueo ni destrucción podía ser visto por ahí, ella eligió opinar, bajando a Caedwalla. Ella comenzó su horrible tarea, su mirada no necesitaba detenerse en las ratas que corrían en los sangrientos, golpeados y mutilados cadáveres, una sola mirada fue suficiente para reconocer el color del cabello de su padre, su constitución y lo que llevaba puesto. Ella intento ser cuidadosa pero cuando alcanzó la pared junto a la puerta donde la lucha había sido implacable, la bilis se acumuló en su garganta. “Lady, ¿Qué trata usted hacer? Esta no es vista para sus ojos.”

Sorprendida, ella dio vuelta. ¿Cómo se movió este hombre bien formado moverse silencioso como un lince? La expresión de Caedwalla estaba llena de preocupación.

“El guardia me dijo que buscabas a tu padre.”

“No sé si estará vivo o muerto.”

“Muerto, Lady. ¿Cómo podría estar vivo? Su batalla se perdió. Mientras hablamos él bebe en Waelheal con Woden bajo un techo de escudos dorados. ¡No te apenes por semejante hombre! ¡Ven!” Él extendió su brazo asumiendo que ella lo tomaría. Cynethryth dudó lo suficiente como para que él levantara una ceja, pero unió los suyos a través del de él y se produjo un estremecimiento de placer a través de ella al tocar los músculos de hierro. Ella se estremeció,

“Estás helada.” Con voz tierna, agregó. “Haré que el guardia te traiga caldo.”

Él mantuvo la puerta para ella y dio órdenes

al vigilante. En unos momentos, dos guerreros vinieron uno con un puñado de ramas y el otro con pedernales y pajas para encender el fuego. Caedwalla levantó el enorme banco de roble de al lado de la mesa como si fuera algo ingrávido y lo colocó al lado de la chimenea.

"¡Ah, aquí está el caldo!"

Él tomó el bowl humeante y una cuchara de madera del guardia y se lo pasó a ella con una sonrisa infantil, la suposición de Nelda sobre los veinticuatro años era fiel a la marca, pero sentada al lado de él ahora, lucía más joven. Cynethryth le sonrió por primera vez. Sin embargo, este fue el truco del momento. Los gestos gentiles, afectados por la calma del mar de verano, venían de un hombre tan cambiante, que podía ser capaz de una destrucción que causa estragos, como las tempestades. Ella debería odiarlo.

Este caudillo de guerra líder de los exiliados del West Seaxe, el no acostumbrado Rey del Suth Seaxe, dio una risita de placer ante su sonrisa, pero ella luego pareció avergonzada. Ella sonrió de nuevo, sopló sobre su caldo y sorbió de su cuchara mientras las llamas se elevaban en un baile alegre y los guerreros se inclinaban al no ser advertida su presencia. Caedwalla sentado en silencio, sus ojos no dejaron los de ella por un instante, su mejilla expuesta al fuego se enrojecía, su rostro adquirió un aspecto atigrado. Ella se puso de pie, "Podría ser sabio mover el banco un poco hacia atrás un paso o dos." Ella sonrió y se movió a un lado para no obstaculizar su descuidado levantamiento. Una vez más impresionada por su fuerza, ella intentó no revelar sus pensamientos.

¡Envuelve esos brazos a mi alrededor!

Sorbiendo, ella estudiaba las líneas de su cara: la noble frente bajo dos ondas de cabello dorado cayendo sobre sus orejas, la nariz recta con una curva en el puente, suficiente para darle carácter. La emoción se movía en las profundidades de su alma, un impulso salvaje, un deseo ciego de poseer a ese hombre del destino. Sus pómulos, bien esculpidos, ojos acunados y hundidos brillando de alegría ante el estudio tan serio de sus rasgos. Imperturbable, su mirada pasaba por la firme, mandíbula barbada y los labios sensuales. Ella anhelaba presionar los suyos contra ellos cuando se curvaban hacia arriba al darse cuenta que había demorado un tiempo desmesurado. Miró fijamente al fuego y se perdió.

Su mente le advertía que resistiera, su corazón ardiente le ordenaba asentir, para sucumbir. ¡Traición perversa en menos de un día! Para romper un juramento solemne y soportar la vergüenza y la ira. ¿Qué pasaba con la seguridad de su casa isleña? Ella se comprometió a casarse con Eadric... meramente un niño. Al lado de ella se sentaba un guerrero, un hombre con una voz profunda que resonaba hasta el centro de su ser. ¿Por qué no influir en este hombre para proteger Wiht?

¿Por qué no? Perdóname padre- y con esta indulgencia incesante, ella cedió al destino.

¡Los Uurdi tejen como quieren!

Su destino era incontenible. Ninguna presa que ella construyera podría contener la inundación. La abrumaba. En una completa avalancha, sus palabras rompieron el silencio, "¿La oferta de anoche sigue en pie?"

¿Sigue el pensando lo mismo?

Una vez cuando era niña, en un arroyo cerca de su casa, una compañera de juegos ahogada se aferró a ella. Cynethryth dudó al rescatarla, pero temió que su amiga en pánico pudiera sumergirla. Hasta ahora, ese momento de decisión, para salvarla o condenarla, había sido el más interminable. Esto fue más largo.

Al final, él sonrió, se levantó y le tomó la barbilla para un largo y demorado beso.

"Tienes sabor a gachas!"

"¿Sería eso un ay?"

El guerrero la besó de nuevo. " ¿Qué piensas?"

"¿Yo diría que no puedes resistir el caldo!"

Ellos rieron juntos, pero se puso serio y sus ojos estaban lejos como en el cielo.

"Es mucho lo que hay que hacer. Es un día trascendental pero contrario. Antes del mediodía, debemos honrar y enterrar a los muertos. Levantaremos un montículo para los caídos. ¿Cómo conocerán mis hombres a tu padre?"

La pregunta la sorprendió, entristeció y gratificó. "En sus manos tiene un anillo de lobo y..." su voz titubeó "...si no está mutilado, tiene una cicatriz aquí..." ella dibujó una línea debajo de su nariz cruzando sus labios, "... y si no se la han quitado, una espada y un yelmo ambos con la figura de un lobo – él los ganó en la batalla," agregó ella con orgullo.

"Entonces él fue un guerrero tan feroz como la criatura que engendró y digno de la sala de Woden."

Ella estuvo agradecida por sus palabras y sus lágrimas brotaron.

"Él fue un buen padre," dijo ella y dejó caer su cabeza.

Él se sentó a su lado y la atrajo hacia su hombro.

"después del mediodía, el día se alegrará. ¡Sin compromisos! Nos casaremos y habrá una fiesta de la que los poetas hablarán en los años venideros. ¡Escucha con atención! El día es joven. Tú y tu sirvienta vayan a reunir a todas las mujeres del lugar y pónganlas a organizar las festividades. ¡Aquí, toma este anillo!"

Él deslizó una banda dorada con dragón retorcido sobre el centro en su dedo, pero era demasiado grande para su delicada mano. "Úsalo en tu pulgar." rió él, "Muestra esto y mis hombres, aunque sean de alto rango, obedecerán tus órdenes." Se inclinó y la besó de nuevo. "Ahora ve, levanta a tu crida y hagan los felices preparativos. Yo, en cambio comenzaré con mi dolorosa tarea."

La discusión con Nelda fue corta y aguda. Cynethryth, empoderada por el amor trajo toda la autoridad de una mujer noble para ejercer sobre su sirviente, cuya fidelidad sobrepasaba su resentimiento cuando confrontaba con la evidente alegría de su amada. Ellas fueron de puerta en puerta despertando a aquellos que aún no estaban de pie. El anillo ejercía su poder sobre aquellos guerreros que optaron por ser truculentos, lo que significó que la tarea de juntar a las mujeres pronto se completó. Algunas lloraron, otras resignadas y otras pocas inesperadamente contentas con su suerte. Entre estas últimas, la noble, Rowena, la del vestido rojo, ansiosa de mostrar el pesado colgante dorado que adornaba su pecho.

"Los jefes de guerra sacan pajitas primero," le confió ella a Cynethryth y a Nelda, "¡Gutred tomó la más larga y me eligió de inmediato! Él me dio esto," levantó la pesada joya, "¿No es una maravilla? Me ha tomado por esposa..." ella bajó su voz," ...esto es solo para sus oídos... es el doble de hombre de lo que era mi esposo y mucho más gentil."

Las mujeres se reunieron en el salón donde Cynethryth anunció su boda con una recepción mixta. Algunas miraban frunciendo el ceño, otras aplaudían y vitoreaban mientras Rowena se adelantaba apresuradamente para abrazarla. Había ganado una nueva amiga.

Después de dar instrucciones a las mujeres y explicarles sus tareas asignadas, llevó aparte a Rowena.

Los ojos almendrados se arrugaron en las esquinas con placer, "Mi Lady", tomó la mano de su amiga, "me hace un gran honor."

"Puedes llamarme Cynethryth si vamos a ser amigas."

Sus ojos, se posaban con alegría, eran verdes, como hojas frescas de sabia y su pálido cabello cobrizo brillaba incluso con la tenue luz de la sala. Ella abrazó a la Wihtwara una vez más y la besó en la mejilla. Cynethryth hizo lo mismo para sellar la amistad.

Estaban sentadas en una charla intima cuando Caedwalla caminó con aire distante en la habitación.

Cynethryth interpretó su expresión como de desconcierto. Ella se levantó y dijo "Lord, ella es Lady Rowena, mi amiga."

El guerrero favoreció a la mujer de rojo con una mirada fugaz y un intento de sonrisa, pronto reemplazada por el ceño fruncido y una mirada de preocupación. Se alejó unos pasos y regresó, tomándose la barbilla entre el pulgar y el índice.

"¿Qué te pasa corazón mío?"

Ni siquiera el cariño provocó una sonrisa, "Mis hombres están llenando las tumbas con tierra. Sobre ellos se levantará un montículo en círculo."

El pecho de Cynethryth se tensó y tragó saliva, "¿Mi padre?"

"Ellos no encontraron ningún anillo con un lobo, ni espada ni yelmo tal como los que describiste."

La esperanza brotó en su pecho, "¿Puede ser que esté vivo?"

Caedwalla se encogió de hombros, "No a menos que tenga alas como las valquirias."

Ahora era su turno de estar confundida, "...y aun así no encontraron su cuerpo..."

"No lo hicieron. Yo di órdenes..."

"Lo sé, lo sé. ¿Puede ser que todavía esté vivo?" repitió ella.

3

WILFRITH

Abadía de Selsea, Oeste de Sussex – tres años antes – 682 AD

El golpe rítmico de una maza de hierro golpeando contra un cincel de temple suave se detuvo abruptamente. Humbert, el escultor, dejó sus herramientas, buscó la botella de cuero y vertió agua sobre su cabeza, lavando el polvo de arenisca que había juntado en sus cejas y bigote. El fino polvo causaba dolor de garganta y picazón en la piel. En total, un precio insignificante a cambio de una pieza maestra de dieciséis pies que emergía de la fascinación de un año y medio. La escultura casi terminada, miró a Erbin, su subordinado y asintió en silenciosa aprobación.

La última hoja en el racimo de la vid, enmarcada en el panel inferior del lado oeste de la cruz iba tomando forma bajo los golpes del joven. Secándose la frente con el antebrazo, Humbert seleccionó una herramienta de un montón en su cinturón. Él procedió a esculpir una pupila en el ojo de un basilisco - bestia fea- ubicada bajo el pie de Cristo.

Su compañero de trabajo tosió. Nada adverso, dadas estas partículas en el aire, excepto Humbert conoció una advertencia cuando escuchó una y efectivamente, desde debajo de su antebrazo encorvado, espió a su maestro aproximándose: el obispo quien le había encomendado esta tarea en el mismo día que los hombres de las canteras arrastraron el enorme bloque de piedra hasta las puertas de la abadía.

El escultor se enderezó, sólo para volver a inclinarse en una reverencia al recién llegado.

El prelado extendió sus manos maravillado hacia el basilisco maligno que le devolvió la mirada. "Los cielos sean alabados, Humbert!"

El clérigo corrió su mano sobre la melena flotante del león, tallado entre un dragón y un áspid, compañeros del reptil pisoteado bajo el pie del Hijo de Dios.

"¡Qué arte! Nuestro Padre ha guiado tus manos."

"No Lord," Humbert recogió un puñado de polvo de piedra arenisca y dejó que se escurriera entre sus dedos, "aquí está el arte, no usted," hizo un gesto hacia la escultura con su otra mano.

El rostro largo y delgado de Wilfrith con surcos, su boca también definida en ambos extremos por surcos profundos, iluminados por el comentario.

"Entiendo tu comentario, Maestro Humbert. ¡Bendito el día que te encontré tallando madera! Pero, no es lo que el ojo ve, sino lo que hace que el ojo vea, este es el Espíritu Santo.

El escultor miró al Obispo exiliado de York con cariño. El prelado llevaba una capa larga y adornado de suntuosa púrpura, sostenida debajo del cuello por un broche de gemas, sobre un vestido de lino blanco. Llevaba un cordón de cuero atado a la cintura. La riqueza de su vestuario desmentía la desarmadora de su poderosa inteligencia y dulzura y –sobre todo- su autoridad indiscutible.

El escultor reunió coraje, "Lord, ¿puedo hacerle una pregunta?"

La ancha frente del clérigo se arrugó y asintió.

"Con su perdón, Lord, esas runas que usted me hizo ahuecar de este lado." Humbert apuntó con su puño, "¿qué quieren decir, ¿qué significado tienen?"

El obispo se paseó hasta el extremo superior de la cruz de madera y pasó sus dedos en el grabado de la primera ruma y comenzó a leer: "Este pilar delgado," sus manos se movían con sus palabras. "Wilfrith se instaló a instancias del Rey Aethelwalh, y su reina Eafe." Había alcanzado al albañil y a la figura de Cristo en el lado del cielo del pilar. "Ora por sus pecados, sus almas." Su índice trazó la última runa al final del eje.

"¿El Rey, Aethelwalh?"

"Ay, Humbert. El Rey: quien nos dio estas ochenta y siete pieles de tierra en Selsea para construir la abadía para la gloria de Dios."

"Bendice al rey, ¿eh Erbin? Aún seriamos esclavos junto con los otros sino fuera por su regalo y la bondad de nuestro Lord Obispo. Entones eran tiempos duros."

El semblante del escultor adquirió una expresión lejana y dolorida, "Tres años de sequía y la fiebre amarilla. ¿Te acuerdas, Erbin?" Él ignoró el encogimiento de hombros del británico y continuo. "nunca lo quitaré de mi memoria. Al menos cincuenta de ellos, hombres, mujeres y niños, tan muertos de hambre y desesperados que se arrojaron de allí y se ahogaron."

Wilfrith frunció el ceño, "la desesperación es

un pecado,"

"Ay, pero en aquel entonces adorábamos a falsos dioses. Entonces llegó usted, Lord, y comenzó a bautizar a los hombres que liberaste – doce calificados o más... ¿recuerda...? En ese día...el primer día, ¡estaba lloviendo! Lluvia, ¡por primera vez en tres años – un milagro! Dios lo envió a salvarnos, en cuerpo y alma."

El obispo sonrió, "El alma es la principal preocupación. Pero bueno, ¿Cuándo estará lista la cruz'"

"Ay, el alma, es verdad, pero el cuerpo tiene sus necesidades también." Imperturbable el escultor continuó, "No fue solo la lluvia, usted nos enseñó cómo hacer las redes para pescar y cómo pescar. Nunca nos ha faltado nada desde que llegaste, ¿Lord?"

"Recuerda rezar y agradecer a nuestro Padre Celestial por sus bendiciones. Ahora, dime, ¿Cuándo estará lista la cruz?"

"No como los monjes de Boseam..."

"Humbert!"

El escultor parecía avergonzado. "Pido perdón. Lord. Erbin tiene que terminar solo este racimo de vid y yo tengo que ponerle escamas a este lagarto aquí... "

"Basilisco."

"¿Eh?"

"Es un basilisco, nace de un huevo de serpiente fecundado por un gallo. Mata con una mirada. Salmo Noventa y uno, 'El áspid y el basilisco que aplastarás con tus pies.' Miren, ahí está Nuestro Salvador aplastando a las bestias."

"Horrible. Mata con una mirada, ¿eh?"

"El poder del Maligno. Ahora, estabas diciendo" el obispo dirigió una mirada agria al escultor, "una vez que hayas terminado las escalas..."

"Ay, algunos hombres vendrán y pintarán las escenas aquí" él frunció los ojos en una expresión inquisitiva. Hizo una pausa como si fuera a hacer una pregunta, pensó mejor y agregó. "cuando se seque la pintura, lo rodaremos con troncos hasta la base de allá y con palanca lo pondremos dentro del aguajero. Es exactamente lo que tiene, veintidós por veintidós pulgadas. Lo medí yo mismo una docena de veces. Tres días no más."

"Verde, muy probablemente."

"¿Eh?"

El obispo giró y comenzó a alejarse. "El basilisco, tu deseas saber su color," gritó sobre su hombro.

La mandíbula del escultor cayó y se giró hacia Erbin, "Como por Thunor..."

"Cállate!" siseó el británico, "no dejes que

escuche tu nombre o estarás a su favor!"

La Abadía de Selsea – tres años después – febrero, 685 AD

Wilfrith estampó sus pies fríos en el suelo de duro hierro y miraba al cielo gris extendiéndose tan plano como estaño batido. Más allá de los árboles desnudos se extendían marismas dotadas de lagunas bordeadas de cañaverales desolados. El obispo se ajustó la capa y suspiró, ¿Dónde estaba el sol?" Un amigo ausente, ¿de luto por este mundo privado de color? La desolación en su severidad ofrecía su propia belleza, reflexionó él. Se estremeció y cruzó sus brazos sobre su pecho para abrigarse.

"He estado mirando el paisaje sin darme cuenta que soy parte del paisaje," murmuró, "la mañana fría me distrajo."

El sonido de las olas rompiendo le hablaba a él y las buscó. Rompientes de color gris marchaban como un invasor lanzándose la playa, una salpicadura de plata en un mundo de peltre, provocando el silbido de las piedras cayendo en su reflujo.

Dios dame el oído que ve y los ojos que escuchan. Que ocurre fuera de mi – ellos son uno...

Un agudo grito atravesó las reflexiones del prelado. Una dama de no más de catorce años huyendo hacia él.

"Mi Lord! ¡Mi Lord Obispo! ¡Ha llegado un mensajero – ya debe estar en la abadía!"

El joven se detuvo ante el clérigo, entusiasmado, a punto de estallar para dejar escapar el resto de sus noticias, pero sobrecogido por el personaje delante de él.

Wilfrith miró al erizo tembloroso, menos preocupado por la próxima comunicación que por la túnica gastada del niño que no lo protegía de los dientes helados del viento del noreste. ¿Cómo debe ser estar parado descalzo sobre este suelo helado? Avergonzado por la debilidad de su propia carne, el obispo se inclinó sobre el niño.

"¿Cuál es tu nombre, pequeño hermano'"

Con los ojos muy abiertos, el joven se quedó boquiabierto ante la exaltada figura que se dignaba a hablar con él.

"¿Tienes un nombre?"

El tono era gentil.

"Pido perdón, mi Lord, es Osric."

"Bien, Osric, corres directamente a la abadía y ve con el Hermano Byrnstan. Él es el monje con cabello blanco y la mano marchita. ¿Sabes dónde encontrarlo?

La despeinada cabeza rubia asintió.

"Dile que el obispo suplica que te otorguen unos zapatos de cuero y una capa de lana. Digamos que lo buscaré más tarde."

"Espera! ¿El resto de tu mensaje?"

"El Abad Eappa dice que el portador de noticias está con él y que debe venir de inmediato!" Osric gritó antes de darse la vuelta y alejarse por el sendero, las palabras de su voz débil, arrebatada por el viento, difícil de distinguir por el prelado.

Wilfrith sonrió. Sin dudas tendría que calmar al limosnero después. De hecho, era difícil imaginar una peor elección de donante de limosnas, la firmeza del Hermano Byrnstan siendo famoso más allá de los pantanos. El obispo se apresuró a lo largo del camino a la casa religiosa que él había fundado.

¿Qué puede ser tan urgente en esta temporada triste y sin incidentes?

Una vez que pasó la puerta, se acercó a la colorida cruz de la palma y, como siempre, hizo una pausa para maravillarse de las damas y entrelazar nudos que rodeaban el panel que más le gustaba. La Virgen con el Niño en su regazo lo miraba. La mirada de Wilfrith cambio como el reloj de sol sobre la escena y reprimió un suspiro. El sol envolvía al Cristo en el Gólgota - ¡oh, qué alegría sentiría él al resucitar!

Consiente que asuntos más importantes reclamaban su presencia, se dirigió más allá de la iglesia de piedra a las habitaciones del abad.

El Abad Eappa, demasiado aficionado a las copas y por lo tanto rubicundo, llevaba una expresión preocupada que sentaba mal en su semblante genial. El aspecto del mensajero fue la segunda sorpresa para el obispo. Lo que sea que esperara, no se parecía al hombre que estaba parado junto al monje rotundo. Por su porte, un guerrero – su rostro revelaba su inquietud en compañía de un abad y un obispo.

Wilfrith se hizo cargo, "Dime, hijo, ¿Qué te trae a este humilde lugar de culto?" El eficiente, tono autoritario del prelado quitaba cualquier trazo de humildad implícito en sus palabras.

El mensajero se inclinó, "Lord, vengo desde Boseam," Wilfrith no falló al captar el acento del discurso del West Seaxe, "o más bien el primero de Kingsham..." dijo el hombre.

"¡Noticias terribles!" intervino el Abad Eappa, "El Rey ha muerto! Aethelwalh es asesinado en manos de Caedwalla."

"Aethelwalh, muerto?" La frente del obispo se frunció.

"Ay Lord," dijo el guerrero, "nosotros tomamos Kingsham y el moje dice la verdad..."

"El monje es un abad, ¡muestre respecto,

hombre!"

Wilfrith fulminó con la mirada al mensajero.

"Suplico perdón, Lord. Es un hecho, nosotros conocemos un poco de vuestras formas y ese es el problema. Nuestro Rey, Caedwalla, les envió el cuerpo de Aethewahl para que sea llevado a Selsea para enterrarlo. No conociendo el camino, buscamos indicaciones de los monjes morados y ellos nos dirigieron a ustedes a Boseam..."

"El Irlandés tiene el cuerpo!" interrumpió el abad. "¡Esos caminantes con sus cabezas rapadas!¡Debemos actuar de inmediato!"

Florido por naturaleza, se puso más rojizo y se rascó la nuca.

"¡Paciencia, Padre!" Wilfrith giró hacia el guerrero, "¿Por qué, una vez que se dieron cuenta que eran los monjes equivocados, no trajeron el cuerpo aquí?"

El mensajero frunció el ceño, "Bueno, su líder, ellos lo llamaban Dicuill, dijo que era voluntad de Dios que los restos mortales de Aethelwalh hubiera venido a ellos. Ellos querían enterrar al Rey en Boseam."

"¿Y ustedes lo dejaron?"

"No, nuestro comandante, el noble Guthred, lo retrasó. El monje nos amenazó con la ira de Dios si nos atrevíamos a mover el cuerpo de allí,

Lord. Guthred me envió aquí para buscarlo a usted, Lord. Él dice que ustedes los cristianos pueden resolverlo entre ustedes. Él no quiere ofender a ningún dios."

"Nosotros vendremos, luego. Primero, debo preguntarle si puedes esperarnos afuera de las puertas, porque debo hablar en confidencia con mi Abad."

Tan pronto como se cerró la puerta detrás del mensajero, Wilfrith dijo, "La muerte de Aethelwalh es, por supuesto lamentable. Aunque, puede ser beneficiosa para nosotros. Yo tengo un entendimiento con Caedwalla..."

Las características problemáticas del abad se aclararon un poco, "¿Con el señor de la guerra?"

"Ay, nos conocimos en el bosque de Andredes. El hombre es un pagano, pero yo tengo esperanzas que el Espíritu pueda moverlo al bautismo. Él es un joven con un anhelo de poder, pero en él, yo veo una rara inteligencia y determinación. A su vez él no me ve como un Hombre de Cristo, pero si como un hombre sabio que ha visto mucho del mundo... como uno que posee talismanes potentes y encanto, un dador de buenos consejos..."

"¿Pero este conocimiento?"

"Su fortuna será mía, y la mía lo es."

El Abad presionó sus manos juntas, "El Todopoderoso se mueve de maneras misteriosas, pero ahora debemos apresurarnos." El obispo encontró difícil reprimir una sonrisa y la incongruencia de la expresión preocupada y la cara benigna.

"Enviaré por diez hombres fuertes para acompañarlo, debe haber cuatro leguas completas hasta Boseam."

Llevando las instrucciones del abad para tratar con el limosnero, Wilfrith partió con su banda de hombres. Era media tarde cuando por fin, vieron los pocos techos que se enclavaban entre los árboles en el extremo del gran bosque Andredes. Cerca de los bancos de un arroyo que corría había un muelle natural, hecho de troncos apilados longitudinalmente apilados uno encima del otro y mantenidos en su lugar por pilotes clavados en el limo. Boseam con su marea solitaria a medida; un barco amarrado inclinado sobre su costado en compañía de algunas aves zancudas picoteando en el lodo de manera deslumbrante. Wilfrith olisqueó y miró por sobre la nariz al grupo de chozas.

"La lejanía que estos irlandeses buscan en su *peregrinatio,*" murmuró.

La resolución del obispo de no dejar esa cala perdida sin el cadáver del Rey Aethelwalh se redobló.

Una carreta estaba delante de las viviendas sencillas. Wilfrith llegó hasta allí y se hizo la señal de la cruz y rezó sobre el cuerpo del rey. Yacía atado en una mortaja sobre las tablas rugosas de la carreta. Cerca de allí, un buey atado miraba con estoica impasibilidad la llegada de los otros. No era así un grupo de guerreros que saltaron de los diversos objetos adaptados como asientos temporales. Bromeaban y pronunciaban juramentos a sus compañeros, el mensajero que retornaba, quien les devolvió la sonrisa. En esta conmoción, cinco monjes con las coronillas de sus cabezas afeitadas, usando hábitos de lana sin teñir, aparecieron desde una de las viviendas.

El líder de los monjes irlandeses, Dicuill, echó una mirada a Wilfrith, frunció el ceño y dijo,

"¿Vienes a desafiar la voluntad de Dios?"

"Es una afirmación audaz conocer la voluntad de Dios," dijo el obispo. "por un simple error los restos mortales de Aethelwalh arribaron aquí y no a Selsea."

El irlandés giró hacia sus compañeros monjes como buscando apoyo.

"Se para allí con un atuendo rico y habla de errores cuando Nuestro Señor nació en un pesebre rodeado de bestias del campo."

El obispo enrojeció, su voz tensa con ira mal disimulada.

"En una época en que la Iglesia busca visiblemente unidad, es pernicioso y obstinado aferrarse a una forma de afeitarse la cabeza del pasado. Peor aún, desprecia la voluntad del Obispo de Roma en cuanto a cuándo debe celebrarse la fiesta de Pascua e inducir a la gente pobre a una culpa involuntaria."

Dicuill apuntó con un dedo hacia el prelado, "Nosotros seguimos los preceptos de nuestro fundador, Columba, un mártir de la fe mucho antes que ustedes sajones dejaran sus pantanos para infestar estas costas. Cuando Roma fue invadida por los bárbaros, hombres humildes mantuvieron la luz del Evangelio brillando en las Islas del Oeste. Po qué debemos cambiar nuestras costumbres a instancias de un hombre errante enviado por el Obispo de Roma?"

Wilfrith dio un paso adelante. Sintiendo el peligro de un debate prolongado e irreconciliable. Guthred intervino. "Los días de invierno son cortos! Dejen de lado sus disputas y decidan qué hacer con el cadáver o por Woden lo pondremos en su barco y los quemaremos en el mar."

Horrorizados, unidos en el disgusto, los antagonistas giraron hacia el noble.

"¡Pagano!"

"¡Idólatra!"

"Aethelwalh, fue bautizado en la fe verdadera, habrá un entierro cristiano," dijo Wilfrith, y Dicuill asintió de acuerdo. "No en este desierto desolado. Arrojado en la tierra para engordar gusanos, en cambio sellado en una cripta de la iglesia de la abadía en Selsea. Será un lugar de descanso apropiado para tal hombre, donde en adelante los fieles..."

"Como ha salido desnudo del útero de su madre, así retornará tal como vino. No tomará nada del fruto de su trabajo para llevar en sus manos." Dijo Dicuill.

"El suelo de Boseam es el mismo para el rey o para el esclavo."

Exasperado, Wilfrith se dio vuelta hacia Guthred, "Caedwalla te ordeno que lleves el cuerpo a Selsea y responderás por él tu solo. Deja las amenazas de los monjes de las Islas. Su Dios es mi Dios entonces su Ira no se dirigirá a ti. Estos son hombres dignos, benditos en su simplicidad y humildad. Dejémoslos en sus vidas de abnegación..."

Tranquilizado, el noble gritó órdenes. Los guerreros pusieron a los bueyes en sus huellas y pronto el carro retumbó a lo largo del sendero hacia el bosque sobre el arroyo.

La incomodidad de una noche pasada en un

campamento en el bosque no era nueva para Wilfrith. De hecho, desde su exilio por el Rey Ecgfrith de Northumbria, había pocos lugares seguros para él. La Reina de Mercia era hermana de este rey; la Reina del West Seaxe, hermana de la reina de Ecgfrith, entonces el bosque de Andred le había servido como refugio. Allí había conocido a Caedwalla donde ellos habían sellado su pacto.

Insomne, Wilfrith se ajustó su capa y giró hacia el lado del fuego. Con sus cuarenta y ocho inviernos, había esperado no tener que soportar esto mismo nuevamente. Pero en las palabras del Apóstol Pablo. *¿Quién conoce la mente del Señor? ¿O quien ha sido su consejero?* Se dedicó a los obstinados monjes irlandeses. Es cierto que eran hombres santos, pero su fracaso para convertir al South Seaxe no lo sorprendió. ¿Por qué debían los conquistadores abrazar la fe de los británicos conquistados tan despreciados? El gran ideal de la unidad cristiana le importaba mucho animarlo. Un día toda Inglaterra obedecería al Santo Padre en Roma.

Al fin, confortado por tales pensamientos, el obispo se durmió.

Cuando ellos entraron a la abadía la mañana siguiente, un monje vino corriendo a su encuentro.

"Mi Lord Obispo, una banda de hombres llegó en la víspera con una comunicación del ealdorman."

"¿Para mí? Gritó Guthred, "¿Dónde está él? ¡Tráiganmelo!"

El monje se inclinó y giró sobre sus talones. Wilfrith acompañó a Guthred. ¿Qué noticias urgentes habría de un día para el otro? Esto despertó su curiosidad.

El hermano los llevó al refectorio donde encontraron diez guerreros. Su líder sentado de espaldas a ellos, una mano alrededor de una copa de cerveza mientras con los dientes rasgaba una tira de carne seca.

"Werhard! ¿Qué te trae por aquí?" gritó el noble.

El guerrero arrojó su comida, se puso de pie y se dio vuelta.

"¡Graves noticias! Nuestros exploradores reportan que los duces del South Seaxe se han unido y buscan venganza en nuestro Rey por la muerte de Aethelwahl. Su número es mucho más grande que el nuestro. Pronto ellos marcharan hacia Kingsham. Lord, el Rey Caedwalla te pide que te apresures porque- en sus palabras, no las mías – necesita a su astuto zorro..."

4

AELFHERE

Kingsham, West Sussex, febrero 685 AD

Dos hendiduras estrechas se abrieron para los ojos, la cabeza palpitaba, su mandíbula temblaba; hinchada incluso rota. Este debe ser Niflheim, el mundo de la obscuridad. ¿Por qué estaba él allí y no en Waelheal? ¿No había muerto como una muerte de guerrero? Miró a través de las copas de los árboles y empezó: ¡la Estrella del Perro! ¿Qué? ¿Aquí en los dominios del Hel?

"¡Al fin! ¡El oso de invierno despierta!"

El martillo de Thunor golpeó su cráneo y su estómago se apretó para defenderse de la enfermedad que apretaba su garganta cuando Aelfhere intentó sentarse.

¡Baldwulf! ¿Aquí en la casa de la niebla? ¿Por qué?

Sus palabras se forzaron a través de su mandíbula inmóvil sonando como un gruñido de sabueso. "Viejo amigo ¿eres tú? ¿Muerto?

Lo que no esperaba en el reino oscuro y sombrío era el rugido de la risa que saludó a su discurso.

"¡Muerto! No, pero es probable que lo estemos si nos quedamos mucho tiempo aquí. ¡Pensé que nunca ibas a levantarte! Ojo, fue un gran golpe el que tomaste..."

Aelfhere se levantó sobre un coso y miró a su asistente, "¿Dónde estamos?"

"Cuán lejos te lleve de tu puerta..."

"¿Puerta?"

"Ay, donde la refriega era más espesa. ¿Recuerdas? El enemigo forzó la entrada y nos empujó hacia atrás. Condujiste tu cuchillo hacia un intestino del West Seaxe, pero te dejó abierto para un golpe. Trataste de romper su escudo contra tu mandíbula y él hubiera terminado contigo, pero yo lo saqué con mi hacha y te empujé detrás de la puerta. Era de noche casi en la oscuridad y en el caos, nosotros pasamos desapercibidos mientras el caos se alejaba de nosotros..."

"¿Perdimos el día?"

"Ay, muchos hombres valientes..."

El noble se sentó y gimió. Había una acusación en su voz. "¿Ellos murieron y nosotros estamos vivos?"

"Yo... Pienso que es lo mejor. Bajo la cubierta de la oscuridad, yo te llevé en mi espalda dentro del bosque. Mejor vivir y pelear otro día..."

Aelfhere puso una mano en el hombro de su asistente. "¡Correcto suficiente! Debo agradecerte hermano," sus ojos se nublaron, "pero ¿qué hay de Cynethryth?"

Pregunta inútil: ella fue tomada... el botín de guerra. La furia surgió en su pecho; él se paró en el cielo nocturno y juró por Woden que no descansaría hasta que la última escoria del West Seaxe yaciera ensangrentada a sus pies.

Baldwulf lo ayudó a pararse derecho.

"¡Debemos estar a leguas antes del amanecer! ¿Puedes correr?"

Cada vez que su pie golpeaba el piso un mazo golpeaba su cabeza y sus dientes le dolían y palpitaban. A pesar del dolor, Aelfhere siguió su camino por el camino del bosque, maravillándose de cómo Baldwulf se abría camino a toda velocidad con poca luz.

"El hombre debe tener la vista de un búho -

¡Apuesto a que puede encontrar un lirón en un maizal a la luz de una vela!"

Ellos corrieron por lo que pareció una eternidad hasta que Baldwulf llamó a un alto. Con el pecho agitado y jadeando para sacar las palabras, señaló una corriente.

"Debemos seguirla," puso sus manos en sus rodillas y se dobló hacia adelante, luchando por respirar, "lo más probable es que lleve al mar."

Sin demasiado aliento para hablar Aelfhere asintió de acuerdo.

Lo suficientemente lejos del peligro ahora, ellos relajaron su ritmo. Pronto el amanecer les revelaría su paradero. Los dioses estaban con ellos porque, curioso para la estación, el suelo estaba duro por la falta de lluvias, haciendo el caminar más fácil. Seguir la turbulenta corriente fue una elección inspirada: sin embargo, a veces, ellos tenían que sortear la vegetación o bordear un desfiladero antes de regresar al curso de agua. Cuando el cielo, iluminado de gris, comenzaba a teñirse con los matices rosados del amanecer, Aelfhere paró y olfateó el aire.

"¿Hueles eso?"

Baldwulf inspiró. "Ay, aire de mar. La costa no debe estar muy lejos."

Con el acompañamiento de gaviotas graznando que se precipitaban sobre una llanura pantanosa, ellos dejaron el bosque. El arroyo desembocaba en una corriente de marea bordeada por acantilados de ocho pies de piedra marrón que se desmoronaba, que Baldwulf bajó, dislocando guijarros con sus botas. "¡Aquí! ¡Col rizada!"

Masticando las hojas verdes claro, sus palabras se volvieron indistintas.

¡Por Woden, si Baldwulf fuera un buey, lo rostizaría!¡Ese es el hambre que tengo!

Aelfhere había peleado una batalla, perdido la conciencia y corrido a través del bosque: no es de extrañar que su estómago se quejara. Dos límites lo llevaron a su amigo, pero vio que masticar y tragar serían actividades dolorosas; los moretones y el dolor tardarían días en pasar. Mientras comía, él intentó resolver su posición.

En la distancia hacia el oeste, el contorno de sus islas era visible. Dado esto, seguramente ellos estarían en la isla marina, Seals-ey, no una verdadera isla sino un promontorio.

Él se unió a Baldwulf, quien se había desviado por la playa de guijarros y estaba mirando hacia Wiht.

"Hogar," dijo el noble. "El tiempo presiona." Él tomo a su ayudante por el brazo. "Arwald debe haber oído de la muerte de Aethelwalh. Nosotros debemos encontrar una banda guerrera para unirnos con nuestros amigos del Suth Seaxe para matar al usurpador...” señaló hacia el oeste, “... si nos dirigimos hacia allí, podríamos llegar a la abadía en Selsea. Los cristianos pueden ayudarnos a encontrar un bote.”

No solo eso, ellos también comerían una comida, recibirían una cama para la noche y harían arreglos para el buque. Un monje los acompañó la mañana siguiente a un arroyo, donde un barco con la vela enrollada estaba amarrado a un embarcadero. Un hombre estaba parado esperando con los musculosos brazos cruzados sobre su pecho. Habiendo establecido que pago esperaba el barquero para llevarlos hacia Wiht, se acordó un precio honesto, y ellos apretaron sus manos.

“Hay viento en contra”, dijo el navegante, “¿pueden manejar un remo?”

“Nosotros somos Wihtwara nacidos y criados,” sonrió Aelfhere.

“Como sea, una vez fuera del arroyo, las olas pondrán a prueba su temple.”

El noble estudió la cara sonriente azotada por el clima, notando las profundas líneas blancas a los lados de los ojos que contrastaban con la piel bronceada por el viento. Los surcos causados por la naturaleza alegre del tipo, por las risas y sonrisas, hicieron que Aelfhere simpatizara con él de inmediato.

Los tres hombres empuñaron los remos, en sus espaldas los arcos, Aelfhere estudió la lejana figura del monje en el embarcadero. Encogiéndose de tamaño ante sus ojos, la forma encapuchada no se movió.

Como si quisiera asegurarse que nos hayamos ido.

Experimentados remeros los tres, ellos hicieron rápidos progresos a lo largo del arroyo, pero el noble no se hacía ilusiones. La marea que se precipitaba en la entrada se arremolinaba causando pequeñas olas de cresta blanca. Hacia el lado oeste de la boca, la rompiente se estrellaba contra un banco de arena.

El barquero tomó la dirección de su mirada. "Ay, tenemos que alejarnos de todo eso, sino nuestro bote servirá solo para leña" ellos remaron hacia el mar abierto. "Aquí viene una ola larga" dijo él, "arrastra con fuerza y debemos mantener nuestra cabeza adentro."

Una pared de agua se alzó sobre ellos y se cernía sobre los arcos de la embarcación, amenazando con inundarlos. El bote se levantó en un arco suave y se hundió en el otro lado, mientras la enorme ola rodó y rompió detrás de ellos en la costa.

"Estamos a salvo de todos los bancos," dijo el barquero, arrastrando los remos y agarrando el timón. "Nada más que más abierto de ahora en adelante."

Los músculos de los dos Wihtwara estaban en llamas, ¡así que fue un alivio cuando el timonel gritó, "Otros dos minutos y tendremos suficiente lontananza para levantar la vela!" El gorgoteo debajo de los arcos les indicó que se movían rápido. Remaron más lejos de la tierra y el mar se levantó más. Esto causó que el bote se precipitara hacia adelante y cayera en el canal entre las olas, se elevara, levantando la popa antes de avanzar y que la popa quedara en el aire y la ola se curvara ante ellos.

¡Entren con sus remos y desplieguen la vela!"

Aelfhere y Baldwulf se apresuraron a obedecer a su barquero que luchaba con el timón para que el barco no se partiera. Cuando el lienzo se llenó, avanzaron al doble de la velocidad del remo y los hombres de Wiht le sonrieron al marinero del Suth Seaxe mientras anticipaban el aire del hogar.

Imposible juzgar el tiempo del día, con las nubes compactas de febrero dejando pasar la luz y enmascarando el sol. Pasado el mediodía, Aelfhere adivino mientras la isla se llenaba en el horizonte y se tambaleó hacia la popa y el timonel.

"¿Usted conoce la isla, amigo?"

"Ay, ¡si hubiera tenido un escondite en tierra cada vez que crucé estas aguas!"

"Entonces conocerás el arroyo Odeton?"

"Dime que deseas que te lleve allí?"

Los pliegues azotados por el clima se profundizaron en una sonrisa.

"Ay, porque estamos destinados por Wihtgarabyrig a la sala del rey."

"Mucho mejor! No es necesario navegar por el fuerte oleaje, solo debemos mantener este curso."

Bajaron la vela cuando entraron a un arroyo bordeado por densos bosques y una vez más tomaron los remos. Por una legua, ellos remaron hasta que era muy poco profundo para seguir adelante.

"¿Esperaré por vuestro regreso?" preguntó el barquero.

"No es necesario, amigo." Aelfhere sacudió su cabeza, "Por el dios de un solo brazo, será con una flota cuando regresemos!"

Ellos apretaron sus manos y saltaron a la costa. El navegante barbado giró su bote, posicionando dos remos y dobló su espalda para remar lejos de ellos, ayudado por la corriente del arroyo Odeton.

"Él tiene un viento de seguimiento," dijo Baldwulf, "lo llevará rápido a Selsea. Pero ¿qué de nosotros? No conozco la isla sino por los escondites de Cerdicsford. Nunca he pasado por los bancos de arena ni por el pantano donde sale el sol."

"No conoces tu propia isla, pero has estado en la tierra del Suth Seaxe."

"Ay, ¡y me hizo mucho bien!"

Aelfhere palmeó la espalda de su amigo, "sin miedo, no nos desviaremos! Yo conozco los bosques como las bandas en mi muñeca," extendió la imagen de cobre del rey de la guerra a la mirada de su amigo.

"¿Cómo es eso?"

"Mi madre fue una mujer de Wihtgarabyrig y muchas veces de niño me trajo para recolectar hongos, hierbas y moras. Todavía tengo familia en el pueblo. ¡Vamos, no hay tiempo que perder!"

Se apresuraron entre los robles barbudos con pulmonaria, siguiendo un camino a través de los avellanos. Una ardilla solitaria se sobresaltó y trepó a un álamo mirando hacia abajo acusándolos cuando empezaron a recibir los llamados de los indignados alas rojas, su fiesta de bayas de acebo interrumpida

Después de poco más que una legua, ellos llegaron al extremo del bosque donde los árboles habían sido despejado dejando abierto un terreno que rodeaba el pie de una colina.

La altura estaba elevada por un terraplén coronado por una empalizada de madera – la fortaleza de Wihtgarabyrig, dominando el centro de la isla.

Habiendo declarado su propósito en la puerta, ellos entraron a la fortaleza donde la calle principal llevaba al salón del rey. Luego solo unas pocas yardas, una pala de estiércol humeante salpico los pies de Baldwulf, quien maldijo y lo saltó. Se dio vuelta, mirando hacia el interior oscuro de un establo.

"¡Hey! Mira adonde arrojas mierda!"

"¡La próxima vez, apuntaré mejor! ¡Uh...!"

"Bienvenido a Wihtgarabyrig!" Aelfhere murmuró.

Se asomaron a la penumbra, donde un hombre con un delantal de cuero señaló a un joven que se frotaba la oreja, y una pala cayó a sus pies.

"Mantén tu lengua, ¡papanatas! Y que no tenga que decírtelo de nuevo, arroja tu mierda en tu carro de mierda y si no lo haces te golpearé la cabeza en la pared hasta que sangres! Perdón acerca de esto, señores," dijo él, echando una mirada cautelosa a la espada del cinturón de Aelfhere. "¡Mueve la pala, pequeño idiota!"

Se volvió hacia ellos con una expresión de disculpa y el pilluelo, levantando la pala, sacó la lengua por detrás de la espalada del hombre del establo.

"Pensarías que obtendrías algo decente pero cuando los tiempos son difíciles, pero es como..."

"¿Sólo ustedes dos para todos estos caballos?" Interrumpió Aelfhere.

"Hay otro allá atrás," el hombro con el torso de barril movió el pulgar sobre su hombro hacia la oscuridad.

"Estaremos en camino," el noble asintió y sonrió cuando una patada encontró el culo del pilluelo inclinado enviándolo a la mierda.

Su risa a expensas del granuja dio paso a la ansiedad en la puerta del salón del rey. Dos guardias les cerraron el paso. Uno con los dientes en el lado izquierdo de su boca perdidos, pasó para informar a los asesores del rey de la urgencia de su misión. Pronto, retornó a decirles que el rey podría recibirlos la mañana siguiente. Todas las protestas fueron en vano, Aelfhere arrastró a su asistente rojo de rabia, lejos del pesado guardia cuya mano estaba sobre su puñal y cuyo ceño fruncido no presagiaba nada bueno.

"Ven hermano, reprime tus palabras. El mal genio no nos gana nada. Un día más... un día más."

"Ay," dijo Baldwulf, con los dientes apretados, "hemos perdido veinte hombres y ese patán inútil no nos permite reunirnos con Arwald. Porque, ya estoy medio decidido..."

Aelfhere tiró del brazo de su asistente.

"No tengo deseos de perder otro hombre valiente. Ven, debemos buscar un techo para nuestras cabezas."

"No es una tarea fácil en este pozo negro de un..."

"Nuevo error..." llevó a su amigo por un camino lateral flanqueado de chozas. Niños sucios, semidesnudos, paraban sus juegos para mirar con curiosidad, sus miradas superadas por las de una mujer delgada que llevaba un cubo de agua. Otra estaba barriendo juncos secos fuera de la puerta para agregar a la montaña de basura y estiércol que ensucian la calle. Perros hambrientos y sin espíritu, más hueso que carne, se deslizaban cuando ellos pasaban. Los milanos reales que se alimentaban aletearon chirriando y las ratas corrieron, las largas colas desaparecieron en agujeros de las paredes embadurnadas. Baldwulf frunció la nariz ante el hedor.

"Te dije que era un pozo negro. Dame el mar abierto cualquier día, que..."

Él cortó su planeado discurso y levantó una ceja cuando el noble tocó en la puerta de una choza.

Se abrió una fracción y una mujer de edad mediana los miró fijamente, su expresión incomprensible y sospechosa.

"¿No me conoces, Leofe?" Aelfhere le sonrió a ella.

Ella le echó un vistazo sin dar signos de reconocerlo, pero su ceño se despejó y con una sonrisa, ella dijo, "¡Primo! ¡Eres tú! ¡Después de todo este tiempo, bueno, bueno!"

"Este es Baldwulf, mi asistente y camarada de confianza."

Baldwulf puso su mano sobre su corazón y asintió. La puerta se abrió más.

"¿No nos invitarás a entrar?" sonrió el noble. Ante lo que se sonrojó y abrió la puerta.

"¡Por supuesto, entra! ¡Y sean bienvenidos!"

El aroma de laurel y de romero, flotando desde una olla de hierro sobre ascuas, reemplazó el mal olor del carril. Leofe giró buscando las sillas y entonces, agarrando una jarra con dos asas como orejas, preguntó, "¿quieren un poco de cerveza?"

Baldwulf le sonrió a Aelfhere, quien respondió, "Estoy contento de hacerlo, pero dime, ¿Dónde está Siferth?"

Ella alcanzó un balón de cuero, tiró del tapón y vertió un líquido ámbar en la jarra.

"Afuera en los campos," dijo ella, "preparando el suelo para la siembra de primavera. Él volverá pronto. ¿Quieren comer con nosotros?"

"Prima, nos honras. ¿Y las niñas?"

Los ojos de Leofe se llenaron de lágrimas, "la más chica murió en el parto hace dos inviernos, y de la otra, mejor no digo nada."

No lo hizo, sino que se ocupó de agregar hierbas a la olla y el rápido secado de sus ojos con una manga no escapó al noble. Los dos hombres bebían cerveza en silencio; era suave con un agradable sabor a malta. Aelfhere y Leofe continuaron hablando de parientes y cambios en el pueblo hasta que se abrió la puerta y un hombre robusto y moreno entró. Con las manos tiznadas por el trabajo, se detuvo sorprendido cuando los dos hombres se levantaron para saludar.

"¡Aelfhere! ¡Tú barba está gris!"

"Ay, ¡y tú tienes un parche calvo grande como la luna!"

Los dos hombres se abrazaron, riendo, y el

noble presentó a su asistente. Sobre un estofado de frijoles y pechugas de paloma. Siferth preguntó al primo de su esposa para saber la razón de su visita. Aelfhere explicó, pero terminó revelando su perplejidad ante su fracaso para obtener la admisión de Arwald.

"Como si los guardias del salón no quisieran que viéramos al rey. Aunque lo que importaba..."

"Era uno de ellos un tipo corpulento al que le faltaban la mitad de sus dientes?"

"Ay," Aelfhere rígido en su silla, "el bruto horrible".

"Es el esposo de nuestra Eabbe."

"No quise ofender."

"Y no lo tomo así, primo Aelfhere. Pueden usar palabras más duras. Golpea a nuestra Eabbe y le prohíbe que nos vea..."

"Yo... no he visto a mi nieto más que una vez en cuatro inviernos desde que era un bebé en brazos," dijo Leofe, y sus ojos se llenaron una vez más.

"Lo mataría con mis propias manos, pero el patán es un gigante e incluso si me las arreglara de alguna manera, el rey me colgaría del cuello del árbol danzante..."

"Del qué?"

"El árbol danzante. Es como Arwald llama al roble que usa para colgar a los hombres. Su broma, mira 'bailando' porque el hombre condenado se sacude y patea cuando su vida termina. No hay justicia para los que como nosotros somos gente común aquí en Wiht. Siferth sacudió su cabeza. Ahora tú te has convertido en un noble, puede ser diferente, pero no estoy seguro. Arwald prospera en el poder... pero he dicho más que sabio!"

Cuando se sintió más presionado, el campesino sacudió tercamente la cabeza... el tema estaba cerrado.

La mañana siguiente, Aelfhere con Baldwulf a su lado, entraron al salón de Arwald. La puerta angosta, de no más de una yarda de ancho, estaba flanqueada por impresionantes postes tallados con imágenes de serpientes enrolladas. Dos hileras de columnas de madera corrían por el centro, pero ellos no tenían tiempo para disfrutar más de su entorno. El guardia que reconocieron como el marido de Eabbe empujó a Baldwulf a una fila de peticionantes.

"Espere su turno!"

Estaba buscando pelea, pero, todo el camino del salón, Aelfhere había presionado a su asistente para mantener su temperamento, Baldwulf se contentó con una mirada desalentadora, inclinando su cabeza y arrastraba los pies sobre los juncos esparcidos sobre el piso de guijarros. El rey sentado detrás de la larga mesa de banquete, un consejero a cada lado de él, tratando con cada hombre por turno. Los dos guardias se ubicaban cerca de los que se acercaban al gobernador. Cuestiones de compensaciones, disputas sobre animales o tierras, a ninguno se le dio suficiente consideración, la sombría insatisfacción entre los peticionantes desestimados sumariamente, dejó a Aelfhere inquieto. Por otro lado, los coloridos tapices en las paredes de tablones de roble lo impresionaron. Detrás de la mesa, entre dos puertas que conducían a otros cuartos, colgaba el emblema del Wihtwara, un dragón rampante en un fondo rojo. Arwald dormía en una de esas habitaciones.

El último hombre antes de su turno presentó su caso al rey; quien estaba más interesado en beber del cuerno en frente de él. Un objeto hecho a mano con exquisita terminación, la boca del vaso bordeado con bronce – continuando por cuatro pulgadas como una manga – estaba cubierto por pétalos dorados cincelados y remolinos. El largo del cuerno curvado en forma de s para terminar en un tubo anillado, decorado en hojas de oro y coronado por un rizo aplanado. La admiración del noble terminó cuando el peticionante al frente de él protestó en vos alta,"... pero yo soy el próximo hombre muerto del reí..." Por su descaro, recibió un violento golpe en el costado de su cabeza por el guardia, enviándolo tambaleándose hacia Aelfhere, quien lo empujó lejos. Ambos guardias se abalanzaron sobre el hombre, tirándolo al suelo y pateándolo hasta que yació ensangrentado y quieto.

El rey se sentó hacia atrás en su asiento, una sonrisa burlona se dibujó bajo sus espesos bigotes. "¡Fuera de mi vista! ¿Golpeen al insolente cobarde una poco más!"

Ellos arrastraron al manifestante cojo fuera del salón.

Arwald volvió sus rasgos burdos hacia Aelfhere y forzó su brutal expresión a una sonrisa.

Al otro lado de la frente ancha, el halcón rojizo entintado con las alas desplegadas realzaba la redondez de la cara y lo rubio del cabello enmarañado. A pesar de la sonrisa, el noble no encontró bienvenida en los ojos entrecerrados.

"¡Dime que tu misión en Aethelwalh fue un éxito!"

La orden retumbó, amenazadora, profunda y pesada mientras el rey movía su forma pesada hacia adelante sobre la mesa.

"Lord," se inclinó Aelfhere, "el compromiso de mi hija con Eadric de Kent está bien hecho como me encargaste." Él señaló a Baldwulf con un movimiento de su mano, "Después de todo, luchamos junto al príncipe y derrotamos al usurpador Hlothhere, Eadric lo mató por su propia mano antes de retornar a su reino para tomar el trono."

La mirada de Arwald, más que fijarse en la cara de Aelfhere, se fijó sobre la espada que colgaba a su lado. Esto no escapó a la atención del noble. El gruñido que encontró sus palabras, consideró que era de aprobación – pero aún tenía que dar las malas noticias.

"Aethelwalh está muerto, lord."

"¿Qué?"

Por fin, los ojos cerrados se separaron del pomo en forma de lobo para mirarlo. Con el brazo musculoso tatuado en alto, Arwald formó un puño y lo dejó caer golpeando la mesa. Ambos consejeros y Aelfhere hicieron una mueca ante la fuerza del hombre.

" ¿Cómo? ¿En batalla contra el usurpador?"

"No, lord, en un ataque nocturno en Kingsham. Una veintena de mis hombres murieron ahí."

Arwald se burló, "¿Y aun así vives para contarlo?"

"Lord, yo perdí mi conciencia en la pelea y mi asistente me llevó a cubierto en la oscuridad."

Girando su cabeza lentamente, Arwald fijó su mirada en Baldwulf, la amenaza transmitida en la deliberación de la moción, sus palabras desdeñosas. "Sirves bien a tu señor, asistente."

Pálido, Baldwulf se inclinó y permaneció en silencio.

"Entonces, el usurpador asesinó a Aethelwalh..."

"Perdóname, lord, él no lo hizo." Una vez más los ojos del rey se detuvieron en su espada. "la banda guerrera infestó el bosque de Andredes tomó el puesto de guardia y su líder reclamó el trono..."

"¿Qué?" El rugido reverberó a través del salón. "¡Otro advenedizo! ¡Nómbralo!"

Aelfhere medio giró a un movimiento al lado de él. Los dos guardias habían regresado. El rey miró al marido de Eabbe.

"¿Golpeaste al cobarde?"

"Ay, lord. Temo que está muerto."

"¡Bien!"

La expresión del gobernador fue impasible, solo sus ojos se movieron hacia el noble. "Te he hecho una pregunta," dijo él.

"Lord, no conozco su nombre, pero por su acento, él es del West Seaxe como la mayoría de sus hombres; pero Meonwara peleó al lado de ellos." Aelfhere tropezó con sus palabras, "Eeellos tomaron a mi hija en el asalto, Cynethryth, prometida a Eadric. Vengo a suplicar por guerreros. Voy a liderarlos al Suth Seaxe, juntos podremos matar al usurpador, recuperar mi niña y restaurar la alianza."

Él esperó, atento a la fascinación que su espada ejercía sobre Arwald. ¿Le interesaba más al Rey de Wiht que el destino de la isla?"

Arwald cambió su mirada hacia el otro lado y se inclinó, su melena casi tocando la cabeza de su consejero a su lado, intercambiaron un murmullo inaudible. Cuando el rey miró hacia arriba la malicia en sus ojos conmocionó a Aelfhere.

"Deja nuestra presencia y espera por nuestra decisión," dijo él. Entonces ordenó a los guardias, "Saca a estas personas. Volverán la próxima vez que escuche peticiones."

Aelfhere se inclinó retrocedió, Baldwulf, siguiendo su ejemplo, detrás de los talones de algunos peticionantes frustrados que murmuraban palabras de desaprobación en sus barbas para que los centinelas vengativos no los escucharan.

Afuera del salón, el asistente frunció el ceño y sacudió su cabeza. "No me gusta la forma en que Arwald nos trató."

El noble hizo una mueca ¡Apresúrate, debemos huir!"

"¡Qué...!"

El noble bajó su voz, "Arwald significa peligro para nosotros. Como he dicho él está tomando consejo de sus consejeros. Está buscando girar los eventos para su ventaja, para tratar con el West Seaxe en Kingsham – y él codicia mi arma. ¡Vamos! Nosotros debemos alejarnos."

Ellos se apresuraron por el carril con miradas hacia atrás, pero la puerta del salón permanecía cerrada. Cuando estaban cerca de la puerta del puesto de guardia Aelfhere dijo. "El establo... podemos tomar dos caballos, por la fuerza si es necesario."

Ellos entraron al edificio y fijaron su propósito. El hombre del establo su cara con una máscara de sospecha. "En los asuntos del rey, ustedes saben, pero quien es..."

"Amigo, ¿enfurecerías al rey? ¡No hay tiempo que perder! Toma estas monedas como garantía de buena fe." Aelfhere mantuvo las tres piezas de plata y esperó, listo para sacar su espada. El hombre del establo entonces escudriñó al noble, renuente peleando con la avaricia, antes de agarrar el dinero.

"Yo supongo..." él habló por sobre su hombro, "...oye, mendigo rufián! ¡?Ven aquí! ¡Ayúdame a montar dos caballos!"

Sin signos del pilluelo del día anterior, en cambio un personaje rechoncho de piernas curvadas apareció en uno de los puestos.

"¡Ensilla tu bayo en el cuarto puesto y apresúrate!" dijo el hombre del establo metiendo las monedas en el bolsillo de su delantal de cuero. Bueno como su palabra, se apresuró a una yegua gris moteada y en poco tiempo la llevó ensillada al noble. "Ella es estable y de naturaleza amable. Trátala bien, si te importa."

Los guardias en la puerta, no se preocupaban por los que dejaban más que los que entraban al pueblo, los dejaron pasar sin una mirada.

Liderando su montura por las riendas al pie del empinado terraplén, Aelfhere se acercó a Baldwulf.

"Iremos al trote hasta que nos perdamos de vista para no levantar sospechas, entonces iremos rápido hacia Cerdicsford."

Ellos galoparon los caballos por dos millas, ayudados por la marcha firme y la pendiente de tiza bajando a su favor. Un fuerte viento del sudoeste corrió las nubes blancas sobre sus cabezas por lo que el débil sol iba y venía mientras ellos montaban. Aelfhere frenó en lo alto, sus yeguas resoplaban y respiraban rápidamente. No se atrevió a presionarlas duro con otras tres leguas delante de ellos para llegar a su casa. Aunque el tiempo estuviera contra ellos. Acariciando a la yegua moteada y tranquilizándola con palabras suaves, él se dio vuelta para inspeccionar los alrededores.

A su derecha, en un mosaico de luces y sombras, la tierra ondulaba hacia un espeso bosque de robles raquíticos y fresnos; a su izquierda la cresta daba paso a brezales de impenetrables tojos y matorrales.

"Deberíamos caminar las bestias por un momento. Dejemos que tomen su aliento. Todavía hay un camino por recorrer."

El noble giró en su silla y miró para Wihtgarabyrig. Su voz demostraba tensión. "Por ahora, Arwald se habrá enterado de nuestra huida y nuestro rey es tan tenaz como los sabuesos de pelaje áspero de Gwent, no ama nada más que una caería humana."

Ellos iban a paso lento. Baldwulf asombrado por el silencio de su camarada, pero conociendo bien a su lord, lo dejaba hacer, Cuando Aelfhere habló, al fin el asistente se maravilló aún más.

"La llamada del zarapito, ¿Puedes imitarla?"

Bladwulf sonrió, "¡Las veces que te escuché! ¡Sería un tonto de otra manera!" dejó escapar un agudo '*coo-leee*'.

El noble asintió, "¡Escuchen!" entonces imitó el sonido '*Coo-leee*'

"Pero por qué..."

"¿Tienes tu acero refractario y pedernal?"

"Ay, pero..."

"La marea era alta cuando el barquero nos dejó, ¿Cierto?"

"Verdad, pero..."

"Para la media tarde estará en reflujo..." murmuró Aelfhere. *"¡Yee-ah!"* Instó a la yegua a trotar y Baldwulf hizo lo mismo, considerando que su lord le diría el significado de sus preguntas cuando estuviera listo. Meanwhile, le encantaban los acertijos, así que frunció el ceño para encontrar un vínculo entre el canto del pájaro, el pedernal y la marea, pero falló.

El noble dejó a cresta de tiza cerca de la costa, apurando a su caballo a lo largo de un sendero angosto en el brezal. Baldwulf no le encontraba sentido a esto, seguro que si los perseguían la aulaga sería su ruina. Los caminos laberínticos creados al azar por la naturaleza, diseñaban una trampa tan fina como Arwald podría desear. Aun así con una

confianza inquebrantable siguió a su amigo por una loma cubierta por matorrales hasta que Aelfhere se detuvo y desmontó.

"Ven" dijo desenvainando su espada, "ayúdame a limpiar esta maleza" el noble cortó y apiló la vegetación en montones mientras despejaba una franja al pie de la colina.

"Mi hacha no sirve," dijo Baldwulf, tomándola de su arnés en su espalada y dejándola en el suelo. Él empujó su puñal de su cinturón, "Gracias por no elegir el tojo," apuntó hacia su derecha, "... eres un hueso duro de roer..." y comenzó a cortar y rasgar las plantas. Ellos hicieron rápidos progresos despejando la cima de la loma. Debajo de ellos el matorral cortado, yacía a montones.

"Ahora, ¿qué?" preguntó Baldwulf.

"Ahora... he aquí mi plan..." el asistente escuchaba, al principio no convencido, pero dada la dirección y fuerza del viento, el plan del noble podía funcionar. En cualquier caso, ellos necesitaban ganar tiempo y no había otra forma en mente.

Se pusieron en marcha, arrastrando los restos de matorrales donde fuera posible amontonarlos entre las aulagas en el lado de barlovento del camino. Por fin, listos, volvieron amontar y exploraron la tierra detrás del montículo. Encontraron una ruta de escape, Aelfhere, satisfecho, se dirigió de regreso a la loma con una clara vista de la loma por la que habían cabalgado. El noble estaba sentado inmóvil a caballo, manteniendo las riendas de su yegua parda junto a su montura.

"Recuerda," le dijo a Baldwulf, "en el primer llamado de zarapito, ¡solo uno! En el segundo, ¡el resto lo más rápido que puedas!"

El asistente asintió y sonrió, "Iré a atar un paquete apretado."

Como esperaban, no pasó mucho tiempo antes que el noble viera movimiento en la distancia. Un par de minutos pasaron hasta que estuvo seguro diez a doce jinetes se estaban aproximando. Poco después, le llegaron los sonidos de los perros aullando y los cascos, por lo que imitó el llamado agudo del zarapito.

Una delgada pluma gris de humo se elevó en el aire y Aelfhere gruñó en aprobación.

Eso los atraerá. ¡Pensarán que estamos cocinando!

El perro que iba adelante se desvió hacia el sendero de los brezales que los dos hombres habían seguido, mientras los siguientes sabuesos corrían de a no más de dos, por la estrechez del camino. Sentado como una roca en la cima de la colina, el noble no era visible para el primer jinete. El marido de Eabbe lideraba la carga. Prefiriendo enviar a sus secuaces, Arwald había renunciado a la persecución. Aelfhere, inmóvil esperaba que se acercara el galope precipitado. Cuando juzgó que estaban a la distancia correcta, él silbó el segundo llamado de pájaro.

Como anticipó el viento fuerte y la sequía poco común de la temporada sirvieron a su propósito. Un crepitar agudo y una nube negra y ondulante perturbaron el silencio limpio de los brezales. Con la antorcha encendida, Baldwulf de un montón de yesca al otro, prendiendo fuego a las aluagas. Las llamas rodearon el camino y una niebla sofocante cegó a los jinetes, sabuesos y caballos. El fuego se extendió rápidamente, avivado e impulsado por el viento, el humo denso, más sofocante. Donde los arbustos no estaban en llamas era impenetrable. Retroceder era el único escape, pero los caballos entraron en pánico, sus gritos bestiales se unieron a aquellos de los sabuesos y los hombres. El fuego feroz se extendió a lo largo de su rápido curso de destrucción; en su rastro las ramas de aulaga humeantes y carbonizadas se retorcían como las tortuosas serpientes talladas en los postes de la puerta del salón de Arwald.

El aire acre empezó a disiparse en el pie de la loma cuando el viento empujaba el fuego y el humo más lejos por el camino más allá del páramo. Baldwulf alcanzó a su lord a tiempo para ver los primeros efectos terribles de su obra. Cerca de ellos una figura espantosa se retorcía y rodaba por el suelo farfullando, el pelo y la ropa quemados, la carne de un color blanco ceroso, un espantoso y retorcido lio de carne ensangrentada.

Aelfhere miró en forma desapasionada como

el otrora poderoso guerrero se retorcía y se quedaba quieto.

¡El marido de Eabbe no le pegará más!

Ninguno de sus perseguidores había escapado del fuego. No había signos de los sabuesos entre la carnicería. Supuso que, al estar más cerca del suelo, él supuso que se habían abierto paso por debajo de las aulagas. En la distancia, dos o tres caballos galopaban libremente, pero otros sumaron sus gritos torturantes a los de aquellos hombres muertos. Dos figuras se elevaron como formas espantosas para caminar dos pasos antes de caer en una lluvia de chispas, gimiendo entre las brasas humeantes en el camino.

Asqueados, pero seguros por el momento, Aelfhere y Baldwulf giraron sus caballos hacia el noreste a lo largo de la ruta que habían inspeccionado antes del fuego.

"El rey no sospechará nada antes que caiga la noche. A esa hora nosotras estaremos en la tierra del Suth Seaxe con nuestro pueblo, ya que pocos son los guerreros capaces de resistir la malevolencia de Arwald."

Su viaje los llevó a la costa donde una gran pared de tiza caía trescientos pies abajo hacia el mar.

Allí, Aelfhere recordó, que un tío había perdido un ojo cuando era niño por una gaviota vengativa por tomar huevos de los nidos casi inaccesibles; un alto precio a pagar para calmar el hambre. Sus caballos los llevaron hacia el oeste hacia abajo a lo que parecía un valle pantanoso, pero como estaba previsto el vado permitió cruzar el Creek. Ellos desmontaron y llevaron a sus bestias reacias a través del río en la Isla Freshwater.

Temprano en la tarde, los campesinos de su finca se reunieron ante el salón ansiosos por saber qué era tan urgente que tenían que dejar los campos y reunirse aquí con mujeres y niños.

El noble miró alrededor a un pueblo expectante. Entre la veintena de campesinos, solo dos calificaban como guerreros. No había tiempo para evitar que los encontraran en los asentamientos del oeste, que tendrían que correr el riesgo. Seguramente el rey se vengaría en su salón, en el granero y en sus pobres chozas.

"Ninguno de ustedes, hombre o mujer ha dejado esta isla. En Wihtgarabyrig, más allá de las marismas, reside el señor de la guerra, Arwald. El grano que enviamos allí y las armas que prestamos cuando nos piden permiten que vivamos y trabajemos en paz. El rey nos protege – a menos que dirija su ira contra nosotros..."

Aelfhere hizo una pausa para que sus palabras llegaran a casa. Como su lord se preocupaba por cada uno de ellos hasta el último. Había compartido las alegrías y las tristezas de su existencia desde una edad temprana y ahora tenía que arrancarlos de sus casas.

"La ira de Arwald se vuelve contra nosotros sin culpa de mi parte. Estos asuntos no los puedo explicar." Él sacudió su cabeza, el peso de la tristeza hundía sus hombros. "Yo mismo apenas los entiendo. De lo que estoy seguro es de esto – estamos indefensos contar él y debemos huir a través del mar."

Las mujeres observaban y agarraban a sus maridos, los hombres se miraban unos a otros y luego a Aelfhere, todos gritaban, preguntas perdidas en el clamor. El noble estiró un brazo con la palma levantada.

"Esto es lo que vamos a hacer. Cada hombre tomará un saco de granos del granero y lo llevará a los botes, las mujeres un bolso con frijoles secos y uno con manzanas de invierno. Volverán y tomarán los abrigos y pertenencias que quieran llevar. Dentro de una hora navegaremos a Selsea. En este lugar los hombres adoran a un dios extraño, pero ellos le dan la bienvenida a todos los que vienen en paz. De esta forma, nosotros protegeremos a los niños – no puedo pensar en nada más," finalizó sin convicción.

Dos horas después, tres barcos cargados de provisiones y una veintena de hombres con sus familias zarparon hacia Selsea.

En la popa del barco líder, Aelfhere miraba hacia los edificios arriba del puerto de Cerdicsford, menguando ante su mirada. ¿Volverían a ver su hogar otra vez? ¿Qué pasaría con los dos tercos campesinos que se habían quedado atrás? ¿Cómo iban a sobrevivir a la ira del rey?

Privado del apoyo de su señor supremo y privado de los guerreros que necesitaba, Aelfhere desesperaba. Arwald no debía tratar con el dragón de West Seaxe porque el fuego era un elemento peligroso y él y Baldwulf lo sabían bien.

5

CYNETHRYTH Y CAEDWALLA

West Sussex, marzo 685 AD

La corteza dorada del tocino ahumado sobre un fuego de nogal que colgaba de una viga en la alacena atrajo la atención de Cynethryth. Junto al embutido colgaba una hilera de pájaros atados por sus patas.

"¿Qué aves son estas?" preguntó ella, apuntando con la llave de hierro de la alacena.

"Chorlito, lady. Y necesitan ser comidas de inmediato antes que se echen a perder. Podemos ponerles manteca de cerdo y asarlas a fuego vivo. De todos modos, hay suficiente para la mesa del lord."

Cynethryth sonrió a su nueva ayudante. Había cocinado para el último Rey Aethelwalh, ciertamente, pero su lealtad fue jurada a sus ollas y sartenes. No importaba si el estómago del gobernante se originó en el Suth o en el West Seaxe – bastaba que apreciaran sus ofrendas. Por supuesto, un señorío sensato, para la forma de pensar de la cocinera, significaba también una despensa llena. Los sacos levantados en un estrado de madera llamaron su atención, Cynethryth siguió su mirada.

"¿Qué hay en esas bolsas?"

"Cebada, lady. ¿Qué dices del tocino de cebada? Podemos picarlo con un poco de cebolla en trozos y echarle un poco de romero y salvia." Se rascó el pelo corto y gris. "Deberíamos remojar el grano de inmediato, pienso..."

Continuaron, eligiendo de la alacena y planeando la fiesta, Cynethryth complacida de ejercer autoridad. Cuando salieron parpadeando de la cabaña a la luz más fuerte, vio al niño abandonado que les había advertido del ataque el día anterior. La niña de complexión delgada, luchaba por llevar un balde lleno de agua hacia la cocina.

"¡Detente!" la llamó Cynethryth.

La niña se detuvo y dejó su carga antes de pasar la manga por su frente. A través de la puerta abierta, a doscientas yardas desde la palizada derramó el montículo de tierra y la triste mirada de la futura esposa se detuvo en él. Su trabajo terminó, los excavadores pararon y se sentaron en pequeños grupos.

¿Y qué de mi padre?

Se arrastró de regreso al presente.

"Niña, ¡corre y trae al hombre más cercano! Dile que la dama necesita de sus músculos."

Desconcertada, la niña miró a la cocinera que la urgió a la acción con un rápido asentimiento. tan pronto como la niña regresó con un guerrero, Cynethryth le dio sus instrucciones.

"Ve con la cocinera a la cocina. Lleva este balde y vacía el agua. Vuelve al pozo y saca el agua que necesiten. En cuanto a ti gorrión, date prisa, llena una canasta y baja al arroyo. Reúne todos los berros que encuentres y dáselos a las mujeres. Es un trabajo más adecuado para tus frágiles alas. ¡Lejos! ¡vuela!"

Una risa profunda a pleno pulmón la hizo girar en redondo. Caedwalla, divertido por sus maneras dijo; "Entonces, ¡pronto ordenarás todo alrededor!" Cruzó los brazos sobre el pecho y sonrió ante la expresión de consternación de ella, que se iluminó con la reaparición de la niña, con su canasto en el brazo.

Sacudiéndose su distracción una vez más,

"¡Pescado!" dijo ella. "Mi amor, ¿puedes prescindir de tres hombres para ir al río? Cacho, lamprea y carpas, cualquiera que puedan atrapar..."

El guerrero la agarró y quiso robarle un beso pero ella le golpeó el pecho con los puños. La sostuvo con el brazo extendido frunciendo el ceño con sorpresa.

"Habrá tiempo después," murmuró ella, "tenemos mucho que preparar..."

Sin una palabra, él se retiró y ella miró con ansiedad su espalda mientras caminaba hacia sus hombres. ¿Lo habría molestado ella en este día de todos los días? Para su alivio, él ladró órdenes a tres hombres. Ellos se levantaron y entraron en una choza para reemerger, uno con redes colgadas sobre sus hombros y los otros dos cargando cada uno un par de cestas; ella esperó que ellos pudieran llenarlas.

Para hablar con Rowena, ella se apresuró al salón, donde su amiga estaba supervisando los preparativos. Afuera en la entrada, los niños recogían brazadas de juncos inmundos y corrían con ellos al basurero. Adentro, tres mujeres con escobas barrían huesos roídos, pedazos de cerámica, cáscaras de huevo, carozos de frutas y otros excrementos en montones de polvo. Más tarde, estos se limpiarían para esparcir los juncos frescos del río y flores secas de lavanda. Otras dos removían antorchas que debían ser reemplazadas en sus soportes. Cuando Cynethryth se aproximó, Rowena cesó la discusión sobre el arreglo de los costados de las mesas y la saludó con una sonrisa.

"Debo alejarte de tu tarea por un momento," dijo ella. Haciéndola a un lado, ella bajó la voz. "Ven, quiero hablar contigo lejos de oídos indiscretos."

En una esquina tranquila, ella miró a los ojos verdes de su amiga.

"Es que el ardor de Caedwalla me inquieta," ella susurró, "Yo... yo nunca tuve un hombre." Ella enrojeció.

Rowena se rió y la abrazó. Dando un paso atrás ella sonrió, "No tengas miedo, es una cosa natural que vas a disfrutar. ¡Piensa en que te envuelvan esos brazos fuertes y que su corazón lata sobre el tuyo! Porque eres una mujer hermosa y saludable pronto darás a luz a un niño. Entonces él te amará mucho más." Ella acarició la mejilla de Cynethryth. "¡Imagina la alegría cuando miras al pequeño por primera vez!"

En verdad, un niño tirando de sus faldas le atraía.

"Rowena, querida amiga, tú debes creer que

yo soy una chica tonta pero debo preguntarte esto. No sirve de nada hablar con Nelda, ella es una vieja solterona tan seca como un palo de leña..." después de una vacilación, sus palabras fluyeron, "... ¿me desnudaré esta noche y estaré lista para él en la cama? ¿Apago las velas?

Los blancos dientes de Rowena brillaban en la oscuridad del salón y su risa tintineante calmo las preocupaciones de Cynethryth.

"¡Oh, oh, ¡cómo te preocupas! ¿Podrías negarle el placer de desvestirte con la luz de las velas y descubrir sus encantos? ¡Ahora ven! Hay mucho que hacer. Te vas a casar esta tarde,"

La organización avanzó a buen ritmo bajo la guía de Caedwalla, Rowena y su cocina. Cynethryth se entregó a los misterios de Nelda, quien le puso un vistió con un atuendo azul pálido y deshizo sus trenzas haciendo que su largo pelo, salvaje y despeinado cayera sobre sus hombros. Como exigía la costumbre, todos deberían saber que ella era una virgen nacida noble. A mitad de estos preparativos tocaron la puerta y Nelda admitió a Rowena. "Lady," dijo ella, en tono formal para el beneficio de la criada, "mi lord me envía por el anillo que le confió a usted esta mañana para la boda. También me pide uno de sus zapatos."

"¿Un zapato, cualquiera sea?" preguntó ella.

"No lo sé, él dice que cualquier zapato viejo servirá."

Cynethryth jadeó y puso una mano sobre su boca. "¡Lo olvidé! ¡Una prenda! ¿Qué tengo que pueda servir? ¡Nada!"

Su sirviente la calmó, "Tu tiene algo para una prenda, mi dulce," y susurró en el oído de su lady causando que Rowena frunciera el ceño.

"¡Oh!" ella suspiró, llevó sus manos a sus mejillas y sus ojos se ensancharon. "¡Pero él nunca debe saber de dónde vino!"

En la luz descolorida del final de la tarde, Cynethryth caminó del brazo de Rowena hacia el bullicio de la reunión en forma de herradura delante del salón. Qué mezcla de emociones desgarraron su corazón; alegría, por ella que iba a casarse con él hombre que ella amaba; tristeza, porque su padre, no su amiga debería estar entregándola; culpable porque su padre nunca habría bendecido esta unión.

Cada alma viviente en Kingsham estaba reunida en el patio. Cuando la novia arribó la multitud cayó en silencio. Sintiendo todos los ojos en ella, se sonrojó y bajó su cabeza. Una forma parecida a una niña abandonada se separó de la multitud y le arrojó un manojo de campanillas de invierno fuertemente atado a sus manos.

Cuando por gratitud ella se agachó a besar a la niña la multitud estalló en vítores.

Caedwalla, en una túnica limpia, sin armas o armadura en su persona, la saludó con una sonrisa cálida.

"Mi lady, ¡más hermosa que sus flores silvestres!"

Rowena tomó su mano y la puso en las del novio. El ayuno comenzó la ceremonia antes que la novia dijera las palabras rituales. "Yo te tomo Caedwalla," su voz firme y uniforme "para ser mi esposo, para tener y mantener, desde este día en adelante, para lo bueno y lo malo, la riqueza y la pobreza, en enfermedad y salud, para ser hermoso y rollizo, en la cama y a bordo, por más justo o más asqueroso hasta que la muerte nos separe."

El guerrero del West Seaxe hizo la misma promesa solemne en un tono profundo y seguro y un rugido poderoso y aplausos señalaron la unión.

Él buscó a tientas en sus ropas y sacó la alianza – el anillo dorado que ella había usado antes,

"Deja que este anillo sea prueba para sellar nuestro amor," dijo él y la besó y una aclamación mayor. Olvidado, empujó el anillo en su dedo anular, como era la tradición, pero le quedaba grande, no encajaba; riendo, lo deslizó en su pulgar.

Cuando Cynethryth le dio un codazo a Rowena sacó un objeto dorado, se lo pasó a su amiga. "Deja que este anillo sea una prueba de nuestro amor," ella repitió y juntaron sus bocas en un beso para el clamor y burla de la gente. Nunca había existido tanta felicidad.

Distraída, ella intentó deslizar el anillo en su anular, pero era demasiado pequeño, no pasaba de la primera falange. Esta vez, la multitud compartió la risa cuando los espectadores más cercanos explicaron la razón de su alegría a los que no entendieron. La novia deslizo el anillo de oro en el dedo meñique del novio con una silenciosa plegaria a Freya para que nunca lo vinculara con su compromiso con Eadric de Kent.

Lo que pasó a continuación la conmocionó. Caedwalla buscó en su túnica una vez más y sacó su zapato. Antes que ella parpadeara él la golpeó en la cabeza con el zapato.

"¿Qué...?"

"Una señal," dijo él, su voz alta para que todos escucharan, "de la autoridad de tu marido." Él se lo dio a Rowena, "Ponlo en la cabecera de la cama. En mi lado. Ahora, ¡que suene el cuerno, la fiesta comenzará!"

En su lado de la cama. ¡Lo veremos!

Caedwalla la tomó en sus brazos y le dio tal beso que ella olvidó la rebelión por el momento. Para satisfacer la tradición, ella arrojó el manojo de campanillas a la reunión para que alguna doncella lo atrapara.

La multitud se dispersó, pero mucho antes del anochecer, los hombres se dirigieron al salón con el sonido del cuerno. Un baladista comenzó a tocar la lira y prometía la leyenda de la gloriosa victoria sobre Aethelwalh, a cambio de cerveza con sabor a milenrama. Algunas de las mujeres cuidaban de los niños mientras en la cocina el resto trabajaba en los fuegos y en los hornos. De este último flotaba un aroma delicioso mientras sacaban panes de la mitad de tamaño de volteretas en palas de madera. En nubes de vapor, otras colaban vegetales mientras algunas rebanadas de carne goteaban jugos o cuencos rellenos con tocino y cebada. Otro usó un palo de sauce para espantar los perros y gatos babeantes que merodeaban. En medio del bullicio, las voces de la cocina y Rowena dando órdenes sonaron sobre el estrépito de las ollas y la charla alegre.

En el salón, la dama del rey, cabello alzado en una corona de honor, le dio una copa a su marido a la manera de su gente. Le esperaba una noche de servirlo en la mesa, pero su buen humor y sus miradas cariñosas la hicieron considerar que valía la pena. Cynethryth perdió la cuenta de los viajes que las mujeres hicieron a la cocina. Bowls de tocino con cebada precedieron los huevos de gallina cocidos, el filete de lucio al horno, el chorlito asado y el pato, y los filetes de vaca grillados con vegetales. Todo esto ellos se lo entregaban y ella se los presentaba a su lord. Todo este tiempo, ella llenaba el cuerno d beber con cerveza y se preguntaba si su hombre podría sobrevivir la velada lo suficientemente sobrio para cumplir con sus deberes nocturnos. O la bebida era suave o su resistencia era más firme que la de Eadric porque no mostraba signos de estar borracho que ella había presenciado hace unos días – una vida- antes. Cuando se secó la boca con deleite después de los pasteles que rezumaban miel, Caedwalla la tomó por el brazo. "Manda por tu criada cuando estés lista, esposa."

En la calma de sus aposentos, su sirvienta bañó y secó a Cynethryth antes de buscar un frasco de precioso aceite de perfume de sauco para perfumar su piel. "Es mejor vestir al liviano de lino, alegría de mi corazón," dijo Nelda con una practicidad sorprendente para una criada anciana. A su ama le cayó el pelo suelto y lo peinó en una cascada de oro rojo hasta la cintura.

"Ve e infórmale al rey de mi disposición."

Nelda se apresuró al salón y se dirigió a la larga mesa e hizo una reverencia ante Caedwalla.

"Mi lady lo espera, lord."

La sirviente quien nunca se había acostado con un hombre, se sonrojó hasta las raíces de pelo gris ante el obsceno anuncio y sugerencias de los guerreros enamorados con sidra e hidromiel. Como ella resistía la urgencia por huir del edificio a favor de una salida más digna, ella rezaba para que la Madre Tierra, que el señor de la guerra fuera amable con la doncella.

Afuera, Caedwalla aspiró el aire fresco y buscó inspiración en las estrellas, su mirada pasó de la Carreta de Woden, abajo en el cielo, al pulsante Corazón de Jabalí. Con la mente algo nublada por la bebida, sacudió la cabeza para aclarar sus pensamientos. Ciertamente, él tenía experiencia con las mujeres, pero nunca se había acostado con una que él amara. Cynethryth, feroz como un lince, con el cabello como la saxífraga en flor, debía tener un magnifico regalo a la mañana como demandaba la tradición, pero ¿Qué? El exploró el firmamento, pero no encontró sugerencias: ¿qué le faltaba?

¡Eso es! ¡El Mearh! El potro... brilla en el cielo de diciembre. Ahora es febrero. ¡Se ha largado al galope!

Satisfecho por su broma no compartida, se

rió entre dientes y entró en el dormitorio donde murió su sonrisa. El zapato ceremonial lanzó su silencioso desafío desde el lado de la cama de su esposa.

"¡Ah zorra!" gritó él. "¿No estás contenta con mandar a mis hombres?"

"¡Un hombre real no necesita de un zapato!" dijo ella, desafiante.

Cuando ella se levantó en la mañana, su cuerpo estaba dolorido pero su corazón lleno de alegría, ella encontró al principio el hueco en el colchón donde él había dormido. Cuando ella se levantó, descubrió el zapato, atravesado por un cuchillo tan profundamente en su cabecera que con todas sus fuerzas no pudo sacarlo.

"¡Nelda!" llamó ella.

La servidora entró y Cynethryth no dejó de notar la alegría mal disimulada en los ojos de la mujer, "¡Trenza mi cabello! Yo me bañaré."

La satisfacción hizo que la severidad del tono sonara falsa. Nadie conocía a Cynethryth tan bien como su vieja niñera. Pero cuando su dama salió al rocío de la mañana la criada conocía los secretos del alma de su ama.

Afuera, Cynethryth encontró a su marido

sentado en un balde volteado pasando una piedra de afilar por su espada.

"¡Aquí está tu esposa! Nada te despertaría. ¡Mira si sigues afilando esa hoja me arriesgo a que será mejor que pelees con una espiga de hierba!"

Ante su sonrisa pícara, una calidez nunca experimentada la invadió.

¡Soy una mujer enamorada!"

Por una vez ella no encontró palabras, pero la alegría de su sonrisa la trajo de su lado.

"¡Ven! Es tiempo de tu regalo matutino."

No era una mujer calculadora, había olvidado esta costumbre, entonces ella lo siguió a él sorprendida. Cuando ellos se aproximaron al establo, un joven se precipitó al interior para volver un momento después conduciendo a un potro blanco u calmando a la tímida criatura con palabras suaves.

"¡Que piensas, esposa? La potra tiene cinco lunas y está destetada."

"Oh, ¡ella es una maravilla! ¿Cuál es su nombre?"

"Eso es para que tu decidas."

Cynethryth se acercó para acariciar el aterciopelado hocico y recibió un gratificante relincho y movimiento de cabeza.

"Pensaré en ello". Sus ojos grises oscuro destellaron amor y gratitud por la generosa dádiva.

"Piensa tres veces, esposa. Porque tu montura viene con otras dos potras – bayas – unas pocas semanas más viejas. Un caballo debe ser un caballo, no un juguete estropeado y juntas se criarán bien bajo tu guía. Es un compañero paciente." Caedwalla puso una mano en el hombro del joven. "Cuando sean yeguas, él será tu caballerizo."

"Ella es blanca como la espuma arrojada sobre las rocas – la llamaré *Espuma*."

"¡Hablas con una verdadera Wihtwara!"

Al final de la mañana, ella se deleitaba en la intimida de comer sola con su esposo. Cada gesto suyo, cada curva de su boca le daba una idea del hombre con el que se había casado. La ilusión que el Tiempo podría ser mimado como una gema, un objeto precioso torneado en la mano para revelar todas sus facetas, se hizo añicos cuando ella vertió cidra en su copa. La satisfacción reveló su naturaleza fugaz cuando Caedwalla admitió a un mensajero, un explorador, a su presencia.

El hombre se inclinó, cabello enmarañado y ropa gris con polvo. "Lord, los duces del South Seaxe han levantado un ejército para vengar el asesinato de su rey. Perdóneme lord, yo err...

para ser exacto, ellos han reunido dos huestes y han enviado emisarios a Eadric de Kent por más hombres."

Si Cynethryth necesitaba adentrarse más en la naturaleza de su hombre, su reacción a las noticias se lo proveyó. La fiera luz en los ojos azules, la tensión de la mandíbula, el puño apretado, todo hablaba de alguien que se gloría en el combate. La muerte, la destrucción y el sacrificio no significaban nada para él – el poder, todo. Otro aspecto de su carácter se reveló ante ella, pero el Tiempo tirano ahora, echó un sudario sobre lo que brevemente le había concedido ver.

"La fuerza cercana, ¿Cuál es su tamaño? ¿Quién la lidera y cuantas leguas hay entre nosotros?"

"El primero solo nos supera en número, lord dos a uno. El dux, Beorhthun, está a la cabeza. El que tiene el escondite de Wlensing en la costa del río Arun en el norte. Ellos están a dos días de marcha de acá. Yo no sé si van a moverse o esperan a los hombres del otro dux, Andhun, más al este. Calculo que es mejor montar aquí de una vez. "

Caedwalla acarició su barba, "Una sabia decisión. Te agradezco. De cualquier manera, no podremos enfrentarlos en batalla abierta." Sus ojos se demoraron un instante en el emblema del

South Seaxe colgado en la pared. "No te rendiré sin luchar," murmuró. Hablando con el mensajero de nuevo, "Ve a la cocina, busca refrigerio y descansa para movernos pronto." Luego llamó a un sirviente con un gesto de su mano. "Llama a mis asistentes, Maldred y Werhard, pídeles que vengan con toda prisa,"

Los dos asistentes se inclinaron delante de su lord, sus formas en marcado contraste. Werhard fuerte y rubio guerrero del Meonwara, parada cabeza y hombros por encima de Maldred del West Seaxe, un individuo cuadrado, de pelo oscuro tan brutal en apariencia que produjo un involuntario escalofrío a Cynethryth.

Ella escuchó con interés como su marido le daba las noticias de su enemigo, pero se ponía pálido y tenso en sus siguientes palabras.

"Werhard, tu carreta con la cubierta de lino alquitranado, doble yugo con bueyes. Observa a los sirvientes prepararlo con bancos y cojines y todo lo que mi lady y sus acompañantes puedan necesitar para su viaje." Hizo una pausa por un momento para sonreírle a ella, lo que le desgarró el corazón porque tenían que separarse después de una noche juntos. "Escoge diez guerreros y que ellos escolten a mi mujer a la Abadía de Selsea. Busca al que anda con el nombre de Wilfrith."

Duro y determinado, sus ojos encontraron los suyos y los sostuvo. "Es lo mejor, mi amor. El portador de la cruz te mantendrá a salvo hasta que yo vaya a buscarte. No tengas miedo, ya iré. ¡Ningún hombre nos separará!"

Cada fibra de su cuerpo ansiaba por discutir, por gritar su negativa, pero ella no quiso contradecirlo en frente de sus hombres. Tampoco permitiría que las lágrimas llenaran sus ojos. Ella no lo ofendería aquí. En cambio, asintió y mantuvo la cabeza en alto.

Él llamó a Werhard una vez más, "Tienes que encontrar a Guthred. Él partió ayer con el cuerpo de Aethelwahl. Díganle que se apresure, porque necesito a mi astuto zorro."

Él procedió a dar instrucciones sobre donde volvería a unirse con su banda de guerra, en algún lugar de una zona desconocida para Cynethryth, antes de decir," ... y lleva a los potrillos y al joven que cuida de ellos hasta Selsea."

De nuevo, giro para sonreírle a ella pero esta vez ella no lo miraba a los ojos. En cambio, le ofreció a Maldred una sonrisa sin alegría, más como un gruñido de lobo, "Reúne a los hombres. Que afilen sus espadas, que empaquen en sus caballos, comida y bebida. Nos vamos en una hora. Las mujeres, niños y sirvientes que deseen permanecer en Kingsman pueden hacerlo. No sufrirán ningún peligro de su propios parientes cuando el enemigo arribe, ¡Ve ahora!"

Solos, al final, ella giró hacia Caedwalla, su voz no era más que un silbido, "Juré permanecer a tu lado... por lo justo o lo sucio... hasta que la muerte nos separe."

"Esposa, tú partes con Werhard."

Arrancando la copa de sidra de su mano, ella le dio dos débiles golpes en la parte superior de su brazo.

"Mira" se burló, "¿De qué servirías en un combate? Un hombre puede perder su vida para salvarte."

"Yo iré contigo!" ella golpeó con el pie.

Él se levantó de la mesa y se elevó sobre ella, su cara era una máscara de furia y ella se acobardó ante él. De repente, una expresión astuta reemplazó a la rabia.

"Es verdad," dijo él, "juramos que la muerte nos separaría. Por derecho, los dioses deben decidir. ¿Qué dices tú? Ven, ¡un apretón de manos!"

Ella lo miró fijamente por un largo tiempo, pero él se enfrentó a su escrutinio sin ningún reparo. Ella temía un truco, pero confiaba en Freya. Ni siquiera Caedwalla podía atraer a

Logna, el hacedor de travesuras a su voluntad. Su pequeña mano se perdió en la de él.

¡Oh, no quiero dejarlo ir nunca!"

Él le sonrió.

"Bueno, esposa. Que los dioses te den fuerza." Él la llevo a la recámara.

"¡Eso!" Él apuntó al arma embebida en la madera. "Libera el zapato y puedes venir al campo; fallas, y vas a Selsea."

"¡Una maniobra vil! Oh, ¿por qué puse mi fe en ti?"

Sintiéndose herido, Caedwalla dijo, "¿Dudas de los dioses, mi amor? Si es su voluntad el cuchillo se deslizará como si fuera queso crema. ¡Vamos! Mira cual su deseo para ti."

Cynethryth lo miró, frunció la boca y se acercó a la cabecera. Con una rápida oración a Freya, ella agarró la empuñadura y tiró con todas sus fuerzas. El arma no se movió. Roja por el esfuerzo, ella intentó de nuevo, sin éxito. Él no se burló, en cambio, con una voz gentil, él dijo, "Esposa, me entristece dejarte, te juro que volveré pronto por ti. Ahora, llama a tu sirvienta y haz que prepare tus pertenencias."

Se acercó al cuchillo y, ante sus ojos incrédulos lo liberó sin esfuerzo, tiró el zapato al suelo y regresó el arma a su cinturón.

"Un día", dijo ella, "¡más temprano que tarde, te haré pagar por esto!"

Pero sus acciones traicionaban sus palabras, porque ellos cayeron uno en los brazos del otro y el beso fue largo – dulce y pesaroso.

Noche en el bosque, mientras está agradecida de no estar tirada en el suelo duro como su escolta, aun así, Cynethryth no podía dormir. A diferencia de Rowena y Nelda, las horas de oscuridad transcurrieron con sufrimiento. Aunque el sentido común le dijo que Caedwalla había sobrevivido hasta aquí sin sus plegarias, la preocupación y la culpa por el rompimiento de su compromiso la atormentaban.

A media mañana el día siguiente, los bueyes entraron pesadamente en la abadía en Selsea donde el joven a cargo de los potros llevó los animales al establo. Una monja endeble con un vestido gris, con una gran cruz de madera colgando sobre su pecho, condujo a las mujeres a sus cuartos austeros. Probando el delgado colchón de paja en su jergón con la palma de su mano, Cynethryth confirmó la falta de confort. Un golpe en la puerta significó que ella no tenía tiempo para apreciar su entorno. ¡Rowena! ¿Cómo podía ella rehusarse a la súplica urgente para que la ayudara a encontrar a Guthred cuando ella también había pasado muy poco tiempo con su nuevo marido?

Interceptaron a una mujer reacia vestida con un hábito, la coaccionaron para que las llevara con los guerreros. Los encontraron fuera del refectorio donde la expresión severa del noble se suavizó a la vista de su mujer.

A punto de retirarse a una distancia discreta de la pareja que se abrazaba, Cynethryth vaciló. Un monje captó su atención corriendo hacia un hombre distinguido y espléndidamente ataviado delgado y fibroso, a un lado de los guerreros del West Seaxe. El hermano llamó al hombre con la suntuosa capa púrpura, "Lord Obispo, los Wihtwara en la puerta buscan refugio: hombres, mujeres y niños. Debe haber dos docenas de ellos. ¿Qué les debo decir?"

"¡Admitirlos! Estamos sobrecargados, pero Dios proveerá. Me reuniré con su líder."

El prelado giró, y le dijo algo a Werhard que Cynethryth no pudo captar, antes de apresurarse detrás del monje. Guthred se separó de Rowena, se aproximó a Cynethryth y se inclinó. "Mi lady, el tiempo presiona, debemos despedirnos, el rey nos espera en el campo."

Tomando a su compañera del brazo, Cynethryth sonrió. "Ven, los acompañaremos hasta la puerta" giró hacia el noble, "haremos sacrificios a los dioses por vuestro pronto regreso."

Pasaron junto a un edificio de madera con un techo de paja y una cruz sobre la puerta, más allá del pozo, donde un monje estaba sacando agua cerca de una impresionante columna de piedra con sus bestias talladas en colores brillantes. En otro momento, reflexionó Cynethryth, podría estudiar las escenas retratadas en los paneles.

Sus reflexiones dieron paso al asombro mientras se acercaban a la puerta. Desde el grupo de gente reunida alrededor de dos hombres, las caras familiares le sonrieron y los niños señalaron. Ella había conocido a esta gente en su joven vida entera.

En el centro ella distinguió la figura con la capa púrpura del obispo hablando con..., su corazón dio un vuelco... ¡su padre!

Como en un sueño, ella vio como Aelfhere interrumpía su conversación para mirar boquiabierto en su dirección antes que el círculo de los Wihtwara que la rodeaban abrieran un espacio para que dejarlo pasar.

"¡Cynethryth! ¿Por qué estás aquí?"

"¡Padre, estás vivo!" dijo ella, y de inmediato lamentó la inutilidad de sus palabras.

Él la tomó en sus fuertes brazos y la sostuvo con fuerza antes de aflojar su abrazo para besarle la frente. Mientras lo hacía, entrecerró los ojos confundido cuando se posaron en los guerreros del West Seaxe detrás de ella. Su cuerpo se tensó, y a la vez su estómago se apretó. En el fondo ella lo había creído muerto. Su supervivencia era inconcebible. En una lucha, él hubiera sido el último hombre en bajar su arma o en huir. Ella no tenía dudas tampoco, él no estaba para persuadir; pero ella tampoco. ¿Cómo es que estaba vivo? ¡Qué destino inesperado! El ajuste de cuentas estaba sobre ella. En desesperación, Cynethryth pensó en su marido y encontró fuerza. Antes que su padre pronunciara una palabra, ella lo traspasó con una voz tan dura como la columna de arenisca tallada a sus espaldas.

"Aelfhere de Cerdicsford, entérate de esto, tu hija está casada con el Rey del Suth Seaxe."

¡Qué el amor que me tienes apague tu ira!"

Este pensamiento y la súplica en sus ojos fueron en vano.

Con total desdén, dijo, "¡El Rey ha muerto... el compromiso traicionado! Debo enderezar estos errores."

La colmó una pena incalculable. Qué

amarga la copa que Uurdi había extraído del Pozo del Destino...ella deberá beberla hasta las heces!

"Tú no mandas en mi corazón. Pertenece a otro."

Aun los niños permanecían en silencio, sin comprender, pero consientes de la tensión en el aire.

"Desde la elevación del pilar que conecta los nueve mundos, las hijas deben obedecer a sus padres. Vendrás conmigo."

Cynethryth lo miró. "Las esposas obedecen a sus maridos. ¡Me quedaré aquí!"

La mano de Aelfhere voló al pomo de su espada. "¡Traición! Tu..."

"¡Espere!" Wilfrith dio un paso adelante, la voz cargada de autoridad. "Esta es una casa de paz. No se derramará sangre en el suelo santo." Frunció el ceño a los guerreros del West Seaxe, sus armas desenvainadas.

"Mi Lady," Guthred miró a Cynethryth, "¿sus órdenes?"

"El Lord Obispo tiene razón. Nosotros somos huéspedes. No habrá peleas." Ella giró hacia Aelfhere una vez más. "Padre, como ves, mis hombres superan en número a los tuyos. No hay punto de conflicto. ¡Vuelve a casa! Informa a Arwald que tu hija se ha casado con el Rey del

Suth Seaxe. Dile que no tiene que temer nada de Caedwalla. De hecho, la dama del rey, al ser de la isla, ofrece protección para Wiht."

Su ferviente deseo era que ella no hubiera pasado la raya. ¿Por qué el bispo miró con recelo? Después de todo, ¿no podría su marido proveer tal escudo? ¿No debe él mismo enfrentarse a un terrible peligro? ¿Había convencido ella a su padre?

Su dura respuesta fue tan imprevista como su amarga risa, "¡Regresa! ¿Al perro traicionero, Arwald?" sus palabras fueron tan impactantes como la mirada que le lanzó. "¡Eadric lo matará junto con el advenedizo que te ha tomado por su puta!"

Escupió al suelo y giró, como si ella no existiera, para suplicarle a Wilfrith.

"Obispo; tengo pocos guerreros conmigo. Nos iremos por tierra al Suth Seaxe, pero la isla no es tan segura para esta otra gente y sus familias a no me queda nada que ofrecerles. Le ruego que los tome bajo su protección. Tienen manos dispuestas y pueden trabajar los campos y las mujeres saben hilar..."

El obispo sonrió. "El Abad Eappa está ausente y aunque la decisión le pertenece, sé que estará complacido que el pueblo crezca. Doy mi consentimiento en su nombre. Hay algunas condiciones, por supuesto. Hasta que los hombres no hayan construido hogares fuera de las paredes de la abadía donde están las casas, las mujeres y niños se alojarán con las monjas, los hombres deberán dormir en los dormitorios de los monjes y cada uno debe consentir ser instruido en la verdadera fe."

Aelfhere había discutido esta posibilidad con sus esclavos en el cruce. "Le agradezco. Nosotros hemos hablado de esto y ellos han aceptado sus términos."

"¿Y no hará usted las paces con su hija?" preguntó el obispo.

"Ay, cuando ella sea una viuda lista para casarse con Eadric."

Cynethryth dio un paso adelante, "Padre..." dijo ella, extendiendo una mano.

Pero el noble no se dignó a mirarla, en cambio, se acercó a los Wihtwara. "Baldwulf, Wulflaf, Ewald, Hynsige, digan adiós! ¡Salimos!

Determinada a ser fuerte, Cynethryth luchó contra el nudo en su garganta y cerró los ojos con fuerza. Rowena se acercó y tomó su mano, "Sé valiente", le susurró, "Uurdi teje, pero a veces los hilos se deshacen."

Agradecida con su amiga, ella asintió, fijando a Guthred con una mirada feroz. "Noble, dame tu palabra que los dejarás ir ilesos y sin trabas."

Ella apuntó a la retaguardia de los guerreros Wihtwara cuando ellos pasaban a través de las puertas de la abadía.

"Nosotros los seguiremos hasta que estemos seguros que no piensan regresar. Cuando estemos satisfechos, nos apresuraremos con nuestro Rey, tu marido." Él tomó a Rowena del brazo, "Esposa, te encargo a ti velar por la dama del rey – no debe sufrir ningún peligro."

6

AELFHERE

Kingsham, West Sussex, Marzo 685 AD

"¡Qué basto este maldito bosque de Andredes!"

Los dedos del dux, Beorhthun, tamborileó sobre el mapa y lo extremo de su voz delató su enfado. "Cieno cincuenta millas desde las marismas orientales hasta el límite occidental y treinta y cinco de ancho. Es como..."

La atención errante de su oficial se perdida, siguió con su mirada al guardia que se apresuraba por el pasillo.

"¿Qué es esto, hombre?"

"Lord, el jefe que lidera a los Wihtwara

contra el usurpados Hlothhere está en la puerta y ruega que lo deje entrar."

Beorhthun se enderezó a su altura completa e imponente, "¡Traédmelo!"

Aelfhere no recordaba al dux de la batalla cerca de Isefeld, pero el noble hombre del Suth Seaxe recordaba la destreza del noble y lo saludó con calidez, no destinada a durar.

"Lord, estoy recién llegado de Wiht de donde traigo graves noticias. Arwald tiene la intención de unirse al rey asesino, Caedwalla, de quien se dice que puede confiar con los Meonwara para ayudarlo. ¡El tiempo es vital! Debemos atrapar y destruir a este advenedizo antes que pueda reunir más hombres del oeste."

"¿Arwald rompió su alianza con el Suth Seaxe?"

En un instante Beorhthun había comprendido el peligro pero, para consternación de Aelfhere dijo, "¿Atraparlo? ¡Es más fácil encontrar una musaraña en un acre de matorral!" golpeando el pergamino. "Aparte de las carreteras transitadas y algunos estacionamientos dispersos, no conocemos nada del bosque." Estrelló un puño contra la palma de la mano. "He enviado exploradores en todas direcciones, pero ellos retornaron sin avistar... excepto dos." Dio unos golpecitos en la carta. "Ellos viajaron al oeste por tres días en esa dirección...pero ellos no retornaron." Con expresión pensativa miró a Aelfhere. "¿Cuántos hombres traes desde Wiht?"

"Cuatro, lord, pero..."

"¡Cuatro!" el tono desdeñoso coincidía con la burla de los ojos azules, mientras sus pobladas cejas rubias se unieron en un ceño fruncido cuando el noble de Wiht se inclinó sobre el mapa.

"Deberíamos movernos aquí", corrió el dedo desde Kingsham a lo largo de South Downs hacia el oeste, "para separar a Caedwalla del West Seaxe y..."

"Dime," dijo el dux con una mueca, su tono más sardónico que nunca mientras miraba a los otros nobles, "¿por qué seguir el consejo de alguien que trae a la mesa una fuerza de cuatro guerreros?"

Con una carcajada provocadora, miró alrededor al debate para buscar aprobación y cabezas asintiendo.

Aelfhere enrojeció, pero mantuvo su voz tranquila, "Repito, el tiempo presiona. Debemos movernos antes que nuestro enemigo se fortalezca..."

"¿Debemos?" Beorhthun tiró hacia atrás su largo cabello mientras se paraba derecho y cruzaba los brazos.

Desde su tono arrogante, estaba claro que la opinión del Wihtwara no contaba para nada, pero él determinó no dejarse engañar en presencia de sus compañeros. *"Nosotros,"* el dux acentuó la palabra, "deliberamos esperar la llegada de Andhun y sus ejércitos desde las fronteras de Kent."

"A cinco días de marcha..."

"Cinco días que usted, mi amigo y sus guerreros"...esto seguido por una sonrisa sin alegría y el dux señaló con un dedo el área donde los exploradores habían desaparecido..." puede utilizar para encontrar a la banda de guerra. Si los encuentra, donde su búsqueda nos sorprenderá, ¡Informe aquí! No nos moveremos hasta que sepamos su paradero."

Aelfhere miró al dux del Suth Seaxe, cuidadoso de mostrar ira ni en su mirada ni en su voz, "Es mejor un búho que un hurón para detectar una musaraña, lord. Y el pájaro es conocido por su sabiduría." No atreviéndose a decir nada más, inclinó su cabeza en deferencia, agregando. "Volveremos dentro de cinco días con las noticias que usted busca."

Afuera, él miró hacia arriba al cielo y olió el aire. Pesadas nubes grises en la distancia hacia la costa amenazaban lluvia.

"Clima cambiante," dijo Baldwulf, pausando

para ver la expresión del otro hombre. "¿Otra tormenta a la vista?"

El noble suspiró y se encogió de hombros, "Viejo amigo, ¿qué haría yo son ti? La zorra me traicionó y corre con el zorro. ¿Por qué nadie hace caso del peligro? Aquél nos hará pagar a todos por su arrogancia a menos... ah bueno, ¿dónde están los otros? Mejor no demorar, tomaremos el camino antes que oscurezca. Te explicaré en el camino.

Osos, manadas de lobos, jabalíes y forajidos frecuentaban los bosques de Andredes, todos peligrosos más allá de dudas, pero los cinco hombres de Wiht deseaban que los exploradores de la banda guerrera no los vieran. Ellos evitaron el primer paso al salir de Kingsman. La lluvia comenzó a caer mientras la luz del día se desvanecía, así que cuando llegaron al segundo, pidieron alojarse en el granero. Con su ánimo alto por la seguridad y el confort de su refugio, cayeron dormidos fácilmente.

De los cinco, Ewald conocía bien el bosque. De vuelta en Wiht, estaba acostumbrado a llevar a sus cerdos grises entre los árboles en busca de bellotas. El siguiente día, antes que dejaran el camino y se internaran en el bosque, el noble contó el supuesto paradero del enemigo y confió en el supuesto sentido de orientación del porquerizo. Con sólo una vaga idea de la posición enemiga, obtenida por una mirada al mapa atrás en el salón, Aelfhere se dio cuenta de la enormidad de lo que había emprendido. El sol, escondido detrás de un manto de nubes grises, no aparecía para orientarlos. La lluvia cedió a una llovizna, pero la vegetación húmeda hacia que su marcha fuera incómoda y la perspectiva de una fogata a la noche, despreciable.

Y sin embrago, ¿qué elección tenía? No lo había llevado a esta situación una reacción impulsiva, sino una combinación de circunstancias. Entre ellos, el principal era una aguda conciencia de no ser escuchado con respecto a la amenaza de la banda guerrera del West Seaxe. Al matar a Aethewahl y apoderarse de Kingsman, Caedwalla había dejado en claro sus ambiciones. No solo del Suth Seaxe sino de su propia isla, y aun el Cantwara, estaban en riesgo. Las consecuencias de esta creciente amenaza lo urgían.

A media tarde, ellos se detuvieron a construir una empalizada donde ellos soportaran una noche miserable antes de levantarse temprano presionados. El cielo estaba gris pero la lluvia se contuvo, lo que los alentó a marchas por varias horas. Al final, llegaron a un arroyo burbujeante a donde se detuvieron a descansar y refrescarse.

"¡Cállate!" Ewald levantó un dedo a sus labios. Cada hombre se esforzaba por escuchar el menor sonido que no fuera el canto de las aves asustadas que habían alertado al porquerizo. Sin ninguna palabra, el noble gesticuló, dirigiéndolos a extenderse en un amplio círculo. En pocos momentos, ellos eran invisibles y silenciosos.

Una figura harapienta, bastón en mano, se acercó a la pequeña catarata en el arroyo donde los Wihtwara habían hecho la pausa y donde Aelfhere permanecía agachado, escondido en la maleza. El tipo vestía mallas de lo peor con agujeros y una túnica raída atada a la cintura con hierbas tejidas. Metido en ese cinturón llevaba un cuchillo de pedernal, atado a una mitad de madera rugosa. A pesar de su deshilachada apariencia, bajo sus finos vestidos la forma de sus fuertes músculos, digno de un guerrero, impresionaron a Aelfhere cuando el hombre dejó el bastón y se arrodilló para beber. Por el cabello negro y el largo de la cara, el noble juzgó que él sería un Bretón.

Cuando el vagabundo puso las manos en el agua. Aelfhere desenvainó su espada, la sacó para clavar la duela en el suelo con su bota. Su presa se puso de pie de un salto y se dispuso a huir, pero en vista de los cuatro guerreros que emergieron, bloqueando su escape, sus hombros se hundieron y atemorizado cayó de rodillas.

"¿Qué eres? ¿Un ladrón a la fuga?"

Los ojos marrones iban de uno a otro hombre, "No, lord." Su pequeño acento era de un pueblo de la larga costa oeste, "En fuga es verdad, pero nunca robé nada en mi vida,"

"Sin embargo, la ley ordena que cualquiera que deambule por el bosque debe hacer sonar un cuerno para anunciar su presencia, de lo contrario es un proscripto y puede ser asesinado," dijo Aelfhere.

El hombre inclinó su cabeza y habló hacia el suelo, su voz amargada. "Ningún hombre debe ser esclavo de otro. Es mejor morir." A pesar del silencio del bosque, el Wihtwara apenas escuchó las palabras siguientes. "¡Por fin a esto, entonces!"

El noble intercambió miradas con Baldwulf y negó con su cabeza, con un brillo astuto en sus ojos.

"¿Qué me dices tú, asistente? ¿Debemos poner fin a la ilegalidad de este desgraciado?"

"Ay, no es vida para un hombre, ¡hagámosle un favor!"

Aelfhere levantó el mentón del hombre.

"¿Qué dices tú Bretón? Junta tu suerte a la nuestra. Sé un hombre libre, con un lord que te proteja. Pelea de nuestro lado."

Sin atreverse a comprender, el fugitivo buscó el engaño detrás del ofrecimiento. Sin embargo. El rostro del hombre inclinado sobre él mostraba verdad suficiente.

"Ven, siéntate con nosotros, come y bebe. No hay prisa para una decisión. ¿Tienes un nombre? "

"Cadan." Él tomo la tira de carne seca salada que le ofrecía, sin creerse la suerte que le había tocado... si es que la necesidad de luchar era buena suerte. Escuchó la explicación de la presencia de los hombres de Wiht en lo profundo del bosque de Andredes, y habiendo saciado la sed inducida por la sal, se sentó de nuevo con las piernas cruzadas.

"Si es el Gewissa al que combates. Yo soy tu hombre," dijo él, usando el nombre que los bretones le daban al West Seaxe, "Su rey, Centwine, tomó las tierras de los Defnas y le prendieron fuego a mi granja, dejándola en cenizas..." Hizo una pausa y miró a la distancia, tan sombrío como el cielo sobre ellos, "Ellos nos atraparon a lo largo de la costa desde dos direcciones y esclavizaron a los que capturaron. Al final de la campaña, un noble me llevó encadenado a un pueblo llamado Cecal tun, que se encuentra a tres leguas al noroeste de aquí."

"¿Por qué huiste?" preguntó Baldwulf.

"No podía soportar otro invierno. Uno fue suficiente. Ellos me hicieron trabajar como una bestia, pero la comida era escasa y los golpes abundantes. Historias de cazadores en el grandioso bosque a pocas millas llegaron a mis oídos. Entonces una noche, me levanté y hui. Hay truchas en este arroyo, ¿lo sabes?" Señaló con el pulgar el arroyo. "De todos modos construí un refugio en un árbol, en una parte densa del bosque, por allá," repitiendo en gesto, "no es fácil de encontrar y sirve para mantenerme a salvo de los lobos y otras bestias merodeantes."

"Por tanto, conoces el bosque bien," dijo Aelfhere.

El bretón asintió.

"Entonces tú sabes por qué te pregunto..."

"Ay, yo puedo llevarlos a ellos. Pero cuidado con sus exploradores. Yo me froté con ellos más de una vez. Esta es la primera vez... pero no lo esperaba..."

"Cadan de los Defnas, jura ser mi hombre y cumplir mis órdenes," Él mantuvo en alto su mano. El bretón la apretó, pero el noble no soltó su agarre. "De regreso en Wiht, tú serás un campesino libre, es mi juramento."

Ellos siguiendo a su guía por una legua o más hasta que de repente se detuvo.

"Allí" él indicó hacia la izquierda, "está el río. Ellos lo llaman el Aemele porque fluye hacia abajo hacia una digna villa fortificada en la costa llamado Aemeles. La cosa es que aquí el suelo es arcilloso y el drenaje es malo. Tenemos que bordear el pantano." Él giró hacia Aelfhere, "Ellos eligieron su base bien. Es un parche de brezales, pantano a un lado, bosque en el otro. yo puedo acercarlos lo suficiente pata que los vean, pero debemos tener cuidado, hay centinelas en todas las direcciones. Nos moveremos adelante sin hacer ruido y en cortos trechos. Uno a la vez. De cubierto a cubierto. ¿Claro?"

Cadan corrió hacia adelante, rápido y silencioso como un ciervo. Antes de desaparecer en una densa maleza. En un momento o dos el reapareció, haciendo señas con la mano. Aelfhere partió a toda prisa y se puso en cuclillas junto al bretón.

"Tendrás que esforzarte más," le susurró el guía, "¡trata de no pisar ramas muertas!"

Intentando escuchar el más mínimo sonido, asomó la cabeza afuera de la vegetación y miró alrededor. Satisfecho, hizo una seña al siguiente hombre, Wulflaf.

"¡Mejor, mira! él no hizo ningún ruido." Le dijo al noble, quien olfateó.

De esta forma, ellos hicieron progresos tediosos pero seguros hasta que el sexto de ellos yacía boca abajo, lado a lado, en la hierba en los confines del bosque. Sin levantar sus brazos por encima del suelo, Cadab apuntó a una elevación flanqueada por aulagas. "El campamento," pronunció las palabras sin sonido.

En el páramo, Aelfhere divisó las carpas, unos guardias patrullaban en el borde de la loma y las delgadas plumas de humo desde sus fuegos. Él había visto demasiado. Deben apresurarse a Kingsham sin demora. Esta vez, él se pararía delante de Beorhthun con el invaluable bretón como testimonio viviente.

Retirándose, dejaron el campo enemigo detrás de ello hasta, cuando Aelfhere comenzó a sentir que estaban al descubierto, su guía les hizo señas que se escondieran detrás de un matorral de espinos. A través de los árboles, señaló la figura solitaria de un guerrero del West Seaxe armado con lanza y escudo, puñal al costado. Cadan esperó hasta que el hombre le dio la espalda antes de correr detrás de otro grupo de alisos a cinco yardas de distancia. A pesar del silencio y rapidez de movimiento, activó la alarma de un pinzón, lo que provocó que varios pinzones acudieran en masa. Alerta ante cualquier disturbio, el centinela preparó su escudo y con cuidado se acercó al lugar del escondite del bretón. Temiendo que su guía fuera descubierto Aelfhere salió y cargó contra el enemigo, sin hacer caso del ruido. Los Wihtwara corrieron detrás de él y aunque sus largas zancadas se comieron el terreno entre ellos y el centinela no se acercaron lo suficientemente rápido para evitar que él pusiera el cuerno en su boca y soplara un chirrido estridente, que terminó con un violento golpe en la nuca del bastón de Cardan.

Miraron al hombre caído, compartiendo la idea que el sonido había alcanzado los oídos enemigos. Baldwulf se inclinó y puso sus dedos en el cuello del explorador.

"Él vive ¿Qué ahora?"

Ellos miraron al noble por directivas, pero el bretón se hizo cargo, "La alarma los debe haber alertado. Una vez antes, hui por aquí. Nuestra única elección es el pantano pero no podemos dejarlo a él aquí," el apuntó al centinela inconsciente e indicó a Wulflaf y a Hynsige, los más robustos de la banda, "levántenlo y síganme."

Él levantó la lanza y arrojando su bastón a la maleza, los condujo a través de los alisos a un valle poco profundo. Al principio el terreno era resbaladizo, entonces sus pies comenzaron a hundirse en la tierra fangosa que les succionaba sus botas. Con su carga, los dos guerreros se deslizaron y maldijeron, ganándose la reprobación y el llamado a silencio de Aelfhere. Pronto, la humedad se filtró sobre su calzado, Cadan siguió avanzando hasta que ellos estaban vadeando hasta las rodillas en un agua turbia que finalmente se convirtió en el Río Aemele. Allí, llegó a sus cinturas antes de volverse superficial y se deslizaron, exhaustos, entre los alisos y espinos bordeando una loma arenosa.

Wulflaf e Hynsige bajaron su cautivo al suelo mientras Baldwulf frunció el ceño hacia él, "Deberíamos degollarlo y enterrarlo."

Espantado, el noble dijo, "Este tipo nos sirve más vivo. El dux nos agradecerá que lo entreguemos en Kingsham" frunció el ceño, "pero no hay cuerda para atarlo."

"Las correas de sus botas..." el asistente le mostró a Cadan. "Ayúdame a atarlo, bretón. Él tiene casi tu tamaño. Habrás ganado algo de ropa decente y un arma."

Casi ganado el respeto, en sus nuevos vestidos el aspecto de su guía y camarada encontró la aprobación general. Baldwulf levantó la vista de atar las muñecas del vigía a su espalda.

"Ah bueno, no te conocí vestido de esta manera... luces amenazador...no habría tenido más remedio que matarte..."

"¡También, lo es! ¡Sin mi como guía él sería el que te ataría!"

Aelfhere los hizo callar una vez más. "Este montículo tiene mucho que me agrada. Está seco, protegido y el pantano ahuyenta a las bestias. En verdad, el tiempo es precioso pero el West Seaxe estará recorriendo el bosque por él y por nosotros." El hombre atado comenzó a gemir. "Lástima que no podamos encender un fuego con estas ropas húmedas."

"Después del anochecer, no hará daño, aunque debemos mantenerlo pequeño," dijo Cadan.

Tres días después, sin otros contratiempos en el bosque, Aelfhere parado en el salón en Kingsham con el bretón como su cautivo. El Dux Beorhthun, junto con sus consejeros, su agria expresión, estudiando al guerrero del West Seaxe con desdén cuando el noble terminaba su explicación.

Con tono condescendiente, el líder del Suth Seaxe llamó al Wihtwara. "Haz hecho bien." Su mirada cambió al bretón. "¿Cuántos hombres tiene esta banda guerrera?"

"No estoy seguro, lord, no me acerqué demasiado."

Beorhthun miró hacia abajo su nariz hacia el cautivo que estaba parado con la cabeza inclinada delante de él, "Solo un asalto nocturno traicionero puede explicar la derrota de nuestro rey en manos de estos miserables. Mira a la rata temblando en su inmundicia" se burló. "será un asunto sencillo liberar a nuestras tierras de las alimañas." Esta vez, dirigiéndose directamente al cautivo, repitió la pregunta. "Cuantos hombres en tu banda?"

Hosco silencio encontró esta demanda.

Con un gesto impaciente en su mano, el dux convocó a dos guerreros parados cerca de pared bajo el emblema del Suth Seaxe.

"Deseo conocer el número de los enemigos y acerca de sus defensas. Descubran los planes de este Caedwalla para que podamos frustrarlos..." apuntó al hombre en cautiverio. "Llévenlo afuera. Átenlo a las estacas y despelléjenlo hasta revele lo que quiero saber."

Enfermo por su parte en la entrega de su prisionero a su suerte, Aelfhere dijo, "Lord, esto no es necesario. Yo puedo darles suficientes respuestas a sus preguntas."

Indiferente, en un tono condescendiente, el dux dijo, "Noble, busco hechos no la opinión de un habitante de la isla." Un movimiento de su mano como si apartara una avispa, luego "¡Llévenlo afuera!" Volvió la atención sobre el mapa, dijo al pálido noble, "Ahora, muéstrenos donde el roedor tejió su nido."

Desollar vivo a un desventurado hombre le disgustó al Wihtwara. A pesar de sus heridas en la carnicería de la batalla, Cadan, sin tener en cuenta los gritos de afuera, les indicó la mejor ruta para alcanzar al enemigo en el tiempo más corto. Esto, explicaba el bretón al atento dux, significaba seguir la línea de las bajadas hasta Aemeles, bordeando el pantano, girando desde el norte y atrapando a Caedwalla en el tramo de brezales, convirtiendo la fuerza de su posición a una debilidad.

Un silencio ominoso desde el exterior igualó la tranquila concentración de los consejeros mientras estudiaban el pergamino. Todos ellos eran guerreros curtidos que reconocieron los méritos de la maniobra.

Uno de los hombres que había sacado al desgraciado regresó a la larga tabla y se inclinó ante el dux.

"¿Bien? ¡Escúpelo hombre!"

"Lord, el compañero reveló que la banda está

compuesta por el West Seaxe y Meonwara y números acerca de ciento cincuenta." El dux, elevó una ceja, "El campamento está en una loma, rodeada de pantano y bosque..."

"¡Conocemos esto!" dijo Beorhthun.

El guerrero vaciló, buscando las palabras para no ofender al lord. " Su líder, que se hace llamar 'rey', Caedwalla, tiene un acuerdo con el Meonwara. A través de su hermano está en contacto con dos virreyes, uno en la tierra del Sumerseate y el otro del Wilsaete. Él quiere unirse con ellos, derrocar a Centwine y tomar el trono del West Seaxe..." Vaciló de nuevo, luciendo incómodo.

"¡Vamos! ¿Qué más?"

"Perdóneme, lord, él dijo que su líder planea corregir los errores infringidos por los Mercianos...por darnos...nos odia...por haber tomado el..."

"¡Suficiente! ¡Mata al perro!"

"Perdón, lord, el murió..."

"¡Tira al cuerpo al pozo negro!"

Impasivo, el dux giró hacia sus nobles. "Ciento cincuenta de ellos... nosotros doblamos su número. Preparen sus hombres para marchar a primera luz. Andhun debería estar aquí ahora, pero no lo esperaré más."

Aelfhere dejó el salón con sentimientos mezclados. Al fin, para su alivio y satisfacción, el dux se movería contra Caedwalla, pero el explorador capturado había encontrado un final atroz. El noble se encogió de hombres, no solo el West Seaxe perecería en el próximo choque, él podría morir en la matanza. La forma de morir era lo importante. En su opinión, arrogancia y salvajismo no suponía un liderazgo sabio, pero ¿qué podría salir mal? Habían adoptado el plan del bretón. Era hora de afilar sus cuchillas y poner fin a este señor de la guerra y sus formas devastadoras.

En el segundo día fuera de Kingsham, con el ejército del Suth Seaxe precediendo con sigilo a través del bosque, a menos de una legua de la base del enemigo y debieron virar al noroeste, una alarma sonó. Maldiciendo a sus guardias de avanzada que habían fallado al encontrar al centinela y terminar con él, Beorhthun se acercó al noble elegido para liderar el flanco izquierdo del ejército.

"No podemos perder tiempo cambiando de dirección. ¡Vamos al trote!"

Con la orden de estar cerca del dux, Cadan escuchó esta orden. Consternado, se apresuró a ir con Aelfhere para informarle de esta decisión. Incluso mientras lo hacía, llegaron más explosiones de los cuernos del enemigo desde lejos.

"El tonto nos está llevando a un desastre," susurró, "úrgelo a volver al plan original, antes que sea demasiado tarde!"

El noble Wihtwara se apresuró a ponerse a la par de Beorhthun. "Lord, suplico perdón," dijo él, "la aproximación es incorrecta. Este camino lleva a un cenagal. Deberíamos dar la vuelta como estaba planeado, hacia el noroeste."

"Isleño, ¡no presumas de decirme qué hacer! Perder la ventaja de la sorpresa, es preferible a perder tiempo. Nuestro gran número prevalecerá en un asalto frontal."

"Pero lord..."

"¡Suficiente! ¡Cuide su ala para la pelea!"

La amenaza en el tono del dux fue lo suficientemente clara, así que, con el corazón hundido Aelfhere logró un cortés, "Como usted mande, lord," antes de retirarse para unirse al bretón. "No sirve de nada, n o hace caso."

"Déjame intentar persuadirlo," dijo Cadan.

"Por Tïw, ¡te hará desollar! ¡Déjalo ser!"

Incluso mientras escuchaba este aviso el piso comenzó a chapotear bajo su paso. Unos pocos momentos después los primeros hombres comenzaron a resbalar y maldecir y poco después el suelo se llenó de agua. Perplejos, los líderes, entre ellos Beorhthun, se deslizó hasta detenerse. A través de los árboles, vislumbraron un bosque delgado con grupos ocasionales de abedules suaves, sus troncos emergiendo del agua.

Furioso, el dux le gritó al bretón, "¿Por qué nos llevaste dentro del pantano? ¡Pagarás por esto!"

Pálido, pero sin temblar, Cadan buscó sus ojos, "Lord, yo envié al noble, Aelfhere contigo, con el mensaje que se apegara al plan acordado. Debemos volver atrás para sortear este fango y desviarnos hacia el noroeste..."

"¡Volveremos!" Beorhthun gritó la contra orden.

Aelfhere murmuró un silencioso juramento. Sorpresa frustrada, estrategia anulada, en realidad ahora sólo dependían de su mayor número. Pero aun esto podía ser inútil. Caedwalla no pretendía arriesgar hombres en un conflicto abierto. Una lluvia de lanzas y hachas voladoras cortó franjas en las filas de los del Suth Seaxe. Los guerreros luchaban por hacer equilibrio en el barro empalagoso, mucho más resbaladizo por el paso anterior de botas. La agilidad impedida, mientras se deslizaban tratando de manejar sus escudos, el acero frío derribó a los hombres más cercanos al enemigo como tallos de grano ante la hoz. En suelo firme, los guerreros del West Seaxe intercambiando con mortal rapidez de modo que los hombres con armas arrojadizas reemplazaban a los de manos vacías. Pocos de los hombres de Beorhthun lanzaron sus jabalinas, porque no tenían control sobre el terreno resbaladizo. La matanza cesó cuando los atacantes agotaron sus misiles. Infringido el daño, se desvanecieron ante los abucheos y la rabia impotente de los Suth Seaxe que luchaba por un terreno más firme.

El flanco izquierdo del ejército del Suth Seaxe yacía muerto en el lodo. Desde el centro de la fuerza golpeada, Aelfhere y sus hombres, con sus líderes iracundos, se deslizaron y tropezaron mientras se abrían camino entre sus camaradas caídos.

Ellos perdieron tiempo recuperando terreno sólido. Los exploradores que habían sido enviados a la base de la banda guerrera volvió reportando que se estaban dirigiendo hacia el oeste. El noble se aproximó al dux.

"Lord," su tono suplicante, "debemos seguirlos y atacarlos de noche de lo contrario, el azote se volverá más poderoso que nunca."

Beorhthun levantó su mentón y miró hacia abajo al Wihtwara, "Y estaremos listos para él. Este día, lograremos nuestro propósito. Expulsaremos a los devastadores de nuestras tierras."

Concluida la desalentadora tarea de levantar un montículo sobre los muertos, comenzó la marcha de regreso a Kingsham arrastrando literas toscamente talladas con los heridos. En el campamento durante la noche, sentados alrededor del fuego, el Wihtwara y Cadan discutían lo pasado en voz baja.

"Confía en un canalla como Beorhthun para pretender éxito en la carnicería," dijo Baldwulf.

El bretón asintió. "Se reconoce demasiado alto para prestar atención a otro..."

"Tema que sus faltas nos puedan costar estimado," dijo Aelfhere, "las tierras del sur deben encontrar una cura para este flagelo... la lanza de Caedwakka, el lobo guerrero, nunca descansa."

7

WILFRITH Y CYNETHRYTH

Selsea, West Sussex, Marzo 685 AD

Encorvada, con sus rodillas contra su barbilla, Cynethryth estaba sentada en el piso de madera en la esquina de su celda. Desde la partida de su padre tres días atrás ella había estado inconsolable, inquietando a Rowena con su falta de respuesta y su llanto.

La mujer del Suth Seaxe caminaba de un lado al otro por la pequeña habitación, sus brazos cruzados sobre su pecho. Por un momento ella vacilaba, para deslizarse contra la pared al lado de la Wihtwara. Con cautela y gentileza, ella apretó la mano flácida de su amiga.

"¿Quieres conocer mi secreto?"

Segura de haber despertado la curiosidad de su compañera, ella esperó. Sin palabras, apática Cynethryth volvió sus ojos enrojecidos hacia ella y asintió.

"Bien" dijo ella, "en mi pueblo, todos bajaron al río con un sacerdote que nos puso agua en la cabeza y nos dijo que después de la muerte podríamos vivir para siempre..."

La mujer más joven se paró, "¿Tu eres cristiana, como ellos?"

"Supongo que sí," dijo Rowena, perpleja, "entiende, el rey deseaba que todo su pueblo sea bautizado... el nombre que usan cuando te empapan con agua. Para lavar tus pecados dicen ellos..."

"¿Y lo hace?"

"No lo creo," ella bajó su voz, "cuando Guthred sorteó y me escogió, no pude esperar para hacer el amor." Ella rió, "Estos cristianos dicen que la lujuria es pecado, pero, ¿dónde está el daño en complacer a un hombre? ¿Qué dices?"

Cynethryth esbozó una débil sonrisa, sacudió su cabeza y preguntó, "¿ya no sigues las costumbres de nuestros antepasados?"

"Esto es lo que quería compartir contigo... para desahogarme..." ella hizo una pausa, y soltó la mano para en su lugar acariciar el cabello de la joven mujer. "No puedo soportar cuando estás tan triste. Hay una forma. Créeme. Salgamos de esta sombría habitación..." ella lanzó una mirada siniestra a la cruz de madera que colgaba de un clavo en la pared "...y vamos al pueblo..."

"¿El pueblo?"

"hay un remedio que puede ayudarte. Pero ven, el sol aún puede atravesar las nubes."

Cynethryth no dudó que sus palabras tenían un doble sentido u juntas con el cansancio del confinamiento, su persuasión la convenció. Fuera de las paredes de la abadía, segur que nadie debía escuchar, Rowena le confió a ella.

"estos sacerdotes y monjas creen en un Dios invisible. Pero, ¡mira a tu alrededor! El sol, la luna, la tierra, las estrellas, las primaveras que nos refrescan, los arboles nos dan abrigo y comida, las plantas suministras bálsamo y pociones..." Ella tomó a Cynethryth por el brazo como si el contacto pudiera sostener sus argumentos, "Los cristianos refutan las viejas formas, pero... pero ¿puedes sentir los espíritus en el viento, el arroyo, el roble...?"

El sol brillaba en cortos momentos concedidos por las nubes veloces. El vigorizante mordisco de aire revitalizó a Cynethryth y ella palmeó la mano en su brazo. "Todo alrededor nuestro, es cierto, buenos espíritus y malos..."

"Ay, y duendes. Y ahí está el punto: envidia elfa. ¡Te atravesaron con sus flechas invisibles! Te hicieron pagar tres veces con dolor tu alegría cuando te casaste. En el lado costero del pueblo," dijo ella, apuntando a la primera de las chozas con techo de paja de caña, "vive una impregnada de la tradición antigua, una *haegtesse*. Es como mi madre solía llamar mujer sabia en nuestro pueblo... ella te espera, porque yo hablé con ella la mañana de ayer."

El asentamiento les pareció carente de vida, salvo por un anciano desdentado, sentado en un troco, mostrando sus encías en una sonrisa. Dos cuervos graznaron en la calle y un perro más interesado en olfatear en la pared que en su paso apresurado, los rechazó. Sin dudas las mujeres y los niños se mantenían en el interior al resguardo del viento mientras que los hombres estaban trabajando en el pueblo, la abadía o el bosque. Tres gallinas picotearon de manera desganada en la hierba al lado de la última de las chozas, de cuyo marco colgaba una agrimonia seca.

Antes de golpear, Rowena señaló el ramo de

tallos sujetos a la entrada. “Esto,” dijo ella en tono bajo, “aleja a los malos espíritus.”

Una anciana arrugada y curtida abrió la puerta y les indicó que entraran. Con asombro, Cynethryth miró fijamente una habitación que a su mente imaginativa le parecía un campo al revés. De todas las vigas del techo colgaban ramos de hierbas, plantas, algas, púas de puercoespín, plumas y pajas tejidas en formas de animales y humanas. Abajo, botellas y frascos cubriendo la mesa y el banco puesto contra la pared. De uno de estos viales la mujer vertió unas pocas gotas de líquido en una taza de barro. Luego sumergió un cucharón en una tinaja para verter agua en el contenido del vaso para beber. La vieja de los dientes ahuecados se acercó a la Wihtwara, le entregó la poción y la urgió a sorberla.

“La raíz del muro de los setos protege de la envidia de los elfos,” dijo ella, y para sorpresa de Cynethryth, su risa incongruente sonó dulce y amable. “Pero no tiene cura. No para el llanto. Hay quienes dicen que los elfos se vuelven invisibles para juntar lágrimas de dolor.” Ella sacudió su cabeza ante el desconcierto de su refinada visitante. “El agua pura, mira, los mantiene jóvenes para siempre...”

Rowena interrumpió para evitar una larga

explicación, "Pero ayer, usted me dijo que tenía un remedio..."

"Así lo hice," Ella barrió su largo cabello gris detrás de su oreja. "Para una cura ella necesitará el Anillo de Piedra."

Quitando un manto de ganchillo de la puerta, ella se lo puso alrededor de sus delgados hombros y lo ató sobre su pecho. La haegtesse los llevó afuera y a través de la áspera pradera que separaba su cabaña de los brezales costeros cubiertos de retamas y aulagas, deteniéndose solo para agacharse y recoger un palo.

Rowena se encogió de hombros y tomó a Cynethryth de la mano, "Confía en ella," murmuró.

Sin mostrar signos de fragilidad, la anciana caminó por un camino estrecho que serpenteaba entre las aulagas. En algunos lugares, mechones blancos de lana, ondeando en el viento como pequeños estandartes mostraba donde había quedado atrapada una cabra o una oveja cuando pasó rosando. De hecho, se agarró la ropa, causando que Cynethryth se preocupara sobre la malignidad en el espíritu de la planta.

No muy lejos, las olas rompían con estrépito en la orilla y daban un fuerte olor salado al aire. El viento ondeaba sus vestidos pegándolos a sus piernas y las tres se cerraron sus capas. Su guía se detuvo y apuntó con el palo a un claro en la retama.

"¡Ahí!" dijo ella, "El Anillo de Piedra."

En el medio del claro, se erguía una roca solitaria, como en cuclillas, hasta la cintura de la Wihtwara, su base enterrada en el terreno. La característica peculiar de la roca era su agujero en el centro. Cuatro palmos a lo ancho, el agujero redondo, cinco pulgadas sobre la tierra, era lo suficientemente grande para que un niño pudiera gatear. Manchas naranjas y verdes de líquenes se aferraban a sotavento mientras en el lado opuesto, la superficie lisa, la piedra gris brillaba teñida de amarillo a la luz fugaz del sol.

"Toma este palo," dijo la curandera, ofreciéndoselo a Cynethryth. "¡En la otra mano! Bueno. ¡Arrodíllense! ¡Pásalo a través de la roca – bien, derecho! Pon tu cabeza en el agujero hasta los hombros, ay, ahora cuéntale tus preocupaciones a la madera. Todos los que tengas en mente – no dejes ninguno sin decir."

La anciana tomó a Rowena por el brazo, "¡Ven! ¡no debemos escuchar estas cosas!"

Ellas se corrieron una corta distancia y la mujer de Suth Seaxe atrapó palabras extrañas: "...padre ...muerte ... viuda lista para casarme... perdonarme... tener hijos alguna vez..."

La voz zumbó. La mujer del Suth Seaxe miró

a la mujer de cabello gris con asombro. La curandera asintió, frunció su boca. "La pobre chica está llena de angustia." dijo ella, "una sola vez no es suficiente. Para que la cura tenga efecto, ustedes deben venir mañana y por dos días más. Piensen, que no habrá necesidad de otra rama."

La mejilla de Cynethryth presionada contra la superficie lisa de la piedra y una sensación de calma la apaciguó. Un entumecimiento creciendo hizo que sus ojos se cerraran hasta que el cansancio nacido de las noches en vigilia, amenazaron con abrumarla.

La mujer sabia tiró de la manga de Rowena, "¡Es tiempo! Escucha, ella no recita más," antes de apresurarse, donde ella abofeteó a la mujer arrodillada con un golpe punzante en las nalgas. "Vamos, niña, no te quedes dormida. ¡Rápido! Lanza el palo sobre tu hombro izquierdo. ¡Vamos! ¡bien! Ha tomado tus problemas. Lo hemos hecho aquí," dijo la vieja. "El espíritu de preocupación ya no sabe dónde mora. ¿No te sientes más ligera, mejor?"

"Pero para mí trasero," dijo Cynethryth, frotándose su trasero y para alivio de Rowena, uniéndose a sus risas. Como para marcar la ocasión, el sol se deslizó detrás de una nube para iluminar el páramo.

En el camino a través de la aulaga, la curandera deslizó su brazo bajo el de la joven mujer y la apretó cercana.

"Pon tu cabeza en el Anillo de Piedra y, sin moverte, cuenta trescientos para que la cura tenga efecto. ¡Has esto por tres días! Pero cuando pienses en tus preocupaciones, ahuyéntalas. Esto confunde a los elfos, en cuanto al destino de los hombres, tus temores no cambian, mi querida."

En el camino de vuelta a la abadía, Rowena urgió a Cynethryth a relatar su experiencia en la roca... ¿pero ¿cómo describir la nada? ¿Qué palabras pueden expresar tal vacío? Tenía una certeza, parecía no ser más que un trozo de roca, sin embardo el Anillo de Piedra tenía el poder de liberar la mente ¿No estaba la mente destinada a volar sobre los campos en lugar de caminar pesadamente a lo largo de un surco de fango de dolor?

Esta seguridad la hizo volver las dos mañanas siguientes, y la impasible arenisca inducía el mismo efecto. Cada vez, ella falló al compartir su impresión con su compañera, pero Rowena no necesitaba más persuasión que el cambio de humor y espíritu de su amiga.

En la tercera mañana, la última para la cura definitiva de acuerdo con la curandera, paseando junto a los arbustos espinosos, el cabello de la mujer del Suth Seaxe se erizó en su nuca. Este cosquilleo sucedió cuando alguien, sin que ella lo supiera, miró su espalda. Con el tiempo, se dio vuelta para vislumbrar una figura vestida de gris agachada detrás de las aulagas.

"¡Alguien nos espía!" le susurró a Cynethryth, quien se detuvo.

"¿Qué hay de ella? No tenemos nada que esconder."

Rowena suspiró ante la ingenuidad de su amiga "De hecho lo hacemos. ¿No lo ves? Para los cristianos atrás en la abadía, tú estás practicando la magia. Ellos dicen que es el camino del Demonio."

"¿El qué?"

"El Diablo. Él es quien causa todos los males y problemas en el mundo."

"¿Cómo Logna?"

"¡Peor! ¡El Tentador se roba el alma para quemarla en el fuego eterno!"

Temblando ante la imagen, Cynethryth examino en vano el páramo por encima de su hombro.

"¡Ninguno!" dijo ella, "¿Estás segura?"

"Alguien vestido de gris. Como una de las monjas."

Ellas partieron de nuevo.

"No renunciaré a mi tiempo en la piedra,"

dijo la Wihtwara, frunciendo la boca. "quiero completar la cura."

"Ellos te acusarán de brujería."

"Yo no comparto ni me preocupo por sus creencias."

Ellas alcanzaron el Anillo de Piedra. Sin vacilación, Cynethryth extendió sus brazos alrededor de él y comenzó a contar. Inquiete, Rowena miró hacia el camino, pero para cualquier lado que mirara no alanzó a vislumbrar ninguna criatura viviente, excepto un charrán que se deslizaba por arriba.

Luego, pasando por el pueblo, ella miró hacia atrás donde una monja en hábito gris las seguía, con una canasta de mimbre en su brazo. Determinada a confrontar a la mujer, ella lentificó su paso, pero, ¿Con qué propósito? Ella podía negar que estaba espiándolas e inventar que estaba juntando hierbas o algún otro cuento creíble. Una acusación de su parte podría implicar una admisión de estar haciendo algo malo... mejor dejarla ir.

El asunto, sin embargo, no descansaba allí. Más tarde en el día, el Obispo Wilfrith las convocó a su residencia. Dos monjas las esperaban para llevarlas adentro sin golpear. Cynethryth y Rowena miraron maravilladas la suntuosidad de la vivienda del prelado. Los coloridos tapices, los cofres ornamentados y los cojines bordados proclamaban el gusto del prelado por las mejores galas. Al oír sus pasos, se levantó de un reclinatorio ubicado debajo de una cruz de madera en la pared, y se volteó para pararse. Un ícono reluciente colgaba a su lado como si quisiera superar las cortinas opulentas. Desde el panel dorado se veía a un hombre barbudo con un disco dorado alrededor de su cabeza y un libro apretado en su pecho.

No menos espléndido que su entorno, Wilfrith, en su túnica blanca sujetado a su cintura con un cordón de seda, estudió a las mujeres frente a él. De un vistazo, la mujer mayor demostraba más nerviosismo en su presencia que la dama del rey. La última exudaba un aire de calma curiosidad que se extendía a un escrutinio de su propia persona, desde el gorro abovedado con la cruz cosida en oro, pasando por la frente ancha y arrugada para encontrar sin inmutarse, sus oscuros ojos hundidos.

Les otorgó una sonrisa encantadora y le dijo a Cynethryth. "Espero que ustedes estén cómodas y ubicadas aquí en nuestra abadía." El destello de sospecha en sus ojos no se le escapó. Sus planes para ella necesitarían paciencia y sutileza, porque esta no era la joven maleable esperada que mejor serviría para sus propósitos.

Sus palabras mordaces los confirmaron, "No tan confortables como usted, aparentemente."

"No juzgue a un hombre por los objetos que posee, pero por su posesión del Espíritu Santo, que ningún poder humano puede garantizar." Agitó una mano. "estos son mis bagatelas. Todo lo que los hombres quieren en este mundo es comida y ropa de abrigo. El Tentador ofreció el mundo a nuestro Señor, pero él eligió vagar en la pobreza y predicar el amor de Dios."

"Y sin embargo eres dueño de todo esto..."

"No tiene importancia. ¡Toma lo que quieras!"

Cynethryth miró alrededor en la habitación, su expresión como de un gato satisfecho. "Tomaré dos cojines para ayudar a mi amiga y a mí para dormir mejor."

"Son tuyos, pero has elegido mal," dijo el obispo.

"¿Cómo es eso?"

"Objetos, como yo digo, no tienen valor a menos que alimenten tu alma." Él apuntó la cruz en la pared.

"Es una pieza de madera," dijo la Wihtwara.

"Una razón por la que te llamé aquí es porque no compartes nuestras creencias." Los surcos de su rostro se profundizaron con el ceño fruncido. "Yo deseo que tu... me dejes que te hable cada día de nuestra fe. No voy a cansarte ni habrá insistencia ni pretensión."

El obispo captó la rápida mirada que intercambió la joven mujer con su amiga, pero Rowena permaneció inexpresiva. La belleza de las facciones de Wihtwara, observaba Wilfrith, igualaban su fuerza. Ellas no revelaron pérdida de confianza, pero por supuesto, como no cristianas, ¿por qué ella debía tenerlo en reverencia? En el largo momento antes de la respuesta de ella, el ofreció una silenciosa oración. Muchas de sus esperanzas se basaban en su respuesta. Cuando llegó, reprimió un suspiro de alivio... era mucho mejor que ella no se diera cuenta de la plena importancia de su consentimiento.

Cynethryth asintió, "Comprendo, no seré forzada a dejar las costumbres de mis antepasados, pero debo escuchar sus palabras. Sería de mala educación devolverle su amabilidad de cualquier otra forma."

La fina, firme boca del obispo sonrió por primera vez, formando profundas líneas en cada esquina. "De acuerdo, enviaré a buscarlas a ambas por la mañana. Podemos conversar aquí."

"Tomaré los cojines," dijo ella, arrojándole uno a Rowena que, avergonzada, lo tomó.

Los ojos penetrantes del prelado siguieron

sus espaldas fuera de la habitación, pero sus planes vagaron mucho más lejos.

Un pequeño precio poro una conquista tan grande.

Una monja vino a buscarlas al día siguiente. Siguiéndola, ellas pasaron junto a un grupo de hombres que entregaban picos y palas a un monje. En ese momento, Cynethryth los ignoró sin saber que ella era la causa de la actividad.

Wilfrith las admitió a su presencia con cuidadosa cortesía, las mismas dos monjas que el día anterior estaban paradas junto a la puerta como cuidadoras. La Wihtwara escuchó con atención la exposición del obispo acerca de poner la otra mejilla, pero impaciente intervino. "¿Por qué, entonces, los hombres cantan la fama de los héroes guerreros? ¿No es noble golpear a los saqueadores y ladrones para proteger a los débiles o usar el puñal en una pelea justa?"

Los rasgos aquilinos de Wilfrith se suavizaron. "Y, sin embargo, ahí radica el misterio. Puede parecer como usted dice, pero en este mundo se logra más siguiendo el ejemplo de la mansedumbre y la sabiduría divina de Cristo que con todos los golpes de tendones terrestres. ¿No dijo el Señor? '*¿Vuelve tu espada a si ligar, porque todos los que sacan la espada morirán por la espada*'? El prelado sonrió y negó con la cabeza. "Por nueve vidas, los incrédulos intentaron destruir nuestras creencias con armas, pero los cristianos crecimos no por medio de ejercer el poder y ostentación de magnificencia, sino por la sangre de los benditos mártires. La matanza no detuvo la fe. Ellos murieron uno detrás del otro... pero de cada muerte, un millar de nuevos creyentes brotó."

Cynethryth, no tenía naturaleza suave y tolerante, encontró contrargumentos y así la discusión continuó, arremolinándose en torno a Rowena, quien encontrándose queriendo, negó o asintió con la cabeza de vez en vez.

De regreso en su celda, lejos de la elocuencia del obispo, Cynethryth se volvió a su amiga.

"¡El hombre me confunde!" dijo ella. "Parte de mí quiere creer su mensaje de amor. ¿Tú que piensas?"

La mujer del Suth Seaxe se encogió de hombros, "Él dice que el héroe más grande es el que hace acciones simples por el bien de los demás, sin importar el costo del sufrimiento. No sé. Todo está al revés para mí..."

"¡En efecto! ¿Dónde estaba este nuevo dios cuando Cedric tomó Wiht para los británicos?

Los dioses fueron fieles a nuestros antepasados y recibíamos poderosas recompensas por ofrecerles sacrificios."

A pesar de su testaruda afirmación, en su jergón esa noche, Cynethryth meditó sobre sus intercambios con Wilfrith. Un hombre notable que había viajado lejos, el prelado combinaba en sus maneras una autoafirmación gentil con poder de persuasión. El encuentro con él la había inquietado. Lo que hasta ahora eran certezas ahora vacilaban ante su lógica. Debía resistir, porque ellos se encontrarían por segunda vez al día siguiente. Bostezó en su cojín con una somnolencia que no presagiaba de ninguna manera la indignación que le haría querer abandonar el encuentro.

El traqueteo causado por la carga de herramientas y las voces alzadas debajo de la ventana de su celda la despertaron con la primera luz. Curiosa, se asomó a un carro de bueyes cargado con delgados troncos de árboles, bloques de madera y cuerdas, mientras los hombres lanzaban picos y palas. Con su curiosidad saciada podría haber regresado a la cama, pero entonces Wilfrith, envuelto en su manto púrpura, llegó. Él hablaba con los aldeanos en voz baja, haciéndole difícil a Cynethryth entender sus palabras. Atraída por el cojín relleno de plumón de su jergón, se apartó de la abertura, pero captó,' el Anillo de Piedra...' pronunciado por el prelado. Volvió a mirar afuera donde Wilfrith volvía a su residencia mientras los hombres empujaban a los bueyes hacia adelante.

¡Por Thunor! ¡Debo detener esto!

Vistiéndose a prisa, Cynethryth no despertó a Rowena, decidiendo que la pérdida de tiempo esperando para que ella estuviera lista sobrepasaba la necesidad de apoyo. Corriendo a través de las puertas de la abadía, en el pueblo alcanzó a las bestias que avanzaban lentamente y una banda de ocho hombres. Ella se detuvo un momento para hacer un plan.

¿Debo alertar a la haegtesse?

Qué servía a su propósito, sin embargo, era persuasión, no confrontación. Mejor no crear disturbios y seguir a los hombres al páramo para no despertar la curiosidad de los aldeanos.

El carro chirriante se detuvo en el claro del Anillo de Piedra, donde Cynethryth habló con el más alto de los hombres.

"¿Quién está a cargo aquí?" pregunto ella en un tono perentorio.

"Supongo que yo..." dijo un fornido compañero dando un paso adelante. "¿Quién quiere saberlo?"

"La dama del rey."

El hombre fue sorprendido... pero no más que ella con su respuesta.

"Lamento su pérdida, lady."

"¿Mi pérdida?"

"Ay, yo sellé la tumba en la cripta..."

La joven mujer se rió, "¡Aethelwalh no! ¡El *nuevo* rey!

El hombre frunció el ceño, "Suplico me perdone, el hecho, es que no conozco nada de estas cosas. Vivo en la aldea." Un pulgar señaló sobre su hombro. ¿Qué es lo que quiere de mí?"

Lástima que no se hubiera detenido en la abadía para sujetar su broche a su capa. No había ninguna señal externa de rango y esta gente sencilla nunca había puesto los ojos en Caedwalla, de lo contrario saltarían para obedecer sus órdenes. Tal como estaban las cosas, tendría que andar con cuidado.

"El obispo los envió a remover el Anillo de Piedra, ¿es así?"

El hombre asintió.

"No deben hacerlo, no sea que ofendan a los dioses."

El hombre se rascó la cabeza y miró a sus compañeros del pueblo. Frunciendo el ceño cruzó las manos sobre su pecho.

"Mire aquí, lady, no queremos disputas con usted, pero el Obispo Wilfrith fue claro. 'Deshazte de la roca,' dijo él, y eso es lo que haremos."

Su corazón se hundió. ¿Cómo se atreve a interferir con la piedra sagrada?

"Hay una sabiduría más antigua que la de los cristianos. El Anillo de Piedra tiene poderes curativos. ¡Molesten a su propio riesgo al espíritu que habita dentro de la roca!"

"Lady, nosotros somos todo bautizados y creemos en el único Dios. No hay otros dioses. Una piedra es una piedra, Cuando Wilfrith vino no había habido agua por meses, pero cuando él nos mojó a todos enseguida llovió. El Señor sonrió por nuestro bautismo. Él refresco la tierra. Nosotros éramos esclavos y el obispo nos liberó, nos dio comida y nos dio trabajo. ¡No hay nada que no podamos hacer por él!"

"¡Ay!" Los otros asintieron de acuerdo, con expresión truculenta.

Cynethryth no tenía forma de convencerlos.

Ellos descargaron el carro bajo su mirada triste, picos y palas y comenzaron a remover la tierra en la base de la roca. Pronto se erguía como el diente de un anciano con encías encogidas. ¿Sería demasiado pesada la masa lisa? Cynethryth espero en vano. Los esfuerzos combinados de ocho hombres usando sogas, bloques y palancas, extrajeron el monolito del suelo. Luego de haber estado ahí desde tiempos inmemoriales el Anillo de Piedra, con agonizante lentitud, cayó de costado. Una vez más con sus esfuerzos levantaron la piedra, para bajarla con cuidado en un simple trineo de roble.

"¿Dónde están llevando a la roca?"

"Al cenagal, como ordenó el obispo," dijo el rudo campesino.

"Si la llevan a la abadía, yo les daré monedas... a cada uno de ustedes."

"Nada personal. No podemos tomar su dinero, ¡Nuestro lord es Wilfrith y nosotros le obedecemos...Yah! Abofeteó la grupa del buey más cercano.

Los hombres forzaron a las bestias inmanejables en el pantano hasta que el lodo les llegó a las rodillas. Usando los tres troncos como un muelle, los ocho hombres chapoteando en el barro para deslizar el trineo que llevaba la piedra a lo largo de los troncos inclinados sumergidos.

La roca resbaló y desapareció para siempre en el fango.

Cynethryth frunció el ceño. Las uñas de su mano derecha se clavaron en su brazo doblado y sus ojos entrecerrados. Wilfrith pagaría por esto.

Si su Dios es el Señor de la Creación, ¿no creó entonces el Anillo de Piedra?

Dolorida, dio la espalda a los profanadores.

Durante vidas enteras, la gente había venido a buscar una cura en este monolito. Ellos no vendrían más. Su ira la hizo caminar más rápido, ella arribó sin aliento al patio de la abadía. Cuanto más pensaba en lo que había hecho Wilfrith, menos se sentía inclinada a reunirse para discutir su religión.

Determinada a rehusar su invitación, cuando más tarde la monja golpeó su puerta, Cynethryth fue sorprendida porque la citación no era del obispo sino del Abad Eappa. Ella y Rowena siguieron a la hermana al cuarto del abad donde por decoro, otras dos monjas estaban estacionadas puertas adentro.

Más simple que la residencia del obispo, las habitaciones no contaban con ningún rastro de lujo que comprometiera la sencilla vida monástica que el abad reconocía. La naturaleza benigna del monje contrastaba con el severo intelecto y asertividad de Wilfrith. El obispo era alto, delgado y austero, pero el abad, rubicundo, regordete y afable tenía unos modales que las tranquilizaban a ambas. Tranquilizada, la Wihtwara dejó de lado su indignación por el momento y cedió a su curiosidad.

“El Obispo envía sus saludos...” Eappa comenzó de una vez, causando que la joven mujer se endureció con indignación. Demasiado tarde para el remordimiento, la piedra era irrecuperable. "Él ha tenido que irse esta mañana para Cantwaraburh, donde se encontrará con el Obispo Theodore. Aah..." suspiró el abad, su mirada y tono confidenciales, "...él no es como nosotros. Wilfrith es alguien que se preocupa por mucho servicio, los asuntos del mundo le conciernen. Las obras de los hombres poderosos son su deleite," El monje sacudió su cabeza, "una vida sencilla lejos de los enredos del mundo me conviene..."

Las mejillas sonrosadas formaron hoyuelos cuando le sonrió a las dos mujeres, y su calva brillaba a la luz de la ventana. Un silencio incómodo siguió a sus palabras, uno en el que él esperaba en vano por una reacción. No llegó.

"De todos modos," continuó él, "te pedí que vinieras porque el Obispo desea que te explique nuestra fe..."

"Yo le dije a él que no dejaría las costumbres de nuestros antepasados," dijo Cynethryth, "y con respecto a eso, ¿sabe usted lo que ordenó que sus hombres hicieran esta mañana?"

Eappa frunció el ceño y negó con la su cabeza. La voz de la joven cortaba tan fría como el viento de pleno invierno.

"Él arrojó el Anillo de Piedra al fango."

"¿Qué demonios...?"

"Porque me curó de mis preocupaciones y es parte de la vieja tradición. El Obispo Wilfrith no aceptará que haya otros poderes que aquellos de los de su Dios."

"¿Cómo puede curar una roca?"

La Wihtwara dio un paso hacia el abad que se encogió ante su ataque helado.

"El espíritu de la piedra sana a quienes cree," dijo él, "justo como los dioses favorecen a los que le hacen sacrificios."

El Abad Eappa, hasta ahora tan dócil, con inesperada firmeza preguntó, "¿Cómo lo hace?" Como si le explicara a un niño lento, Cynethryth dijo, "El sacerdote toma al cautivo, el esclavo o el animal y lo degüella. Luego rocía la sangre en el bosque sagrado y quema las entrañas para hacer subir al humo para complacer a la deidad. A continuación, lanza los huesos con runas y los lee para conocer el estado de ánimo del dios. Si no está satisfecho, hacemos otro ofrecimiento."

El monje sonrió y habló en tono gentil, "Esa, lady, es la diferencia. Jesús Cristo se ofreció *a sí mismo* como el sacrificio y Dios lo aceptó y elevó a Jesús desde la muerte. El Padre envió a su Hijo a caminar y hablar entre nosotros, compartiendo comida y bebida por cuarenta días antes de otorgándole a Él vida eterna." El monje radiante. "Dios sacrificado por nosotros... no nosotros por

Él... pero estas cosas necesitan tiempo para aclararse. ¡Vengan, siéntense conmigo!"

"No sé," dijo Rowena tomando el asiento ofrecido, "es como yo dije antes, esta religión está al revés..."

El Abad Eappa comenzó a explicar cómo había sido muerto Dios... aparentemente el fracaso más abyecto jamás visto... se convirtió en el mayor éxito. Con un prosélito incómodo como Cynethryth, se necesitaba toda la suave paciencia del monje para lograr la tarea.

Aparte de sus conversaciones con el abad, Cynethryth y Rowena llenaban su tiempo aprendiendo de las monjas como leer. Algunas veces usaban una aguja para un trabajo fino o visitaban los ponis en los establos. Hojas rojizas y doradas cayeron de los árboles y todavía las dos mujeres no tenían noticias de sus hombres. La Wihtwara empezaba a pensar en su casamiento como en un sueño distante. Cada día ella cavilaba sobre el destino de su padre hasta que hacia el final del año ella se encontró rezándole a la Virgen para que lo mantuviera a salvo.

La perseverancia del Abad Eappa había dado frutos.

En el quinto día de marzo, una hora antes de su encuentro usual... a estas alturas esperaba ansiosa la ocasión... una novicia llamó a la puerta de Cynethryth.

"Perdone el alboroto, lady. El Padre Abad desea hablar con usted."

"¿No es temprano para nuestra reunión?"

La mensajera quiso compartir una confidencia, pero lo pensó mejor.

"Él dice que vaya sola y de una vez."

Intrigada, ella tomó su abrigo, se envolvió con él y siguiendo a la joven mujer hacia Eappa.

La razón de la convocatoria quedó en claro al momento de cruzar el umbral. ¿Los surcos en el semblante severo eran más profundos después de un año o ella estaba fantaseando? al verla, sin embargo, el Obispo Wilfrith le dedico una sonrisa tal que la desarmó por completo. "Mi lady, no imaginé un elogio tan grande del Padre Abad."

Girando, él inclinó su cabeza hacia el monje en reconocimiento. "Usted ha excedido todas mis expectativas y ¡cómo lo necesitamos ahora!" Él indicó una silla, "Por favor siéntese, tengo noticias de su marido."

"¿Noticias?"

El obispo notó la ansiedad en la simple palabra.

"No se preocupe, querida señora," dijo mirando de nuevo hacia el abad, "a pesar que los eventos que tengo que contarles están destinados a cambiar la tierra." Su tono, mezclaba la excitación con el presentimiento, coincidía con el peso de su declaración.

Cynethryth, inquieta, clavó sus uñas en su palma, "¿Cómo es eso? ¿Qué noticias hay de Caedwalla?"

"Su consorte unido con los virreyes de Sumerseate y Wilsaete, juntos marcharon en Centwine y forzaron su abdicación. El viejo rey está ahora en un monasterio y su marido es Rey de todo el West Seaxe. Por supuesto," Wilfrith agregó a toda prisa, "él es un descendiente directo de Cerdric, el primer rey de aquel pueblo y como tal, tiene un reclamo legítimo al trono. Pero lo que más quiero decirle es..." se acercó para poner una mano en su hombro," ...es..."

Un pensamiento golpeó a Cynethryth: *Como una presa en las garras del halcón.*

"... estas nubes de tormenta se están reuniendo. Caedwalla reúne un ejército y jura destruir el Suth Seaxe. El intenta crear un reino fuerte en el sur. ¡Piense en esto... desde el océano lejos en el oeste hasta Kent en el este! La Divina providencia nos la envió, Cynethryth..." Ella notó el uso de su nombre por primera vez. "Si este reino llegara a existir, si Dios quisiera, entonces debe ser cristiano si va a sobrevivir. Su vecino Mercia y más allá el poderoso reino de

Northumbria, no tolerarían a los paganos del sur. ¿Lo veis? El Señor te eligió para traer a tu marido a servirlo. Sin embargo, el tiempo no es propicio."

Él liberó su agarre en el hombro de ella y se enderezó. "Mientras tanto, mientras esperamos el resultado del conflicto inevitable, le imploro que reflexione sobre este asunto... prepare sus argumentos. Nosotros la ayudaremos" Él señaló al abad, quien asintió su consentimiento. "El destino del sur puede estar en tus suaves manos y dulces palabras."

8

AELFHERE

El Bosque de Andredes, West Sussex, Marzo 686 AD

"Un cautivo no tiene opción. ¿Está seguro que fue lo que ella dijo?"

"La decisión es suya Baldwulf, y ella eligió traicionar a su padre."

Aelfhere clavó su puñal hasta la empuñadura en la suave tierra del bosque con tal veneno que su compañero agradeció a los dioses que Cynethryth estuviera a salvo en Selsea.

"Desleal, engañosa... yo no la crié para... ella hizo un juramento y lo rompió..."

"Ella pensó que estabas muerto."

Silencio.

La luz parpadeante del fuego del campamento mejoraba la expresión de los demacrados rasgos del noble.

El asistente suspiró. Imágenes de la niñez de Cynethryth le venían a la mente: ella riendo en los hombros de su padre, aferrada a su cabello o sentada en sus rodillas mientras él tallaba una muñeca de madera para ella. De nuevo, más tarde, como una joven mujer del brazo de Aelfhere, él tan orgulloso en su compromiso con Eadric. No era de extrañar que él estaba desconsolado.

"¿Y cuando ella vio que estaba vivo? Baldwulf, tu deberías haber visto la frialdad en sus ojos."

Él sacó el cuchillo del suelo y lo volvió a enterrar con la misma ferocidad, " Perdida para mí, viejo amigo, mi niña ha cambiado: en su lugar hay un gato salvaje escupiendo. Por Thunor, ¡yo cortaré sus garras, aunque sea lo último que haga! Cuando la fuerza de Beorhthun se una con los ejércitos de Andhun y Eadric y nosotros sacrifiquemos el West Seaxe..." el deslizó la hoja fuera una vez más y estudió esto en un silencio meditativo, antes de agregar,"... y cuando mi espada se hunda en las entrañas de Caedwalla..."

"¿No has olvidado algo?"

"¿Qué?"

"Tenemos que encontrarlo. Llevamos cinco días fuera de Kingsham y aún no lo..." el asistente miró al durmiente Cadan, "...encontrar el rastro del lobo."

"Tiempo que no podemos permitirnos cuando la pandilla crece en número. El dux espera nuestras noticias. Debemos dormir y ver lo que trae el mañana."

La mañana siguiente en el arroyo donde ellos habían hecho su campamento, el bretón limpiaba gotitas de su frente y barba. Él se levantó, sopesando posibilidades antes de responderle a Aelfhere.

"Sin signos ellos retornaron al campamento cerca del pantano y no encontrando el asentamiento arrasado en el camino hacia la costa significa ya sea que Caedwalla los empujó dentro del campo hacia el este o él se dirige por el valle del Meon."

"Lo último más seguro." Aelfhere secó su cuello con su manga. "Los hombres están irritados bajo el yugo Merciano y, fieles a los viejos dioses, buscan sacudirse al señor cristiano. Creo que él unirá sus hombres a su ejército antes de llevarlos hacia Kingsman." A través de los dientes apretados dijo, “Yo comprendo al Meonwara pero el lobo puede devorar la mano que acaricia su hocico. Ven, Cadan, quita los obstáculos para los caballos. ¿Qué sabes del Meon? ¿Puedes llevarnos allí?”

Tomando un palo, el bretón trazó una ruta en el suelo húmedo al lado del arroyo.

“A lo largo del camino viejo en las colinas de tiza hay asentamientos donde los primeros hombres construyeron fuertes y levantaron montículos sobre los muertos. Sorprendentemente hacia el norte, después de cuatro leguas la tierra baja hacia Wernaeforda donde el berro crece y donde, con cuidado, un hombre puede cruzar el río a pie...”

“Ahora mencionas cuidado. Debemos movernos con sigilo.” dijo Baldwulf. “Caedwalla tiene la astucia de un lobo gris. ¡Los exploradores deben guardar su cola!”

Como el denso bosque los encubría a ellos también le servía al enemigo como un manto, ellos compartían el miedo de tropezar con ellos inesperadamente. Y si eso pasaba, bueno, mejor ni pensar en el cruel destino que le esperaba al espía cautivo.

Una hora dentro de su acecho llegaron a un camino más ancho y Baldwulf, siempre alerta, observó huellas de pisadas en la suave tierra del borde. Desmontó para agacharse, con su nariz casi tocando el suelo.

"Las huellas están frescas," dijo él. "No más de un día."

"Este es el antiguo camino desde Kingsman a Wintanceastre yo lo bosquejé allá atrás, "dijo Cadab, "pero dudo que tengan la intención de tomarlo más al oeste si su deseo es animar el Meonwara. Ellos deben dejarlo y dirigirse al bosque detrás del Meon nuevamente. Tenemos un problema..."

"¿Cómo es eso?" preguntó Aelfhere.

El bretón se pasó la mano por el cabello, "Uh, deberíamos tomar el camino más allá de Wicham. Sin embargo, hay un problema. Una vez sobre el río, las altas hierbas que cubren el campo abierto facilitan que los vigías nos vean."

"¿Qué haremos?" murmuró Baldwulf.

Cadan miró a la distancia y habló como para sí mismo. "si seguimos el arroyo sucio y cruzamos el puente de vigas, el bosque puede escondernos tan lejos como hasta el Gran Árbol del Claro de Thunor..."

"¡Ay, lo que sea!" dijo Aelfhere, impaciente por seguir, "nos acercamos a ellos... no los perdamos de nuevo!"

Cabalgaron a lo largo de la cañada hacia el río, a plena vista y arriesgándolo todo, a través de un vado para seguir la tierra arada que bordea el arroyo. En la franja del bosque, ellos llegaron a la cabeza del valle. De vez en vez, Cadan señalaba un hito, un tronco de sauce, o un pequeño árbol espinoso, hasta que ellos alcanzaron la cresta que bajaba por el lado occidental del Meon, llevándolos a un hueco en el bosque.

El bretón saltó de su caballo, lo ató a un tronco de fresno y le hizo señas a sus camaradas para que hicieran lo mismo. Con cuidado ellos se aproximaron al borde de la cubierta de hojas para agacharse y observar a través de la pradera inclinada hacia una llanura salpicada de tiendas donde finos espirales de hume se elevaban en el aire tranquilo.

La Nación Abierta de Rocga", dijo Cadan en voz baja, " supuse que podrían estar aquí."

Aelfhere puso una mano en su hombro. "Bien hecho" Pero en lugar de satisfacción su tono delataba inquietud. "¿Cuántos?"

Un largo momento pasó mientras cada uno calculaba el número del ejército.

Baldwulf susurró primero, "¿Ochocientos?"

Cadan negó con la cabeza, "Más."

El noble frunció sus labios. "¿Con o sin los Meonwara? No hay forma de saberlo."

"¿Qué le diremos al dux?" preguntó su asistente.

"Mil doscientos," dijo Aelfhere con decisión, "mejor no subestimar el tamaño del enemigo, especialmente con Beorhthun liderándonos. ¡Vamos!"

Silenciosos como tres espectros, se deslizaron por el bosque, y su tranquilidad dio sus frutos en el claro. Baldwulf levantó una mano y se llevó un dedo a los labios antes de señalar a través de los árboles. Un guerrero, ellos asumieron un centinela del West Seaxe, que inspeccionaba sus caballos.

"Ponte detrás de él," dijo el asistente. "yo lo distraeré desde este lado. El dux agradecerá otro explorador para interrogar."

"Desollar, mejor dicho..." murmuró Aelfhere, sin embargo, él y Cadam se arrastraron a través de los árboles y arbustos hasta la espalda del intruso.

Un caballo relinchó, lo que hizo que el vigía le acariciara el hocico y le hablara en voz baja en el oído para calmarlo, y no revelar su presencia.

Cuando Baldwulf entró en el claro, sacando su hacha de batalla del arnés, sus camaradas estaban en posición. El asistente dio tres pasos adelante cuando una lanza golpeó entre sus omóplatos, la punta emergiendo de su pecho.

Por el resto de sus días, Aelfhere no pudo olvidar el horror en la cara de su amigo cuando cayó al suelo. Una niebla roja pasó por delante de los ojos del noble y sin prestar atención a cuantos enemigos podían acechar en la maleza, con un grito de guerra se arrojó sobre el explorador cercano a los caballos. La furia del asalto sobrepasó al adversario, la hoja de la espada del Wihtwara se clavó en su cuello. El noble giró. Otro guerrero del West Seaxe, el que había lanzado la lanza mortífera, había roto el escudo de Caran con un golpe de hacha y amenazaba con cortar las extremidades del ágil bretón con los golpes de su arma.

El odio frio y calculador reemplazó la ira de Aelfhere. Dejando caer su escudo tomó un puñado de tierra, cargó en la refriega y en un movimiento descendente del hacha del enemigo le arrojó tierra en la cara. Momentáneamente ciego, el guerrero del West Seaxe sacudió su cabeza para recuperar su visión. Demasiado tarde, el hacha de Cadan se enterró en su estómago y la espada de Aelfhere se hundió en su garganta.

Ambos hombres liberaron sus armas y se quedaron jadeando, preocupados por los relinchos de sus caballos que tiraban de sus riendas. El bretón se apuró a calmarlos mientras el noble maldijo la mala oportunidad que los había llevado a encontrarse con los exploradores enemigos. Extrayendo la lanza del cuerpo de Baldwulf, lo dio vuelta y cerró sus ojos. Un guerrero como él merecía un mejor final... no ser muerto por la espalda. Con infinito dolor, Aelfhere miró fijamente el cuerpo de su amigo.

Esta noche cenará en el Waelheal.

Cadan lo ayudó a levantar el cuerpo del asistente hasta las ancas de un caballo. Después de quitarle el arnés del hacha al hombre muerto, el noble se lo colgó cruzando su propio cuerpo y puso el arma en su lugar. En Kingsham él le aseguraría a Baldwulf un entierro decente, con el hacha de batalla a su lado... la tierra de su amada isla no abrazaría sus restos, pero no iría desarmado al Salón de los Dioses.

Pensamientos malhumorados ocupaban su mente cuando ellos cabalgaban en silencio; la muerte del padre de Baldwulf a manos de los mercianos cuando Wulfhere forzó el cristianismo en Wiht; como él había tomado al huérfano a su servicio y los tiempos pasados en Cerdicsford cuando Baldwulf creció hasta ser un hombre; la cabra que ellos sacrificaron a Woden cuando los mercianos dejaron la isla; como unas pocas semanas atrás su asistente le había salvado la vida... y cómo, al final, él había fallado en hacer tanto por su amigo.

En la oscuridad profunda, él cabalgaba a Kingsham, la cara hinchada del asistente demasiado espantoso, aun para que él la mirara. Convocando a sus tres Wihtwara, ellos cavaron un montículo y saludaron a su camarada por última vez, el noble tuvo un ligero consuelo que su asistente yacía en reposo con los guerreros de la isla caídos cuando defendían al Rey Aethelwalh.

Con una mirada atrás a la cicatriz marrón en el costado del cúmulo verde, Aelfhere se dirigió al salón para informar al dux.

Con las manos separadas y planas sobre el mapa, Beorhthun se destacaba en una profunda discusión alrededor de sus nobles jefes. Uno de ellos dirigió su atención a la presencia del isleño. El dux permaneció agachado sobre el mapa, logrando una actitud de desinteresado desdén. Aelfhere frunció sus labios y esperó.

"¿Bueno? ¿Fuera con eso hombre! No hay tiempo que perder."

"En efecto, Lord" dijo el noble de Wiht. "El tiempo no es nuestro amigo."

De nuevo se detuvo en sus palabras, determinado a no ser intimidado... el altivo lord del South Seaxe lo escucharía.

"¿Cómo es eso?"

Todos los ojos estuvieron sobre él, y la mayoría de ellos eran hostiles al extranjero con un acento diferente del propio. Sin inmutarse, contuvo sus noticias y miró de hombre a hombre hasta apoyar un dedo en el pergamino.

"Caedwalla suma guerreros Meonwara a su ejército. Están listos para avanzar sobre Kingsham."

El dux se puso en pie y frunció el ceño, "¿Meonwara? Esta fuerza, ¿con cuánta cuenta?"

"Al menos mil doscientos."

Un puño cerrado se estrelló contra la mesa y el clamor de las voces disminuyó. Beorhthun miró a Aelfhere, con la voz cargada de amenazas. "¿Te atreves a repetir la historia de un cabrero asustado?"

"Ojalá fuera así, Lord. Seis ojos no pueden engañarse." A ninguno se le pasó por alto la amargura en sus palabras. "Mi asistente murió trayendo las noticias."

"Mil doscientos," siseo el dux. Él miraba el mapa y puso un dedo en la línea superior representando el valle superior del Meon. Trazó, más o menos, la dirección que Cadan había seguido para llevarlos a ellos de vuelta a la fortaleza. "Dos días..." se enderezó una vez más y volteó hacia sus guerreros.

Sus visiones y consejos divergían. Un guerrero con barba gris, un hombre de Kingsham y respetado asesor de Aethelwahl, dijo, "La nueva puerta es robusta. Yo digo que aguantemos hasta que Andhun y su ejército lleguen."

"El enemigo nos supera en número por cuatro a uno. Ellos tomaron esta fortaleza con menos hombres. Nosotros no podremos resistirlos..."

"Ay, ¡Un ataque cobarde por la noche! ¡Inesperado! Esta vez estaremos preparados para ellos."

El dux golpeó con dos dedos en el extremo de la mesa y la silenciosa reunión esperaba su decisión.

"Preparen las defensas. Pon a los hombres a talar árboles. Construyan una empalizada externa para proteger la puerta. ¡Nosotros los esperaremos en Kingsham! ¡Vamos!"

Aelfhere negó con su cabeza. Era una pobre elección, pero una que medio esperaba. Él giró para irse con los otros, pero el tono imperioso de Beorhthun lo detuvo.

"¡Wihtwara! Una palabra."

El noble giró. "¿Lord?"

"Lamento la pérdida de su asistente. Él era un buen hombre. ¿Cuál era su nombre?"

"Baldwulf, Lord."

Superficiales, las palabras del dux. "Ay, Baldwulf... entonces, ¿tienes tres hombres ahora?"

Era una declaración formulada como una pregunta.

"Wulflaf, Ewald y Hynsige de Wiht y cuatro con el bretón Cadan" él acentuó en nombre de cada uno.

Con una mirada fría a lo largo de su nariz aguileña, su voz glacial, el duz dijo, "En efecto, y tú has probado más de una vez como te mueves con sigilo en el bosque." Su dedo anillado trazaba líneas en la carta antes de deslizar la banda de oro y se lo pasó a Aelfhere. "Ve a Bedingeham, deberás encontrar al Dux Andhun allí. Enséñale este anillo entonces él sabrá que yo te envío. ¡Toma cinco caballos, date prisa, tráelo aquí! Aplastaremos a Caedwalla en cambio contra las murallas de Kingsham. Vuelve en cuatro días, isleño."

"Lord, ¿puedo hablar?"

Beorhthun levantó una ceja, pero consintió con un cabeceo.

"¿Es prudente quedarse en Kingsham? ¿Por qué no liderar los hombres hacia Andhun? Unirse con él... y aun con el Rey Eadric..."

"¿Te atreves a desafiar mi decisión? ¿Estás loco?" Lo helado en la mirada del dux enfrió a Aelfhere, "¿Supones que dejaría mis tierras indefensas abiertas a la devastación del West Seaxe?

¡Vamos!" la fiera mirada se desplazó hacia la puerta, "¡No pierdas tiempo!"

El Wihtwara giró sobre sus talones, deseoso de alejar a sus hombres del obstinado lord del South Seaxe.

La banda de jinetes llegó al fuerte de Bedingeham, dos días de cabalgata hacia el este de Kingsham y no muy lejos de la costa. Para consternación de los labradores y sembradores locales, el campamento se estiraba sobre los campos delante de la muralla de la fortificación. En lugar de pasar la puerta, un guarda llevó a los Wihtwara a una casa de comidas localizada afuera del asentamiento. En parte cavada en el suelo y cubierta por un techo de césped, se mezclaba con el entorno casi desapercibida. Su exterior poco atractivo cubría la simple comodidad de una habitación que contenía poco más que una cama, una mesa, sillas y un hogar en medio de un piso de madera suspendido. Aelfhere entró solo y encontró un sorprendente contraste entre el Dux Andhun y Beorhthun no solo en sus respectivos cuartos, sino también en su porte. Donde uno se destacaba por alto, arrogante e intimidante el otro, fornido en su construcción y de la misma altura que él, lo tranquilizaba. Los amplios ojos verdes en una cara honesta estudiaban el anillo que el isleño había dejado caer en sus manos. El dux no hizo comentarios cuando examinaba la joya antes de decir. "¿Qué mensaje me envía Beorhthun, noble?"

El Wihtwara mantuvo su voz plana, deseando no traicionar sus verdaderos sentimientos.

"Lord, al dux le urge que usted baya a Kingsham a toda prisa para mantener la fortaleza contra Caedwalla, el auto proclamado rey de West Seaxe. Con los Meonwara él comanda un ejército un ejército de mil doscientos hombres..."

Si el número de los enemigos preocupaba a Andhun, no lo mostraba. "Con los guerreros al comando de Beorhthun las fuerzas están bien emparejadas..."

"¿No está usted informado?" preguntó Aelfhere. "El dux perdió la mitad de sus hombres la primavera pasada cuando expulsó del reino a la banda guerrera de Caedwalla."

Las mejillas de Andhun seguido por una lenta liberación de aire. "Entonces, ¿por qué permanece en Kingsham como una codorniz en una trampa?"

El noble se encogió de hombros. "Perdóneme, Lord, el no escuchó mi súplica de venir aquí para engrosar sus filas y unirse con aquellos del prometido de mi hija... no dejará, insiste, sus tierras abiertas al enemigo."

"Yo envié un mensaje a Eadric hace diez días cuando recibimos noticias de la 'abdicación' de Centwine," el duz arrugó su frente, "el Rey necesita más tiempo para reunir suficientes guerreros."

Aelfhere retorció sus manos en desesperación. "Lord, ¡el Dux Beorhthun espera ayuda en dos puestas del sol desde ahora! Si retiene a sus hombres, me temo..."

"Noble, ¡el dux es un tonto!" Andhun extendió sus manos en un gesto de apología. "Él ignora el buen sentido de vuestra apelación y elige permanecer en Kingsham. La terquedad es una pobre consejera. ¿Supone que yo deseo enfrentar el poder de Caedwalla superándonos dos a uno? Si viniera aquí, sus seiscientos guerreros inclinarían la balanza en nuestro favor."

Aelfhere asintió. "Verdad, yo traté de decírselo..."

"En efecto. En vano. No cambiaremos nuestro plan, pero emprenderemos el camino antiguo que conduce a Lundenwic de inmediato."

Bajo otras circunstancias, sin dudas, el hombre parado ante él no hubiera sido irrazonable, pero la tensión de su mandíbula desanimó al Wihtwara; no obstante, protestó.

"Seiscientos guerreros atrapados, lord... le ruego que lo reconsidere..."

Andhun lo miró. "¿Dónde está el sentido, noble? Dime, si tuvieras que elegir, en verdad, ¿llevarías a seiscientos al matadero? ¿Para arroja la tierra del Suth Seaxe en el basurero como si fuera una manzana podrida? ¿Es lo que me pides a mí?"

Le devolvió el anillo de Beorhthun y sus labios se curvaron cuando los hombros del isleño se hundieron. "¡No pensé! Nuestros exploradores no tienen novedades de movimientos alrededor de Kingsham... puede que no todo esté perdido todavía." El dux le hizo señas al guardia de la puerta, "¡Trae a Osfrid!" Puso una mano sobre su pecho, "Me duele el corazón, pero las runas están echadas. Cuando Beorhthun vea a mi asistente, admitirá que entregaste tu mensaje y llevará sus hombres al este. ¡Que el Todopoderoso te conceda que no sea demasiado tarde! Ah, ¡Osfrid!"

El dux le dio rápidas órdenes al guerrero bien formado cuyos ojos astutos desmentían su juventud. Acordaron viajar solos a Kingsham con dos caballos de repuesto para ganar tiempo al no montar demasiado fuerte en ninguno de los dos.

"Regresen por el viejo camino hacia el puente sobre el Ead. Nosotros haremos nuestro campamento allí, para esperar a los Kentings y los hombres de Beorhtun... estaremos listos para pelear."

Los dos hombres cabalgaron hasta que el último rayo de luz del día se desvaneció en el bosque y partieron por la mañana con la primera luz tenue. Cuanto más se acercaban a Kingsham más cautelosos se volvían por miedo a los exploradores del West Seaxe. En un arroyo cercano, no más que una quebrada, ellos se detuvieron para dar agua a sus caballos.

"Este pequeño valle se encuentra a una legua del pueblo," le dijo Aelfhere a Osfrid, "Yo recuerdo aquel serbal con sus capullos violetas. Nosotros podemos cabalgar otras dos millas con gran cuidado, pero atamos las bestias y nos acercamos a la fortaleza a pie."

Del borde de los árboles, el noble miró con perplejidad la fortaleza. Usualmente llamado de los pájaros y el susurro de las hojas llegaría a sus oídos, por el contrario, un silencio nefasto se cernía sobre el asentamiento. El isleño susurró tanto al asistente quien asintió de acuerdo antes de señalar, "No hay humo. ¿Puede ser que el dux haya abandonado la fortaleza?"

"La empalizada es nueva," dijo Aelfhere respirando, "para fortalecer la puerta, pero bloquea la vista de la entrada."

Ellos esperaron, inseguros de que hacer. Pasaron largos momentos sin movimientos para discernir y su incertidumbre creció.

"Tienes razón," dijo el noble. "No hay nadie en el pueblo. ¿Beorhthun podrá haber abandonado Kingsham por las antiguas murallas de la cima de la colina?"

"Tiene sentido," dijo Osfrid. "Los primeros pobladores cavaron sus movimientos de tierra con zanjas profundas. El duz podría ocupar ese lugar durante mucho tiempo contra la fuerza del West Seaxe."

"¿Agua y comida?" Aelfhere negó con la cabeza. "No más de un día o dos... pero ellos tendrían la altura a su favor."

Cayeron en la quietud, su silencio aumentaba la opresiva quietud.

"Ven, es seguro." El Wihtwara dio un codazo a su camarada, "Debemos buscar algún signo de que ha pasado con la gente del pueblo y los hombres de Beorhthun."

Salieron de cubierto al trote, los ojos atentos al movimiento más leve.

Nadie vino.

Donde la nueva empalizada se curvaba, antes oculto a la vista, ellos encontraron ahora algunas estacas en el terreno creando una brecha lo suficientemente ancha para que pasaran dos hombres. Cuando ellos entraron fueron recibidos por un furioso batir de alas mientras los cuervos furiosos alzaban vuelo en estridente protesta de las horribles figuras esparcidas por la tierra empapada de sangre. La boca de la muerte en blanco y las miradas ciegas de los guerreros caídos del West Seaxe dieron paso más allá de las puertas rotas a un montón de cuerpos del Suth Seaxe.

Aelfhere maldijo a los milanos reales que chillaban y a los cuervos que graznaban y escupió en una sola palabra:

"¡Caedwalla!"

Pasando por encima de un cuerpo sin cabeza, hizo un anillo de cadáveres desparramados. En el centro yacía Beorhthun, un profundo corte rojo en su garganta. El noble tragó saliva. La arrogancia del dux lo había llevado a esta carnicería y los Wihtwara cayó sin compasión por él. Tampoco deseaba detenerse en los restos patéticos del otrora orgulloso guerrero. En lugar de eso, él sacó el anillo que se le había confiado. Sin derecho a quedárselo y como le fuera imposible reubicarlo en el rígido dedo, él lo metió dentro de la túnica del noble hombre caído.

Aelfhere se volvió dejando que su mirada se perdiera sobre la matanza indiscriminada y descubrió que la horda del West Seaxe no había perdonado ni a las mujeres ni a los niños de la fortificación. El noble apartó el entumecimiento que lo cautivaba, peleando con una rabia imponente, para responder a la súplica de Osfrid: "¡Ven, amigo! Aquí no hay nada que hacer. Debemos apresurarnos hacia el Dux en Eadhelmsbrigge."

En efecto, el Wihtwara concedió, que no tenía sentido persistir. ¿Dos hombres para enterrar cientos de cuerpos? Inútil. Ellos debían dejar a los carroñeros con su festín.

Recuperaron los caballos y se dirigieron hacia el este con Aelfhere reprendiendo la intransigencia de uno que había costado demasiadas vidas. El ayudante soportó las efusiones del hombre que había llegado a respetar en poco tiempo. Pero en la práctica, cuando terminó la invectiva, Osfrid dijo, "¿Crees que deberíamos seguir? No pudimos ver la horda del West Seaxe. ¿Debería mi Lord preguntarles su paradero, cómo podemos responder?"

El noble frenó su caballo y su compañero hizo lo mismo. El isleño frunció el ceño, reflexionó y dijo, "¿Por qué arriesgar nuestras vidas y perder el tiempo necesario para localizarlos? ¡Piensa! Ellos destruyeron a Beorhthun y se movió, pero no hacia el este, porque de lo contrario los hubiéramos cruzado en el camino. ¿Al norte? No tiene sentido, porque Caedwalla reunió a los Meonwara antes de atacar en Kingsham..."

"¡Tiene que ser el sur!" reflexionó Osfrid. "El oeste es de donde vino... ¿pero por qué el sur?"

"Porque ahí está Selsea," dijo Aelfhere, su voz más amarga que antes, "y el carnero quiere copular con la oveja."

El asistente miró alrededor de los robles, en los helechos, en cualquier lugar para no mirar a los ojos del isleño por miedo a lo que pudiera encontrar en ellos.

"Por el dios de un solo brazo, Osfrid," dijo él, "Yo juro que mataré al advenedizo con mis propias manos. ¡Ahora, adelante! Su desvió hacia la isla de las Focas nos regala preciosos días para hacer buen uso."

La siguiente semana, que Aelfhere pasó en campamento extendido, atestiguando la esporádica entrada de bandas de guerra lideradas por diferentes duces desde varias partes de Kent. Atrás en Cantwaraburh, el Arzobispo Theodore no había tenido dificultad para convencer a los nobles hombres cristianos de la justicia de la luchar y unirse a sus hermanos del Suth Seaxe contra los paganos quienes lideraban el West Seaxe. Sobre todo, novedades de la destrucción de los Kingsham persuadieron a la mayoría de los reacios de la nueva amenaza de sus propias tierras. Siete días antes del grave evento, la fuerza principal de Cantwara, con el estandarte del caballo blanco flameando al lado del Rey Eadric, cruzando el puente sobre el río. A la vista del creciente número de guerreros en el campo, el corazón del noble se hinchó con esperanza.

Osfrid buscó a Aelfhere una hora después de la llegada de Eadric. En la entrada de una tienda enorme con dos estandartes flameando. A la izquierda flameaba el del Suth Seaxe con seis golondrinas doradas sobre un fondo azul profundo. En contraste, a la derecha, se arremolinó el blanco caballo del Kenting en su campo color rojo sangre.

En la entrada el Rey Eadric saludó a Aelfhere con un abrazo, "¡Padre! Que fatalidad reside en nuestro encuentro ... un mal presagio en lugar de alegría." Él indicó a Andhun, "El Dux me dijo que usted peleó contra los invasores del West Seaxe al lado de Beorhthun, pero él está muerto..."

"Ay," el noble frunció el ceño, "él yace devastado por los milanos reales, él, todos sus hombres y las mujeres y niños..."

El Rey de Kenting, rodeado de duces y nobles, estaban pendientes de cada palabra de Aelfhere cuando él relataba los eventos que llevaron a la masacre en Kingsham. "Yo creo que está en Selsea," dijo, lanzando una mirada mortificada bajo las cejas bajas, "pero se moverá pronto. Creo que él tomará el viejo camino a través del bosque y cuando lo haga nosotros debemos tener un plan para superarlo. No solo el Rey del West Seaxe lidera un poderoso ejército, sino que es valiente y está bien aconsejado... ¡es tiempo de matar al lobo del oeste!"

9

WILFRITH Y CYNETHRYTH

Selsea, West Sussex, Marzo 686 AD

'EGO TE BAPTIZO...'

Hasta la cintura en el agua fría de la fuente, una mano en el hombro de Cynethryth y la otra en la parte baja de su espalda, el diácono sumergió a la noble mujer desnuda. A través de los ojos entrecerrados, la dama del rey estaba maravillada por las burbujas de la inmersión, iluminadas por un rayo de sol inclinado desde la ventana alta y estrecha. Debajo de la superficie, los eventos que condujeron a este momento se precipitaron a su mente: el Obispo Wilfrith ungiéndole la frente, soplándole para ahuyentar el espíritu inmundo y hablando en un lenguaje sonoro desconocido para ella, la sensación de un flujo dorado a través de su cuerpo...

La monja la levantó y Cynethryth, su pelo rojo dorado colgando en colas de rata sobre su pecho, llenó sus pulmones a tiempo para escuchar de nuevo desde debajo de la superficie.

'...in nomine Patris...'

Resonando como desde lejos. Ella había rechazado a Satán y las monjas la habían despojado de sus ropas y sus joyas. Sus cabellos se aflojaron, ellas la condujeron, vulnerable y temblorosa, escaleras abajo hasta el agua helada hasta el tuétano del receptáculo de piedra. Arriba, una vez más el jadeo por respirar...

'...et Fillii...'

ojos cerrados con fuerza, se permitió alegrarse. Lo que su marido y su padre hicieran sobre esto no le preocupaba ... ella estaba segura de su elección...

fuera del agua, abajo nuevamente, negando un momento para mirar alrededor,

'...et Spiritus Sancti...'

este edificio asombroso... silencioso, ordenado, quieto, a diferencia del salón de su gente... ruidoso por el alboroto, el hedor a humo y banquetes...

El diácono la levantó y sonrió en su cara, tomando su mano y llevándola, ambos goteando, uno vestido y la otra no, subiendo los tres escalones de la fuente. Avergonzada por su desnudez Cynethryth suspiró aliviada cuando una monja la envolvió en una capa. Sólo entonces se relajó para descubrir una levedad de espíritu, como si un hasta ahora desconocido peso en su pecho se hubiera ido. Un esclavo liberado de su cautiverio, lágrimas de alegría mezcladas con gotas del agua de la fuente corrían abajo por sus mejillas.

Vestida, con el cabello húmedo pegado a su rostro, ella emergió parpadeando de la iglesia para un alegre saludo del Obispo Wilfrith.

"Un padrino hace un regalo en el bautizo de su ahijado. Esto es para ti." Sonriendo con su boca curvada hacia abajo en las esquinas, le mostró un puño cerrado. "Extiende tu mano."

Cynethryth miró fijamente una cadena de plata enhebrada a través de una cruz del mismo metal precioso que anidaba en su palma.

"Usa esto para que te proteja, para recordar tu promesa al Señor y como testimonio de tu fe. Recuerda, reza a la Madre de Dios por la gracia de llevar una vida cristiana." Una expresión solemne reemplazó la sonrisa en el semblante arrugado. "Luego hablaremos sobre la misión que la iglesia reserva para ti."

El obispo pensaba en unos pocos días, no

imaginaba que debería convocar a su nueva conversa en una hora.

Cynethryth deseaba estar a solas con sus pensamientos por un momento, por eso ella dejó las tierras de la abadía por el bosque. Se puso la capucha de su manto sobre su cabello húmedo para protegerse de la brisa marina de marzo... el mes escabroso. Ella contemplaba el comienzo de la primavera en su hermosura, los capullos del espino estallando y cómo crecían las hojas, alargándose. Un colibrí llamó desde una rama de avellano y Cynethryth abrazó la vida. Aprovechó el momento como su fuera una eternidad, viéndose a sí misma por dentro y por fuera cuando todas las criaturas vivientes de la Tierra abrían sus ojos ampliamente y contemplaron su alma. ¿De dónde vino esta gracia sino del Espíritu Santo?

El mundo de sus antepasados ya no existía. No más noches acechada por fantasmas o espíritus demoníacos acechando en lugares solitarios; ningún elfo morando en los rudos círculos de piedra que la aterrorizaban en su niñez; ni demonios ni monstruos acechando en las marismas. Respirando en el dulce aire del claro, Cynethryth maravillada por el amarillo intenso de los narcisos silvestres esparcidos entre los troncos de los árboles. ¡Que dicha admirar la belleza de la Creación, para gloria en el esplendor de un arroyo boscoso balbuceante sin temer la magia de los monstruos acuáticos cazando en el agua! Al final, las promesas del destino no la llevarían bajo la tierra al reino triste de las sombras que gobierna Hel. Quimeras de superstición ignorante, el Obispo Wilfrith se lo había enseñado y ella lo creía de todo corazón: mucho mejor la vida eterna como recompensa por la virtud. ¡Por qué no volver corriendo a la abadía para compartir estas nuevas noticias con Nelda?

En largos años de servicio, su niñera, luego su doncella, nunca había levantado su voz... pero ahora ella estaba lívida.

"¿Cuánto sinsentido han puesto dentro de tu cabeza, niña? ¡Cómo has cambiado de un año atrás en nuestra isla! Como si una hoz te hubiera cortado de raíz..."

"No lo vez, Nelda..."

La sirvienta, con la cara roja, mordió sus labios en exasperación y frunció el ceño.

"No, no quiero," interrumpió ella, "ni deseo dar la espalda a lo que mi padre y su padre antes de él, y todo nuestro pueblo, siempre han creído."

La furia en sus ojos conmocionó a Cynethryth, quien deseaba compartir su alegría con su antigua y más confiable compañera.

"Cuando tú eras un bebé," dijo la vieja sirvienta, "yo era tu suplente. Cavé un largo túnel en la tierra para complacer a Eortha. En tu lugar, me arrastré a través de él y cerré el pasaje detrás con espinas para que los espíritus malignos no me siguieran. ¿No creciste saludable bajo la protección de la diosa? Cómo tu..."

"¡Oh, Nelda! ¡Es tan tonto!"

Ella intentó acercarse a su doncella, pero para su asombro la mujer se apartó. A pesar de sí misma, su voz destilaba sarcasmo.

"¿Por qué los espíritus malignos como si estuvieran hechos de carne y sangre tendrían miedo de abrirse paso entre las zarzas...?"

La sirvienta negó con la cabeza, eligiendo permanecer muda, con la única intención de trenzar el cabello de su ama. El ocasional olfateo a espaldas de Cynethryth delató a Nelda llorando. La dama del rey frunció sus labios. Convencer a su niñera de su elección sería una tarea tediosa...mejor dejarla para otro momento.

Unos pocos minutos después, una monja llevó a Cynethryth a las habitaciones del obispo. ¿Por qué él quería verla tan pronto? ¿Y por qué estos cristianos llevaban a cabo sus órdenes de manera tan determinada? La hermana dijo que Wilfrith deseaba hablar con ella "De inmediato", pero ella iba a arribar sin aliento a este paso.

En su presencia, Cynethryth apoyo la palma de su mano en su pecho y se recompuso a sí misma.

"Perdona la molestia, mi niña," el prelado extendió sus manos, "los acontecimientos nos han sobrepasado. Un hermano en camino aquí desde la catedral en Wintanceastre se encontró con las huestes de Caedwalla acampando, pero a dos leguas de distancia."

"¿Mi marido aquí? ¡Debo ir con él!"

Las líneas en las esquinas de los labios del obispo se profundizaron. "No necesariamente. Yo espero que él venga. Y eso es por lo que debemos deliberar..."

"¿Acerca de qué?"

Los ojos del clérigo brillaron con una luz feroz. "Acerca del rey, tu esposo..." mantuvo una mano en alto para detener el torrente de palabras, "... él y yo...nosotros...había un entendimiento, una suerte de pacto. Los detalles no te conciernen necesariamente, mi querida niña. Si bien nuestra fe predica contra la matanza, a veces, como nos enseña el Sagrado Libro, la matanza es necesaria por una causa justa." El prelado le hizo señas para que se sentara, pero él permaneció de pie, comenzando a caminar cuando se calentaba su argumento. "¿Trata de imaginar el Sur bajo un reinado, unidos en una sola creencia? ¿Qué dirías a esto?"

Cynethryth se sonrojó, ¿no eran las palabras de su padre?

'...*Unidos en armas podemos estar solos contra todos los que vengan...adorando a los dioses de nuestros antepasados...*"

Su traición, múltiple, casi completa.

El Obispo Wilfrith malinterpretó el brillo de sus mejillas y asintió, ¡"De hecho serás la dama del Sur cristiano!" El rostro alargado se tensó en un ceño fruncido. "Hay dos problemas..." Él respiró profundamente y sus ojos penetrantes se clavaron en los de ella. El momento se demoraba. ¿Nunca la iluminaría?

"Primero, tu marido no ha abrazado nuestra fe y segundo," señaló por encima de su hombro, "en nuestra retaguardia el último bastión de los adoradores del demonio amenaza nuestra existencia." La confusión en la cara de ella le hizo apretar los puños. "Me refiero por supuesto a tu tierra natal, a Wiht. El *último* bastión," frunció el ceño. "En todas esas islas, todos los demás reinos profesan el cristianismo, pero no el de Arwald. El Rey Wulfhere de bendita memoria trajo la fe a la isla, pero cuando él murió la población cayó en la ignorancia. El Demonio les tiró escamas en los ojos... ha llegado el momento de traer la Palabra y tú, mi niña, eres el vaso elegido por Dios."

El rostro arrugado se relajó y el obispo le dedicó una sonrisa beatífica a Cynethryth.

"No comprendo."

Wilfrith hizo una pausa para tener efecto. "... Porque, juntos debemos convencer a Caedwalla para que acepte el llamado del Padre." El prelado tomó la mano de la joven mujer. "¿Cumplirás con tu deber?"

Ella no necesitaba coerción. El pensamiento de pasar la eternidad con el hombre que ella amaba fue suficiente persuasión.

Cuando Caedwalla finalmente arribó solo a caballo. La impaciente Cynethryth, esperaba cerca de las puertas de la abadía, cayó en sus brazos y se aferró a él queriendo nunca dejarlo ir. El guerrero, aunque presionado por el tiempo, estaba determinado a exprimir hasta la última sensación de su encuentro.

"Mi amor, ¿Cuánto tiempo te quedarás?" susurró ella, su voz urgente.

"Media tarde..."

"¿Tan pronto? Ella se separó de su abrazo, con expresión angustiada.

Un suave tirón en su espalda la empujó contra su cuerpo mientras le acariciaba la nuca.

"Ganamos una gran victoria, mi hermano Mul lidera el ejército a lo largo de la costa norte de las marismas. Debo reunirme con él antes del anochecer."

"Yo no lo conozco," dijo ella, "¡llévame contigo!"

Caedwalla acarició su mejilla. "Los hombres del Suth Seaxe reúnen a sus hombres en el este para vengar a sus primos. ¡Créeme, la batalla no es lugar para una mujer! La ocasión de saludar a Mul llegará pronto. Yo debo reunirme con el portador de la cruz, luego ven conmigo para acelerar mi despedida."

Dentro de la vivienda del obispo, el guerrero le sonrió al sabio que había visto gran parte del mundo.

"Nuestras reuniones me traen fortuna. La primera vez me convertí en rey y la segunda, de nuevo rey."

La mirada penetrante de Wilfrith se fijó en el señor de la guerra. "Entonces, dale las gracias al Dios de los Ejércitos, cuya mano poderosa barre a los que se alzan contra ti, Se humilde y arrodíllate frente al Padre que te elevará aún más."

Caedwalla, impasible, superó al prelado. "En

buena hora. En cambio, hablemos de lo que puedo darte..."

Su conversación se ocupó de las propiedades sustanciales de Beorhthun y con las pieles que rey enajenaría a la Iglesia en caso de la victoria en la próxima batalla. El Rey prometió un tesoro para pagar por edificios, vestimentas, libros, vinos y aceite.

Más que satisfecho, el Obispo presionó por una última concesión. "Arwald es una amenaza. La isla entera es pagana y él se ha puesto en contra de la cristiandad. Él se uniría con los Kentings..."

"Que son cristianos..."

Conveniencia política, él confía en el lazo de sangre entre sus gentes..."

Caedwalla miró al clérigo, "No tengo ninguna disputa con el pueblo de mi esposa. Es una isla y mientras Arwald se ocupe de sus propios asuntos..." el resto lo dejó sin decir.

"Puedes lamentar esta elección. Si aceptas mi consejo..."

El guerrero avanzó dos pasos, imponiéndose sobre el prelado, la amenaza en sus ojos. "¡No esta vez, sacerdote! Y ten cuidado, si le ocurriera cualquier daño a Cynethryth ni tu Dios de los Ejércitos salvará tu pellejo." Se volvió para irse, pero giró y levantó un dedo. "Este dios guerrero debe ser similar a Tïw, así que reza para que él le de fuerzas a nuestros brazos."

Wilfrith suspiró exasperado por la puerta cerrada que dejó el señor de la guerra.

Fuera de las habitaciones del obispo Caedwalla encontró a su esposa esperando.

"Espuma tiene apenas un año. Es demasiado joven para cargar tu peso, así que vendrás conmigo." La subió a su caballo.

El corazón de Cynethryth latía rápido, "¿Cambiaste de opinión? Necesitaré más ropa si vas a llevarme contigo."

Su risa fue profunda y ronca, "¡Dónde to te llevo, necesitarás menos ropa!"

Sin cuidado de las opiniones y sensibilidades de los monjes y monjas, pero agradecido por la tutela de su esposa, optó por no ofenderlos rompiendo sus curiosas reglas de decoro. Dada la suavidad del día, el bosque no muy distante podría servir bien.

Luego de un año separados, entrelazados en su manto en el suelo, Caedwalla y Cynethryth intercambiaron apasionados besos. Los dedos temblorosos de él desabotonaron el vestido de ella para exponer su pecho, "¿Qué es esto?" él levantó la cruz de plata.

Ella se sentó, su voz temblorosa, "Yo... yo

quería decírtelo. Elegí ser bautizada. ¿Estás enojado?"

Él puso un dedo en sus labios, "¡Cállate! ¿Por qué crees que te envié al portador de la cruz, Wilfrith? ¿Para estar seguro? Más seguro con mi pueblo en el oeste."

Cynethryth jadeó, "Quiere decir... pero... tu no crees..."

Él rió, "¿Qué sabes? Escúchame bien," se sentó y se apoyó en un codo, "Hablé largo y tendido con el sacerdote cuando estaba en el exilio. Este hombre en su extraña vestidura, con su extraño lenguaje y sus libros sagrados ofrece mucho a un rey. Para ellos, el reinado está ordenado por su dios..."

Ella lo miraba con la boca abierta. Había tanto que aprender sobre este hombre. Por supuesto, ellos habían pasado poco tiempo juntos, no es de extrañar entonces...

"...sus escritos tratan sobre la elaboración de leyes y la recaudación de impuestos. Están son todas las armas que debe manejar un señor supremo."

Para su esposa en la frondosa penumbra del bosque, sus ojos estaban llenos de fuego y determinación aparecían de un azul profundo, la menor de las sorpresas.

"Entonces, ¿tú fuiste bautizado en la fe?" preguntó ella, emocionada.

"Por supuesto, cuando fue el momento correcto, pero Wilfrith no debe saber esto."

"¿Por qué?"

Su boca se torció hacia abajo en una leve sonrisa, "¡Más útil para mí de esta manera! Mientras el piensa que necesita convertir a un rey yo gano concesiones... nuestro pacto funciona para los dos lados. ¡Ni una palabra de esto a él!"

Caedwalla descubrió el pecho de ella y ellos se perdieron para el mundo.

Después, yaciendo en sus brazos con un muslo sobre el suyo, Cynethryth murmuró; "Ten cuidado, mi amor. Si algo te hace daño mi corazón será traspasado."

El guerrero rió, sin prestar atención al augurio de sus palabras.

"¡No temas, pequeña reina! ¡Se necesita un lobo para matar a un lobo y los del Suth Seaxe no son más que ovejas!"

10

AELFHERE Y CAEDWALLA

Eadhelmsbridgge, Kent, Marzo 686- Mayo 687 AD

"Maldigo al cabeza de sapo que dibujó este mapa... ¡no vale una verruga en su piel viscosa!" Golpeando con un puño en la mesa. Andhun volcó un vaso de hidromiel sobre el objeto de su ira y la tinta se corrió. "¡Allí! ¡Probablemente sea de más utilidad ahora!" dijo el dux a través de sus dientes apretados, mirando alrededor a los nobles reunidos en su tienda.

"¿Cómo voy a elegir un campo de batalla cuando no conozco nada de esta tierra? ¡Los West Seaxe están cerca de nosotros!"

Doblando la carta, como para romperlo en pedazos.

"¡Espera, Lord!" Uno de los nobles, una cicatriz desde la frente hasta el pómulo desaparecía debajo de un parche en el ojo, levantó una mano. "Este es mi hogar, al menos las explotaciones tres leguas al este. Déjeme." Él señaló el pergamino empapado. Ignorando el ceño fruncido, él tomó el documento lo desdobló y o puso delante de él. "Nosotros estamos aquí" apuntando con el dedo índice el dibujo rústico, agregando una mancha al río Ead. "Fluye hacia el Medweg causando que se hinche y se inunde hacia el este. Desde aquí hasta donde la cresta estrecha baja hasta el ferry, aquí..." en ese lugar tamborileó con el dedo antes de levantarlo y hacer un círculo sobre el mapa, "...marismas..." Él puso mucho énfasis en la palabra, hizo una pausa y miró alrededor notando las expresiones de perplejidad. "Bien", se apresuró a seguir, "pantano al sur del río, terreno blando y pegajoso hacia el norte. Considere que allí," agitó el dorso de la mano, "Se levanta un espolón. Lo llamamos 'Dryhill'... donde debemos pararnos y luchar."

Aelfhere se inclinó hacia adelante con entusiasmo. El compañero tenía un punto. "Retenemos nuestras armas arrojadizas. Con la altura a nuestro favor, los presionamos con lanzas largas y los conducimos hacia el pantano..." Una mirada alrededor de los sonrientes nobles le aseguró que le habían entendido.

Por primera vez, Andhun perdió el ceño fruncido, "Ay, una vez que se atascan, ¡los atacamos con jabalinas y hachas arrojadizas! ¡Un plan tan bueno como cualquier otro!"

Eadric se volteó hacia el hombre de un solo ojo. "¿Qué tan lejos de esta colina?"

"Tunbrycg, Lord? Yo diría que cerca de tres leguas hacia el este."

"¡Perfecto! ¿Y hay un bosque cercano?"

"En el lado norte. Ahí está. ¿Por qué?

Aelfhere se estaba preguntando lo mismo, pero el rey sonreía y en con una voz determinada. Dijo. "Nos moveremos rápido. Los del West Seaxe están a dos días. Debemos usar el tiempo para montar una fragua en bruto, cortar duelas y hacer más jabalinas."

Siempre práctico, el noble de Wihtwara preguntó, "¿Y el hierro, Lord? ¿Dónde conseguiremos el metal?"

"Rejas de arado, espadas, ruedas, aros... cualquier cosa que podamos agarrar en las tierras circundantes. Las puntas de las armas no necesitan ser grandes. Las pequeñas matan lo mismo... ¡la fuerza de los brazos cuenta!"

Decepcionados por la cantidad de metal recolectado, las huestes de Eadric todavía se deshacía de más de un centenar de lanzas arrojadizas, además de muchas varas cortadas hasta un punto vicioso. Lo último sirvió para espesar el aire con misiles, para ayudar a causar destrucción en el enemigo desviándolo.

Desde el comienzo, su plan salió mal. La astucia de Caedwalla, para consternación de la fuerza que esperaba, nunca falló, con el señor de la guerra desplegando bien a sus exploradores. Frustrando el plan de los Suth Seaxe para llevar al enemigo al humedal, ellos emergieron del bosque seco para formar filas masivas.

Aelfhere examinó las apretadas filas de guerreros debajo de ellos y su mirada se detuvo en los dos estandartes que se agitaban cada vez que se levantaba la brisa. Ambos llevaban una figura en oro en un campo rojo. El jabalí de Meonwara y una criatura alada con cabeza de dragón del West Seax. Su pulso se aceleró porque junto a él se alzaba la figura del hombre que el más odiaba: Caedwalla.

Hoy mi espada te mandará al Salón de Woden

El poder del enemigo no lo intimidó. Abajo había una vasta gama clasificada, pero esperada, si propio ejército no contaba con pocos hombres.

Le dijo a Eadric a su lado, "Cambio de plan... arrojaremos armas desde el principio..."

Distraído, el rey no contestó, pero hizo un gesto al enemigo. "¿Qué están haciendo?"

El Wihtwara se preguntaba lo mismo. Avanzando, pero en lugar de subir en las habituales olas planas, ellos avanzaron en largas filas serpenteantes a tres yardas de distancia. Los líderes de cada fila avanzaban con rapidez. El gasto de jabalinas y hachas arrojadizas conmocionó a Aelfhere: muchas cayeron en la tierra en agujeros entre las columnas, no infringiendo daño.

¡El lobo astuto!

La concentración de armas lanzadas deshizo la defensa de la cima de la colina. Antes que tuvieran tiempo de arrebatar sus largas lanzas, los atacantes, emitiendo gritos de guerra, desplegaron y cargaron con su propia bajada. Los postes con punta de hierro empalaron a muchos de los de la primera línea de lanzadores y empujó a los hombres detrás. El daño estaba causado, la avalancha de guerreros del West Seaxe intercambiaron los torpes postes por hachas de batalla y espadas. El ímpetu del ataque rompió las filas de los defensores mientras más hombres surgían sobre el frente con el estímulo para pelear a corta distancia. Su impulso los llevó adelante. A pesar de los mejores esfuerzos de Eadric, Andhun y Aelfhere para reunir a sus hombres alrededor de los estandartes, fueron obligados a subir y bajar al otro lado de la colina.

Aelfhere, audaz, lideraba a sus guerreros desde el frente. Lo que daría por acercarse al emblema del dragón dorado que ondeaba a su derecha. Esta no fue una batalla común para él por una cuestión, una misión, para curar una herida superante. Usando su escudo con relieve de hierro para defenderse de la lluvia de golpes y luego como un garrote, cortó, golpeó, y paró su camino en esa dirección. En vano, el empuje cuesta abajo del enemigo lo frustró. El dragón y el hombre se volvieron cada vez más distantes. Para asombro de los que lo rodeaban, se parecía a una bestia rabiosa cuando gruñía de rabia frustrada, despidiéndose de un asaltante tras otro.

Con una veintena de Aelfheres con este estado de ánimo, el día podría haber sido ganado, pero los del Suth Seaxe y los Kentings perdieron terreno cuesta abajo hasta la base esponjosa. Más atrás, ellos comenzaron a hundirse en el fango. Un hombre necesita ser ágil en la batalla, pero cuando el enemigo los llevó más cerca del río, se hundieron hasta las rodillas en el cieno. La astucia de Caedwalla había dado vuelta su plan.

El Wihtwara miró alrededor en un momento de respiro. Lo que vio hizo que su corazón se hundiera como el estandarte con el caballo blanco que desaparecía entre los cadáveres en el pantano. Terminado esto, ningún Caewara sobrevivió para rescatarlo. En medio de las maldiciones, choques de acero y el olor a sangre, se hizo evidente que eran superados en número. Cerca de allí, los cadáveres tallados más allá del reconocimiento yacían boca abajo en el lodo. Los dioses le garantizaban que en esa cantidad no había Wihtwara. Pero, aquellos que peleaban eran irreconocibles para él, sus caras salpicadas de sangre y tajos. En la breve pausa, tres adversarios luchaban a través del limo para caer sobre él.

¡Si solo sus piernas estuvieran libres para ayudarlo en su finta y contraataque! Con una estocada desesperada, clavó su espada en la garganta del asaltante principal. Su sangre le salpicó en la cara, antes, con mucho dolor y conmoción recibió una herida profunda en el brazo del escudo. ¿Le habrían cortado la extremidad? Cayendo de costado, con l astucia de un viejo guerrero, se quedó quieto, con los ojos cerrados. El medio esperado golpe de muerte no vino. Sin que él lo supiera, mientras caía en la inconciencia, el fango aprisionaba la herida, deteniendo la hemorragia.

Su destino no había pasado inadvertido. Uno de los tres Wihtwara, Ewald, que luchaba cerca del Dux Andhun, habiendo matado a su propio adversario, terminó con el oponente del hombre noble con una puñalada en el estómago. Frenéticamente, llevó al dux hacia su señor caído. Los otros dos de Wiht y el Rey de Kenting todos batallando cerca formaron un arco para protegerlo.

A la vista del desdichado ensangrentado con el yelmo de lobo, Andhun escupió una maldición por tener que tomar una decisión. ¿Continuar la lucha, dejar morir al valiente noble, o salvarlo? El dux eligió el último curso de acción. Con Ewald, sin hacer caso de la batalla que se libraba detrás de ellos, él levantó a Aelfhere. Al ver la extensión de la herida, el dux cortó una tira de cuero de su túnica y lo ató fuerte por encima de la herida. Satisfecho, Andhun levantó la espada con el pomo de lobo y la deslizó en el cinturón al lado de la suya.

Aelfhere entraba y salía de la conciencia.

El rostro de Andhun que lo miraba, se le aparecía como Cynethryth cuando era una niña, sentada en sus rodillas; ¿pero por qué estaba tan preocupada?¡Cómo la amaba! La imagen desapareció, para ser reemplazada por el cuello expuesto de Caedwalla. ¡Un solo golpe limpio! Todo se puso negro, pero el sol iluminaba su tierra natal... próspera, pastoral, en paz.

El dux levanto el brazo del noble alrededor de su hombro. Le dijo a Edwald, "Toma el lugar de Eadric. ¡Ningún rey muerto es un buen rey! ¡Cubre nuestras espaldas!"

El Wihtwara luchando sobre el suelo empalagoso, alcanzó al líder de los Kenting para enterrar su puñal en la espalda del guerrero atacando la Cantwara. Para defenderse de un golpe de otro, Ewald le gritó al rey para que ayudara al dux.

Conociendo la situación de Aelfhere y Andhun, el joven gobernador enfundó su espada y, agachándose bajo el brazo herido del isleño, tomó una parte del peso muerto, No fue una tarea fácil arrastrar al noble rápidamente a un terreno más sólido, sabiendo que los tres Wihtwara que los protegían se enfrentaban a un número mayor. El lodo se convirtió en su amigo: el enemigo incapaz de cruzar corriendo para cortar su retirada mientras que ninguno tenía un arma para arrojar. ¡Y, el dux tenía la intención de llegar a la cresta de tierra más seca en el ferry, donde ellos necesitarían la suerte de Logna!

En el río, la bienvenida visión del ferry amarrado hizo que una sonrisa sombría asomara a los labios de Eadric, que se había asumido a sí mismo como condenado. El destino decretó que la embarcación, debía estar amarrada en esta orilla y no en la opuesta: la diferencia entre la vida y la muerte. Casi abatido por la fatiga, el rey ayudó a bajar al noble al fondo del bote, el choque de aceros sonaba en sus oídos. Colapsando en la nave, llamó al dux, "¡Sube!"

"¡No dejaré que los guerreros mueran por mí!"

La espada que sacó Andhun no era la suya. Esta arma era más liviana y mejor balanceada con un lobo en el pomo. La pura belleza del objeto lo llenó de alegría y renovada energía. En la refriega, saltó, siete contra tres... cuatro ahora, por el grito de guerra de Eadric sonando en sus oídos. La mayoría de los del West Seaxe estaban deslizándose y resbalando sobre el traicionero suelo tratando de alcanzarlos. Sin demora necesitaban deshacerse de sus adversarios actuales.

La desesperación y el conocimiento que la corriente del río podía llevarlos a la seguridad les dio fuerza a sus tendones. Un grito de triunfo de Wulflaf se mezcló con el grito de Hynsige. Andhun clavó la espada prestada bajo la guardia de su atacante en la axila mientras recibía un poderoso golpe de hacha de otro en su escudo. La fuerza del golpe lo hizo perder su equilibrio. Mientras caía una puñalada de revés con la espada de lobo encontró el muslo del guerrero que dominaba a Hynsige, herido en su brazo y reducido a solo defenderse. Yendo mejor, Eadric puso su pie contra el estómago de un agresor para liberar su arma de lo profundo de su pecho. Levantándose sobre una rodilla, el dux llegó a tiempo de gritarle una advertencia al rey, quien se dio vuelta, pero perdió el equilibrio en el suelo rezumante. Eadric se deslizó hacia un lado, recuperando el equilibrio mientras el hacha de guerra pasaba rápidamente dejando al descubierto el flanco del enemigo expuesto. El Cantwara pus todas sus fuerzas en la estocada, clavando su espada entre las costillas del hombre y dentro de su corazón.

Restaba un enemigo, su puñal balanceándose en su mano, fintando un golpe al isleño de pelo oscuro. Detrás de ellos, cincuenta yardas de fango, los separaban de los West Seaxe que se aproximaban... al menos una veintena, liderados por un enorme guerrero con un halcón en su yelmo. El dux y Eadric saltaron sobre el enemigo que peleaba con Wulflaf y Ewald.

"¡Sube al bote!"

Hynsige se alejó tambaleante, muy deseoso de obedecer al rey.

La contienda unilateral terminó con un tajo de Wulflaf en la garganta de su adversario. Cuando el hombre cayó, un aullido de rabia los alcanzó desde menos de veinte yardas de distancia.

"¡Tiempo de irse!" Eadric miró a sus compañeros. Derrapando los diez pasos hasta el ferry, se lanzaron hacia el interior. Ewald cortó la cuerda del amarre con un movimiento de su puñal. Los otros miraron atrás para ver al alto guerrero en frente tomando un hacha de batalla del hombre más cercano a él. Ambas manos se movieron detrás de su cabeza, él arrojó el arma en un arco rotando hacia el bote. La corriente los llevó a ellos fuera del camino del peligro, el hacha levantó un spray de agua en su estela.

"¡Fuerte de brazos!" el dux no hizo esfuerzos para encubrir su admiración.

"Un bigote de gato entre nosotros y la muerte," Wulflaf hizo una mueca, alcanzando un remo. Ewald sacudió la nave mientras hacía lo mismo. "Me pregunto, ¿quién es él?" el isleño continuó. Pero mientras negaban con sus cabezas, el púnico hombre que podría haber dicho algo yacía inconsciente en el fondo del bote.

"Habría pensado," mientras intentaba poner a Aelfhere en una posición más confortable, "que el hombre del ferry había dejado su bote en la otra orilla para huir de la batalla."

Por fin, Eadric apartó sus ojos de la figura afligida del noble, "Tenemos que agradecer al barquero por nuestras vidas, pero temo que él dio la suya."

"¿Cómo es eso?" preguntó Hynsige, sentado en la proa tirando de un vendaje apretado con sus dientes sobre su brazo ensangrentado.

"¿Qué nombre tienes, isleño?"

"Hynsige, Lord."

"Bueno, Hynsige, el campesino quien poseía este bote peleaba por nuestro lado, yo creo. Su elección nos salvó. La astucia del West Seaxe los envió a él y a todos nuestros camaradas de regreso al cielo o al infierno."

En triste contemplación, ninguno deseaba interrumpir su discurso hasta que Eadric se dirigió al dux. "¿Alguna noción de dónde estamos?"

Andhun negó con su cabeza. "Esta no es mi tierra, pero el río fluye hacia Hrofescaester por el mar. ¿No es su reino, Lord?"

"De hecho, pero..." señaló la figura tendida de Aelfhere, "nuestro amigo no sobrevivirá para ver este lugar. Debemos buscar ayuda rápidamente para tratar sus heridas."

Ellos miraron desde el febril ealdorman, su

frente perlada de sudor, hacia el paisaje de pantanos y bosques sin viviendas a la vista,

"Luchó como un oso atacado por perros," remarcó el rey, con tono de admiración "No podemos dejarlo que se desvanezca." Con ojos desenfocados, él miro río abajo. "Diez años atrás los mercianos devastaron Hrofescaester. Nada para nosotros allí..."

En silencio severo, ellos remaron por una hora hacia donde la llanura inundada dio lugar a un terreno más sólido con su vegetación colgando de las orillas del río. sin atisbo de asentamiento, ellos temían por Aelfhere, aún más pálido, un gemido era el único signo de su aferramiento a la vida.

"¡Por ahí!" Wulflaf descansaba en su remo y apuntaba a través de un claro en el pastizal desde el bosque. El humo se enroscaba en el aire más allá de las encinas que bordeaban la pradera.

Hynsige, fuera de estado para caminar, permaneció en el bote con Ewald, quien sujetaba la cuerda de amarre pasada alrededor de un tronco. Los otros se apresuraron a través del césped elástico y se internaron en el bosque en la dirección a los remolinos de brisas.

Un porquerizo, que cuidaba a los cerdos de patas largas que escarbaban bellotas, se quedó boquiabierto al ver a tres guerreros, giró sobre sus talones y se precipitó hacia los árboles. Más rápido en reaccionar, Eadric cargó detrás del campesino. Más joven, de pies más ágiles a pesar de su cota de malla, pronto puso una mano en el hombro huesudo del hombre. Una espada de mano corta afilado persuadió al tipo que se arrodillara y suplicara por su vida.

"No queremos hacerte daño, pero necesitamos tu ayuda," dijo el rey, levantando al porquerizo. "¿Hay algún pueblo cerca?"

El dux y el isleño los alcanzaron, causando que el hombre temblara de nuevo. Mudo de miedo, el habitante del bosque asintió y señaló a un camino a través de los árboles.

"¿Y hay un sanador entre ellos?"

Asintió otra vez.

"Llévanos con él."

"Ella es una moza."

"Tienes lengua entonces," Eadric giró al hombre y lo empujó hacia el sendero.

"¡No hay tiempo que perder!"

Después de no más de cinco minutos, el aire reverberaba con el clamor familiar de un asentamiento: gallinas cacareando, perros ladrando, las voces chillonas de los niños y el balido de una cabra. El camino conducía a un terreno despejado don de ellos contaron dos veintenas de viviendas con techo de paja frente a campos arados. Su guía, pecho hundido ahora se hinchó de importancia personal en beneficio de las pocas mujeres que salieron boquiabiertas de sus chozas, se volvieron y le hicieron señas para que las siguieran. Caminando junto al porquerizo de túnica sucia, Eadric, con su cota de malla, era una vista impresionante.

"¿Dónde están los hombres del pueblo?" preguntó el rey ingenuamente.

"Porque, el ealdorman se los llevó a la guerra. A mí no me quería. Demasiado flaco para pelear."

En la puerta de una casa, no distinta de las otras, él golpeó. Una joven mujer miró con los ojos muy abiertos con preocupación ante lo inimaginable. Sus ojos recorrieron el yelmo con cresta y la camisa de acero del rey hacia su espada abajo. El objeto de su escrutinio no tenía tiempo que perder.

"Niña, ¿dónde está la mujer sanadora?" nuestro compañero yace cerca de la muerte y necesitamos su servicio."

"Soy... soy yo, Lord," balbuceó, sonrojándose de un rojo brillante.

"¡Qué! ¡No eres más que una niña!"

"¡Tengo diecisiete años, Lord! Y la madre de mi madre me enseñó todo lo que se. ¿Dónde está el hombre herido?"

Consternado, Eadric miro a Andhun con el ceño fruncido. "¿Podemos dejar que alguien tan joven atienda al ealdorman?"

El dux estudió a la doncella, de rostro bello, de complexión delgada y manos callosas con largos dedos. "¿Has visto siquiera una herida de hacha, niña? Está casi cortado el brazo..."

"¿Dónde está él?" repitió ella.

Con los labios fruncidos, Andhun se volteó hacia el rey. "Ella perderá el sentido al ver la carne abierta," se burló, estamos perdiendo el tiempo aquí."

"Yace en el fondo de un bote en el río," dijo Eadric.

"Deben traerlo aquí," su voz se escuchó plana y uniforme.

"¡Él no puede ser movido!" objetó el dux. "¡La muerte se cierne sobre él!"

"Bueno entonces, yo no puedo ayudarlo," ella hizo el ademán de cerrar la puerta.

"¡Espera!" intervino el rey, "podemos hacer una litera y te lo traeremos."

Desapareciendo puertas adentros, ella volvió con una piel de oveja y la puso en los brazos del dux, "Acuéstelo sobre esto, ¡apresúrense!"

El porquerizo les llamó la atención con una tos. "Ustedes necesitan postes. ¡Yo tengo postes!"

El campesino partió a paso rápido a una

parte distinta del bosque y a pesar de esto Andhun encontró el aliento para repetirse a sí mismo, "¡Estamos perdiendo tiempo! Yo digo que nos dirijamos rio abajo en búsqueda de otro pueblo. ¡Esta chica apesta a leche de su madre! ¿Cómo puede ella curar a un hombre herido?"

"No hay más pueblos antes de Hrofescaester," protestó Eadric, "y yo te he dicho que Aethelred destruyó el lugar y la tierra por millas alrededor. La chica es nuestra única esperanza... ¡y punto final!"

El dux, permaneció expresando dudas con los otros dos que lo ignoraban, luchó por mantener el ritmo a lo largo del camino detrás del aldeano. Llegaron a un recinto con una tosca choza y cinco pocilgas apestosas rodeadas por una empalizada hecha con estacas y cercas de caña. El hombre corrió al interior y emergió con un rollo de cuerda y dos fuertes postes, cada uno afilado en punta.

"Repuestos," les dedicó una sonrisa dentada, "los guardo en caso de daños."

Una embistió a Wulflaf y retuvo la otra antes de apresurarse por el camino, tomando una serie de bifurcaciones en el camino para conducirlos por fin al bote.

Aelfhere yacía pálido y no se movía como antes.

"Sigue respirando," dijo Ewald, "y tengo calambres colgando de aquí."

La piel de oveja atada a los postes, se volvieron para mirar al noble.

"Aquí," Ewald le entregó la cuerda a Hynsige, "aferra con esto su brazo bueno."

Wulflaf subió a la nave y con la ayuda de sus compañeros, levantó a su señor en los brazos de los dos hombres en la orilla. Eadric y Andhun lo acostaron en la litera.

"¡Bien!" dijo el dux, "tu, cuál es tu... Hynsige, ¿no? ¡Arrójame la cuerda y sal!"

Una vez que arrastraron la proa del bote por la orilla, Andhun maldijo y agregó, "Es demasiado pesado para levantarlo, el ealdorman se debilita y el día se alarga. No hay manera de ocultar el bote. ¡Esperemos que los West Seaxe no tengan el gusto de seguirnos!"

"Al menos estamos en el lado del rio opuesto a ellos," dijo Wulflaf, "y nosotros no pasamos vados."

Andhun gruñó y habló con el porquerizo, "Tu toma uno de los extremos de este poste. No puedo permitir que el rey lo lleve."

Con la boca abierta, el campesino cayó de rodillas en frente de Eadric. "¡El rey!"

Hueca y amarga llegó la risa de Eadric. "Uno

con un reino abierto a las hordas de Caedwalla. El tipo es todo piel y huesos, yo tomaré el poste."

Tomada la decisión, los cuatro guerreros liderados por el porquerizo y seguidos por Hynsige, llevaron la litera a la casa de la curandera. Ahí, lo colocaron junto a un fuego que crepitaba y chispeaba en el medio del suelo. El humo traía un agradable aroma a hierbas que impregnaban la habitación antes de salir en espiral por el agujero en la paja. Todo alrededor, recipientes y manojos de hierbas secas cubrían las toscas mesas y bancos de madera.

La niña colocó un cojín debajo de la cabeza de Aelfhere antes de cortar el apretado vendaje atado para detener el flujo de sangre y siseó al limo de la herida.

"También, la hoja tocó el lado externo de la extremidad, sino estaría muerto," murmuró ella.

Ocupada en mezclar agua con vinagre, murmuró, "Esta inmundicia tiene que desaparecer," antes de agregar, "muévanlo... suavemente ahora... para que su brazo descanse en el suelo". Enjuagando el lodo hasta que, satisfecha, murmuró, "no debería supurar ahora." Ella empujó en el pecho a Wulflaf, "Fuera del camino, desordenas el lugar. ¿No sería mejor que volvieras con tus cerdos?" le dijo al campesino.

"¡Todos, afuera!" ordenó Eadric. "No obstaculicen a la doncella"

El rey permaneció y observaba mientras ella vertía líquido en la herida.

"¿Qué es eso?"

"Una poción de ajo, vino y hiel de buey elaborada en aquel." Dijo ella indicando un bowl de latón, "permanece durante nueve días antes que se tense..."

"¿Cómo sirve?"

"Para mantener alejados a los espíritus malignos, para que la carne no se pudra."

Aelfhere gimió, sus ojos parpadearon y se abrieron solo por un momento, pero no hubo conciencia, como si estuviera en otro mundo.

La joven mujer estudiaba la cara del rey. "Descanse tranquilo, él vivirá, su brazo se curará."

Levantándose, ella regresó con una fina aguja e hilo. "Lord, pellizque la herida. Ay, justo eso. Ahora, lo coseremos." Tarea completa, ella secó sus manos en su vestido y puso una olla de agua sobre el fuego. A continuación, hizo una cataplasma y esparció el contenido de una jarra sobre ella.

"Antes que usted pregunte, un ungüento de centauro menor... ayudará a curar la carne." Alrededor de la tela húmeda, puso un vendaje.

"Aquí, todo hecho. Vamos, pongámoslo más cómodo, quite su peso de ese poste."

"¿Qué es este lugar?"

"¡Mi casa, Lord!" Ella vertió líquido con gran cuidado en la boca del ealdorman.

"Dejará la fiebre afuera"

"Me refiero al pueblo," sonrió el rey.

"Maegdan stane. Lord."

"Extraño nombre."

El rostro pecoso y los ojos azul pálido se iluminaron. "A causa de aquella piedra. En el bosque," ella asintió con su cabeza de corto cabello rubio. "el pueblo se junta allí para reuniones."

"¿Y tu nombre?"

"Aetta, Lord."

"No olvidaré estos nombres, ni lo que has hecho."

Ella recostó la cabeza de Aelfhere en el cojín, luego tapó la botella.

"Aún no he terminado. Hay otro herido. ¡Traédmelo!"

El corte atravesaba el lado externo del antebrazo de Hynsige por encima de su muñeca.

"Cortó los tendones," dijo Aetta, "significa que no puedes mover la mano. Esto va a doler..."

"¿Cuánto tiempo tardará?" se preguntó Eadric.

"¡El tiempo suficiente!"

"Debemos irnos antes que caiga la noche. Hynsige, tu permanece con tu lord hasta que recupere su salud. Ambos esperen en este pueblo por un mensajero. Dios sabe cuándo... el verano... el otoño. El gato y el ratón. ¡Y nosotros somos los ratones!" Una sonrisa parpadeó antes de dirigirse a su anfitriona, "Sanadora, hoy has servido bien a tu rey. No te quedarás sin recompensa."

La joven mujer quedó boquiabierta a sus espaldas cuando el guerrero salía por la puerta. La doncella disimuló su vergüenza preparando líquidos y ungüentos antes de emprender la seria tarea de inspeccionar la herida.

"Tienes suerte, lo sabes," ella miró a los profundos ojos azules de Hynsige y su corazón latió rápido. Muy ocupada y preocupada, ella no había notado su buen aspecto. Nerviosa, ella dijo, "Yo no quise decir *suerte,* la hoja no cortó los tendones, mira, no del todo, pero necesitarás suturas de inmediato o se cortarán. Bebe esto. Aliviará el dolor."

Cuando ella terminó de coser el tendón y el corte, Aetta ató tablillas para que el isleño no moviera la mano.

"¿Fue terrible?" dijo ella frunciendo el ceño.

"¿Qué?"

"La batalla."

El guerrero miró el pálido semblante del Aelfhere y Aetta se movió para colocar una mano sobre su frente, "La fiebre quema menos."

"Cientos de hombres perdidos," dijo el Wihtwara, "tal vez algunos escaparon por el pantano" negó con la cabeza. "¡Nada detendrá el azote de los West Seaxe! Estamos bien aquí. Pero su líder, Caedwalla, se dirigirá a Cantwaraburh y destruirá todo lo que se interponga en su camino."

11

WILFRITH Y CAEDWALLA

Kingsham, West Sussex, Mayo 686

"¡Culo pomposo!"

Los blancos nudillos del prelado blandiendo una carta y la furia en sus ojos, hicieron que el afable Eappa añorara arrodillarse ante el refugio del altar.

"¡Escucha esto!" El obispo leyó la misiva: *Al señor más glorioso, merecedor de todo honor y reverencia, el Obispo Wilfrith, Theodore, dotado por el don de Dios con el dominio pastoral de las almas del Suth Seaxe, y toda la abadía con toda la hermandad de los siervos de Dios en nuestra provincia que lo invocan... ¡Pah! Tonterías de largo aliento...*"

El abad juntó las manos y con una voz conciliatoria, dijo, "El tono es respetuoso..."

"¡Respetuoso! ¿Quién? ¡El griego! ¿Fue respetuoso llevarme al exilio? ¿Dividir mi diócesis en Northumbria? ¿Se niega a honrar el decreto del Santo Padre en Roma? ¡Para gloriarme en mi encarcelamiento!"

El puño de Wilfrith se apretó y el pergamino crujió. El prelado comenzó a dar grandes zancadas alrededor de la habitación, sus largas vestiduras aleteaban en sus tobillos. "Ha visto cuatro veintenas y cinco inviernos... no lo suficiente para librarse de la falta de sinceridad..."

De repente pensativo, detuvo su paso para mirar al vacío.

"¿Insinceridad?"

La curiosidad del abad sobrepasó su prudencia.

"¡Adulación! '*¡Dominio pastoral sobre las almas del Suth Seaxe*', de hecho! Esta carta revela sus miedos. En ella me informa que un rey del West Seaxe está entronizado en Cantwaraburh: el hermano del conquistador y un pagano. Sin duda se siente amenazado. Los paganos devastaron Kent y golpean las puertas de su catedral. Por supuesto. El Arzobispo Theodore sabe de mí, cómo diremos, *cercanía,* al señor de la guerra e implora... ay, me implora que convierta a Caedwalla. Tiene el descaro de sugerirme como yo debería hacerlo...como si fuera un novato."

Wilfrith, con la cara contraída por la ira, arrojó la arrugada hoja de vitela encima de documentos mucho más insignificantes.

Con una tos discreta, el Abad Eappa desvió la vista del obispo de la carta hacia el mismo.

"¿Es posible la tarea?"

"¿Qué tarea?"

"¿Esa de conversión?"

Por primera vez, Wilfrith sonrió.

"Está casi listo, yo creo, que Caedwalla lidera muchos cristianos en sus bandas de guerra, su esposa está bautizada y me he ganado *su* respeto." Una luz extraña brillaba en los ojos del obispo. "Theodore de Tarsus es un hombre viejo. Ganar su gratitud sería un buen curso de acción. El titular de la sede de Cantwaraburh debe ser un hombre de visión..." Se detuvo en seco y lanzó una mirada incómoda al monje. "Bien, perdóneme, debo responder esta carta. Ah, Padre, tenga la amabilidad de dejarme cinco hermanos para que me acompañen en mi viaje."

"¿Se marcha?"

"Saliendo al amanecer, haciendo proselitismo, con la ayuda del Señor."

L aproximación a Kingsham, a lo largo de un sombrío sendero forestal en la compañía de monjes indefensos, ponía a prueba la más inquebrantable fe. Al margen del bosque donde emergieron, Wilfrith se estremeció al ver el montículo de tierra fresca un gemelo sombrío de su vecino cubierto de hierba. Se santiguó, murmuró una oración por las almas de los guerreros fallecidos antes de anunciar su propósito en las puertas, desde donde un guardia los condujo al salón de hidromiel.

En el hogar en el centro de la habitación, las llamas cambiaban de color y las brasas silbaban enviando espectros de humo provocados por la grasa que goteaba de un asador. Un joven que giraba el mago de la vara larga saludó a los hermanos con una sonrisa de complicidad al saborear el aroma de las aves asadas. Detrás de ellos llegó una voz profunda.

"Bienvenido, Obispo. ¿Traes noticias de mi esposa?"

En la puerta, parado de espaldas a la luz, las facciones de Caedwalla eran imperceptibles.

Wilfrith miró hacia el contorno de la alta figura.

"Ella está bien. Una estudiante aplicada, haciendo notables progresos en su lectura también ella aprenderá a escribir a su tiempo, y me dijo que quiere montar un caballo."

El guerrero entró al salón para elevarse sobre el prelado. "Estas son buenas noticias, pero usted no vino desde Selsea para hablarme de Cynethryth."

"Sólo en parte," dijo el obispo, "hay asuntos importantes que necesitamos discutir."

"No con el estómago vacío." Sonrió por las caras expectantes de los hermanos alrededor. "Caminar por el campo le da hambre al hombre. Sean mis invitados en la mesa. Después que hayas roto tu ayuno, portador de la cruz, hablaremos."

"Te felicito por tu gran victoria," dijo Wilfrith cuando al fin estuvo a solas con Caedwalla, su voz demostraba su incomodidad por un choque de orgullo. Un obispo sobre obispos, trajo al encuentro, el orgullo romano, muy distinto al del Rey, nacido en las colinas paganas, páramos y poder desnudo.

"¿Qué es lo que buscas?"

Sus ojos astutos nunca se separaron de los del prelado.

"El Elegido... porque el Todopoderoso te favorece... otros reyes se postrarán a tus pies o serán arrastrados por un río de sangre. Mi Dios da fuerza a tu brazo y te eleva a la gloria... y aun tú no te inclinas hacia su nombre."

"Escucha, sacerdote, ¿quién dice que tu dios fortalece mis tendones? Es más probable que haya sido Woden. La carne de mis miembros desciende directamente. Mi línea es la de Cerdric, a través de Elesa, Elsa, Giwis, Wig, Freawinw, Frithgar, Brond, hijo de Baeldaeg ¡quien fue el hijo de Woden!"

"¿Y quiénes fueron los padres de Woden?"

"¿Por qué?, Bor y Bestia... es bien conocido."

El prelado se sentó atrás en su asiento, su sonrisa y su voz atestiguando su placer. "¿Entonces tu admites que tus dioses y diosas nacieron a la manera de los hombres? Por lo tanto, ¿tuvieron un comienzo?"

Caedwalla frunció el ceño. "Bueno, ¿y que con eso?"

Debo tejer mi telaraña con cuidado.

Wilfrith ahuecó su mentón por un momento pensativo, observando como el humo salía a través del agujero en el techo hacia el cielo, "¿Qué dices, Hijo de Woden? Este universo, ¿tuvo un comienzo, o siempre existió?"

El guerrero se sirvió más cerveza en su vaso, pero el obispo puso su mano sobre su propia copa.

Mejor mantener la mente clara.

Un trago de su bebida y Caedwalla dijo, “Fuego y Luz; Hielo y oscuridad, dos reinos unidos por el árbol del mundo. De la carne del gigante helado se formó la tierra y los mares de su sangre...”

El prelado se abalanzó. “Entonces, ¿quién creó estos lugares? ¿Cómo tus dioses redujeron un universo que existía desde antes que ellos? ¿Supones que tus dioses y diosas podían engendrar otros? Si ellos no lo hacen, ¿Cuándo y por qué ellos cesaron? Si lo hacen, el número de dioses debe ser ahora infinito...”

Wilfrith puso un codo sobre el brazo de su asiento, su mentón en su puño, poniendo un dedo en sus labios y esperando que su retórica hiciera efecto.

El guerrero, distraído, miró al obispo y llenó de más su copa, empapando sus pantalones con espuma. Desconcertado, levantó la vista de la tela húmeda hacia el clérigo. “¿Tú me sugieres que es tu dios el que me guía de una victoria a la otra?”

“Si tus dioses son omnipotentes, benefactores y justos, ellos castigarán a los que los desprecien. ¿Por qué perdonan a los que apartan al mundo de su adoración? ¡Aquellos que derriban sus estatuas! ¿Cómo es que los reyes más poderosos son cristianos?”

Caedwalla apuntó con el dedo índice al prelado, "¿El mismo que te envió a esconderte entre los pobres? ¿O como Centwine que te maltrató en su salón?"

"Errare humanum est."

"¿Eh?"

Wilfrith lo miró. "Los hombres cometen errores. El Todopoderoso permite el libre albedrío..."

El guerrero se puso de pie y comenzó a caminar inquieto de un lado al otro, "Quieres saber mi voluntad" yo deseo gobernar desde el Tamar en el oeste hasta los acantilados blancos en el este y mantener a los mercianos a raya..."

¡Lo tengo! Atrapado en una trampa de seda.

Una sonrisa radiante detuvo a Caedwalla en seco.

"¿Qué?"

"¡Y lo harás! Repito. Dios te ha elegido para este propósito: para crear y reinar sobre un poderoso reino cristiano en el sur..." Después de una pausa deliberada para darle gran importancia a sus palabras, continuó, "pero existen dos obstáculos..."

"¡Dime, portador de la cruz!"

Levantándose de su asiento, el obispo encaró al guerrero, "Mira al cuervo como un simple pájaro y al lobo como un carroñero de la naturaleza. ¡Convertir! Sigue el ejemplo de los más poderosos de esta tierra, de los reyes más allá de los mares que poseen tierras fértiles fructíferas en vino y olivos, y de vuestra propia dama. Dios, el Padre te dotará de todas las bendiciones y te dará 'bebés para retozar como corderos y niños para bailar como siervos'. Organizaremos una ceremonia cristiana para bendecir tu matrimonio luego tu bautismo. A partir de entonces, el Señor cumplirá Su promesa contigo de vida eterna cuando tu alma deje atrás el templo de la carne."

"¿Juras por estos dones de tu Dios?"

Wilfrith alcanzó el objeto que descansaba en su pecho. "Te doy mi palabra de todo lo que considero precioso," y besó la cruz de plata.

"Es un talismán poderoso."

El prelado frunció el ceño. "La Fe en el Señor es la proveedora del verdadero poder."

Vertiendo otra cerveza, Caedwalla dijo, "¿Y el segundo?"

"¿Segundo?"

"Usted dijo que existían dos obstáculos, prelado."

"De hecho, lo hice" El obispo intentó mantener su voz tranquila. " Está el problema de Wiht..."

"¡Nuevamente me hace cargo de la isla!"

La expresión de la mandíbula, los labios y el

ceño fruncidos del obispo hablaban más fuerte que sus palabras.

"El último reducto de paganos y la fortaleza de la apostasía es como una herida supurante en nuestro costado...'*La lámpara de los malvados debe apagarse*'... Arwald conspira con los Kentings..."

Impaciente, el guerrero dijo, "Los Cantwara están sofocados por el momento." Él frunció el ceño, "Sin embargo, me llegan reportes cada día de bandas guerreras reuniéndose en el norte del Medweg. Otros se reúnen cerca de la frontera con Mercia. Gracias a las estrellas, los mercianos tienen sus propios problemas con los que lidiar. Entonces, como verá, hay asuntos más urgentes que la isla."

Wilfrith frunció el ceño con la frente baja. "¡Excusas! ¡Debes enfrentarte con el hecho de invadir Wiht porque es el hogar de tu esposa!"

La expresión de Caedwalla parecía la de un hombre abofeteado en la mejilla, sus ojos entrecerrados y arrojó la copa que tenía en su mano a la pared.

"¡No mencione a Cynethryth en estos asuntos! ¡No dije que no conquistaría Wiht, sino que soy consciente de los problemas más urgentes!"

"Entonces, ¿no lo excluyes?"

"Esta en mis planes, sacerdote."

"Voy a rezar por las almas de los Wihtwara y para que el día de tu incursión llegue pronto así Arwald *'beberá de la copa de la ira del Todopoderoso'*. Los isleños necesitan ser purificados de la inmundicia y la culpa del paganismo... como lo harás tú, mi hijo. No veo más impedimentos para tu conversión y la seguridad que disfrutarás del favor del Señor."

"Primero, debo aplastar la resistencia en el sur. Luego dirigiré mi atención a Wiht."

"En ese caso, deberá rezar para que el Señor te proteja, para que no mueras impuro y tu alma vuele al infierno. ¡Ven sellemos el entendimiento!"

Wilfrith le tendió la mano.

Caedwalla miró fijamente al obispo. "Invoque con vuestras plegarias que todo l sir y Wiht sean míos," dijo él, estrechando la mano del prelado. "Si tu dios me garantiza esto, yo juro que me inclinaré ante él y me mojaré en su nombre,"

12

AELFHERE

Maegdan stane, Kent, Primavera 687 AD

"¡Lord Aelfhere! ¡Traigo noticias!"

Hynsige saludó con la mano y empezó a correr desde la casa de la sanadora hacia la vivienda que el ealdorman había hecho suya. A pesar de los gritos, Aelfhere cortó otro tronco y lo tiró al montón que crecía junto al bloque de corte. Secando su frente con el dorso de la mano, giró para evaluar a su camarada. ¿Por qué el apuro? ¿Había noticias de Andhun? ¿Por qué traía una canasta?

El leyó la cara del impasible ceorl como el cielo de la mañana: lluvia y sol... preocupación y alegría... compitiendo por el dominio. El noble inclinó su hacha y esperó.

Sin respirar profundamente, el auto proclamado mensajero soltó, "¡Noticias, mi Lord!"

"¿Puedes compartirlas?"

Frunció el ceño con una sonrisa incómoda. "Yo... yo no estoy seguro que sean buenas... bien, por supuesto, ¡es *esto*!... Pero..."

"¿Aetta está embarazada?"

La mandíbula del guerrero cayó. "Cómo... ¿cómo los sabe?"

Divertido ante la incredulidad del campesino, Aelfhere dijo, "Es lo que pasa cuando un compañero robusto se acuesta con una doncella."

"Ella me lo dijo cuándo se sintió enferma esta mañana. Yo estaba en el río. ¿Quiere venir?"

"¿Al río?"

"Aetta quiere que recoja hierba de hidromiel... por el malestar, ¿ves?"

"Pensarías que una sanadora lo tendría a mano..."

"Bueno, la materia seca, ay, pero ella dice que es mejor fresca. De todos modos, debo irme..." hizo una pausa, lanzando una mirada suplicante, "... ¿vienes? Yo... yo necesito hablar."

Los dos hombres caminaban por un sendero a lo largo de una fila de robles bajo un dosel de hojas tiernas de un verde vivo.

"Entonces, ¿qué te preocupa?"

"Han pasado tres estaciones, el inverno ha pasado y el suelo es firme bajo los pies. Por ahora, el rey el duX han encontrado hombres. Yo espero que su mensajero venga cualquier día..."

El Ealdorman agarró a su camarada por el brazo, "¡Cállate! ¿Qué es eso?"

Ellos se quedaron en silencio, pero el repentino estruendo a través de la maleza anuló la necesidad de cabezas ladeadas.

En voz baja, Aelfhere maldijo y agregó, "¡Cerdos! Ojalá hubiera traído mi lanza."

El sonido cedió y los compañeros se relajaron. "¡Qué mejor practica para el matrimonio que enfrentar a un jabalí furioso con sólo una espada! Se rió y le dio una palmada en la espalda a su compañero.

"Es acerca de lazos que quiero..." se estancó Hynsige. "... yo tengo un lazo a tu servicio, lord... pero dejar a Aetta sola, indefensa, con una criatura..." su voz se apagó y cayeron en un profundo silencia, cada uno dado a sus propios pensamientos.

Al fin, el hombre más viejo dijo, "Después de tu nacimiento, cuando tu padre te trajo rosado y aullante para mi bendición, te bese en la frente." Pasó su brazo alrededor del hombro del campesino. "Un hombre valiente, tu padre. Él murió a mi lado en la batalla de Biendanheafde. Es aquellos días los hombres del West Seaxe eran nuestros amigos y juntos defendíamos a Wulfhere..."

"¿C-cómo murió mi padre?"

"Como un hombre... en combate. Déjalo ser... es un hecho. Resolví cuidar de ti, un simple jovencito."

Con una sonrisa a la memoria, continuó. "¿Recuerdas cuando te tallé un puñal de madera y te enseñé a usarlo...?" para inspeccionarlo extendió su mano. "...todavía tengo un nudo donde me golpeaste... ¡El único niño de ocho años que fue mejor que un guerrero adulto de Wiht!" El ealdorman se detuvo delante de Hynsige. "Puede que no llegue un portador de noticias. Qué habrá sido de Eadric, no lo sabemos. En cualquier caso, estarás por aquí para Aetta y el bebé. Cuando el cachorro te robe el sueño, ¡desearás estar enfrentando a los hombres lobo en el oeste!"

"Lord, una vez más estoy en deuda contigo, ¡mi mujer también! Cuando el niño nazca le pondremos tu nombre, ¿si es tu deseo?"

El sol a través de las nubes iluminó la cicatriz lívida en los labios del Wihtwara mientras se curvaban en una sonrisa, "¡Un nombre pesado para que lleve una niña, mi amigo!" Riendo, ellos pisaban la pradera que corría desde el borde del bosque hasta la franja plateada del agua. Pisando el césped elástico, Aelfhere dijo, ¿No es temprano para que florezca el mosto de hidromiel? La floración es bastante fácil de encontrar en verano, pero como podemos..."

"Aetta me dijo. Sus hojas son como las del olmo y son oscuras por arriba y blanquecinas y vellosas por debajo. Que, es más, ella dice que masticar la raíz es una cura para el dolor de cabeza."

"¡Esa mujer está tan inmersa en la tradición de las plantas como las hierbas de sus licores!"

En medio de la charla ociosa, la canasta se llenó. Despreocupado, volviendo por el camino, de repente Hynsige se detuvo y olfateo el aire. "¡Humo! ¿Puedes olerlo?" Ellos se apuraron al pueblo donde debían girar a la derecha, pero sobre los árboles en la dirección opuesta, una pluma negra y densa se elevaba al cielo.

"¡Este camino!" El ealdorman rompió a correr, su ayudante cerca detrás. Cuatrocientas zancadas y se detuvo. En el claro con su empalizada morada, un cuerpo yacía de lado, las rodillas levantadas hacia el pecho y los brazos cruzados sobre la mancha carmesí que se filtraba sobre la espeluznante túnica. Caída contra un muslo, una hoz, un signo de una inútil defensa. Más atrás, la casucha estaba en llamas, que enviaban chispas crepitantes de un rojo brillante contra una nube de tono oscuro que ensuciaba el aire del bosque. El mismo destino había caído sobre la línea de orzuelos, reducidos a montones carbonizados y humeantes.

Sin duda de la identidad del cadáver: el porquerizo flaco. Inclinado sobre el patético saco de huesos, Aelfhere descubrió la naturaleza de la herida fatal.

"Todavía está cálido..." dijo él, levantando un antebrazo que enmascaraba la entrada de una hoja, "... cortado hacia arriba, parece un golpe de puñal. Lo suficientemente fuerte para sacar a este pobre infeliz fuera de sus pies."

"Ni rastro de los cerdos," dijo Hynsige. "¿Ladrones, entonces?"

El ealdorman asintió, "Por lo que parece. No hubo viento hoy, gracias a Thunor, aquello se hubiera quemado solo afuera... y no alcanzó a la empalizada. Ven, podemos enterrarlo más tarde. Es mejor levantar la voz y llorar en la aldea, aunque sólo nos dará un puñado de hombres... ¡llámalos hombres! Aun así, es mejor tomar cinco jóvenes que perseguir a los saqueadores solos."

Volvieron a toda prisa hasta donde se dividía el camino, giraron bruscamente a la izquierda y corrieron hacia el asentamiento. Una vez más, se detuvieron tropezando, horrorizados y angustiados al ver una nube de humo negro que se elevaba de la copa de los árboles.

Un aullido salió de la garganta de Hynsige, "¡La aldea!" Intentó correr hacia adelante pero su camarada lo detuvo. "¡No son ladrones! Una banda de guerra. ¡Muévete con sigilo!"

En el borde del bosque, desde la maleza ellos observaron la espantosa escena. Cuerpos ensangrentados esparcidos como juguetes rotos esparcidos entre las casas en llamas, su mortaja era un manto ondulante, varios tonos de gris y negro.

El ealdorman miró a los ojos llenos de lágrimas de su compañero y su corazón se hundió. *'Cuando el niño nazca le pondremos tu nombre'* Las palabras lo perseguían. Sin nacimiento, solo muerte.

"¡Ven! Todo está en silencio. Los asaltantes se han ido."

Hynsige saltó y corrió hacia la conflagración, sin hacer caso del calor abrasador y el humo asfixiante, avanzó hacia la casa abrasada de la sanadora. Siguiéndolo a un ritmo constante Aelfhere estudiaba la devastación. Las llamas que se elevaban hacia el cielo consumían el techo de su casa bajo su mirada. El fuego se apagaría y luego lo inspeccionaría. Solo una cabaña en el lado más alejado de la aldea se mantuvo como un rígido superviviente.

La cubierta de paja se había ido pero el armazón de madera permanecía. Sin tiempo para contemplaciones, negó con la cabeza, su preocupación era por los vivos, una sola alma: su compatriota isleño. Cuando se unió a su camarada, la escena rasgó su corazón. La sanadora que le había salvado la vida yacía, la garganta cortada, los ojos mirando sin ver al cielo, el vestido levantado hasta el pecho. Hynsige acunaba el cuerpo contra su pecho, su mejilla presionaba la de ella, sus hombros agitándose. El ealdorman se arrodilló para pasar un brazo bajo la cintura de la joven mujer y tirar de su falda hasta los tobillos, antes de levantarse para levantar al guerrero inerte.

"Hijo, daremos a Aetta un entierro decente, pero primero debemos ocuparnos de los demás,"

Incrédulo, la mirada llena de lágrimas del guerrero, sus palabras forzadas y chocantes.

"¿Qué? ¿Nosotros dos, enterraremos a todos estos?"

Un movimiento de cabeza. "Mira el edificio que más arde... el salón... los arrastraremos hasta allí y dejaremos que se consumas. Mejor las llamas de Thunor que los cuervos de Hel."

Una lágrima rodó por la mejilla del noble endurecido por la batalla. Con bilis en el buche, arrojó el delicado cuerpo de una niña, de no más que tres años de edad, dentro de las insaciables fauces del fuego.

Habiendo completado la angustiosa tarea, volvió con su compañero. "¿Cómo cavaremos la tumba sin pala ni azadón?"

"No lo haremos" dijo Hynsige, su rostro duro como el granito. "Aetta, brillará más entre su gente, así cuando mire hacia abajo desde el Waelheal, donde sirve en la mesa de Woden, ella estará contenta. Se acercaron a su cuerpo y Aelfhere intentó tomar los tobillos de la mujer...pero el hombre más joven lo apartó. Él levanto a la sanadora en sus brazos y asombrosamente, la llevó hacia el calor abrasador del salón. El ealdorman lo seguía, decidido a ayudar a su camarada a arrojar el cadáver a las voraces llamas. Una vez más, su camarada lo apartó, sacudiendo su cabeza y bajando el cuerpo de Aetta. Hynsige la abrazó como un amante y besó su frente comenzó a caminar en una danza macabra, los pies de la mujer balanceándose unas pulgadas por encima del piso, hacia la puerta del salón. Aelfhere se tensó, ¿no arrojaría de verdad el guerrero el cuerpo a las garras infernales del fuego? El ealdorman comenzó a avanzar. ¡Su asistente no debía pasar a través de los restos llameantes de la puerta! Pero siguió adelante con paso mesurado para desaparecer sin sonido.

Cayendo de rosillas, Aelfhere inclinó su cabeza y dejó salir su dolor por Hynsige, Aetta y los aldeanos, por cada uno ahora hechos cenizas, un aullido largo e incontrolable brotó de sus labios. Su cuerpo se estremeció y vomitó ante el hedor de carne quemada.

Cuando al fin él se levantó, no miró hacia atrás a la lúgubre escena, sino que decidió regresar por la mañana. Si debía dormir en el suelo, la empalizada del porquerizo le garantizaría al menos un refugio de las bestias salvajes.

Sin inmutarse, Aelfhere contempló la espantosa visión del flaco cuerpo del porquerizo, devastado por los carroñeros, que arrastró a través de los arboles donde la tierra era más blanda. Allí el usó su espada para cavar una tumba poco profunda.

Más tarde, recuperó la hoz para juntar montones de helecho fresco para una cama debajo de su capa. Satisfecho, sacó agua del pozo, con la que se enjuagó la amargura de su boca...si no de su vida.

La falta de viento había salvado la empalizada de ser consumida, pero dejaba el hedor a madera quemada mezclado con el hedor animal del suelo alrededor de los orzuelos quemados. El ealdorman miró al cielo nocturno y se preguntó si las brillantes estrellas superaban en número a sus aflicciones.

Solo una vez más, su espada y su capa por posesiones, consideró la gravedad de su situación. En compañía de su propia voz, el habló en voz alta.

"No puedo partir de Maegdan stane, mis amigos me buscarán aquí... si alguna vez vienen. Sin embargo, ¿Cómo puedo vivir entre restos carbonizados? Este es el mejor lugar. Las paredes de madera ofrecen protección y estoy lo suficientemente cerca para ser encontrado. Debería dejar una señal. ¿Entonces qué? Mejor pensar en eso también. Puedo derribar los sitios quemados," se cubrió la nariz contra el olor, "limpiar la madera ennegrecida y construir una cabaña pequeña. Agua en el pozo y comida en el bosque..." Empezó a sentirse más alegre. "...El suelo cerca de las porquerizas es rico en excrementos, puedo plantar ahí... mañana voy a..." Su voz se fue apagando mientras caía en un sueño incómodo.

El ealdorman se levantó con el olor acre del humo impregnado en su ropa y cubriendo su lengua, dejándola seca y amarga. La frustración por su impotencia lo abrumaba. "Yo encontraré a Caedwalla y lo derribaré!" le dijo a los arboles cuando se encaminaba a inspeccionar la destrucción del asentamiento. Una rama robusta que yacía al costado del camino le llamó la atención. "Servirá como bastón," dijo, cortando las ramas.

La madera chamuscada picante y nociva lo asaltó cuando se abrió camino dentro del caparazón de su casa. Usando la duela como palanca, movió los escombros. El primer hallazgo útil fue su punta de lanza.

"Reemplazaré el fragmento encajado en el extremo de la campana con un eje fino de fresno," decidió, metiéndolo en su cinturón.

¡Alegría inesperada! Su cota de malla estaba en medio de las ruinas de una esquina de la pared aplastada bajo una viga del techo a medio consumir. "Seguro, los del West Seaxe no la necesitaban...no les faltará una después de sus matanzas y saqueos. Una buena limpieza y estará como nueva," dijo él, "pero apuesto que me quitaron mi yelmo."

Los restos cubrían cada pulgada del piso, los apartó, pero así resultó.

"Cuando lo encuentre con su lobo dorado alrededor del borde, lo devolveré ¡con una cabeza adentro!"

Con el tiempo cuando la luna nueva se convirtió en creciente menguante, Aelfhere había limpiado la madera quemada del recinto del porquerizo. De la devastación, él arrastró las vigas del caparazón sobreviviente, para reconstruir la casa y techarla con paja en su nueva ubicación. Sólo entonces, semanas después, él dejó un minucioso signo de su presencia en la madera ennegrecida sepulcro de la aldea: una forma de diamante hecha de pequeñas piedras con una entrada en el vértice norte; debajo del sur, clavó una flecha de guijarros apuntando al sendero en el bosque. Cualquier Wihtwara, razonaba el ealdorman, podría reconocer la forma de la isla. Este diseño, repetido en una escala menor en el camino correcto en cada bifurcación del sendero.

En aquellos lánguidos días de abril, él bendijo a Aetta y la atención que le había prestado a sus palabras cuando el yacía recobrándose en su casa. Sin su charla sobre la tradición del campo, ¿Cómo habría podido él saber hervir el porta injerto y los tallos de espadaña, para arrancar la raíz de achicoria o recoger trébol y bardana? Esto complementado con la carne fresca de pájaros y ciervos, atrapados y cazados en el bosque. Nunca había estado más saludable... o más solo.

Cuando el rostro de la diosa vestida de blanco brillaba de lleno en medio de las estrellas, Aelfhere se paró en el recinto con los brazos en alto, como su padre le había enseñado. Con sentimiento, cantó: '*Madre del cielo nocturno, te sa-*

ludo, dueña de la caza, proveedora de presas para el hombre, ¡guía mi puntería!'

Al día siguiente, respirando el rico aroma de la flor de halcón que recubre su camino, encontró que Monan había respondido su plegaria. Una de sus trampas había atrapado una perdiz. Torciendo el cuello de la criatura, el ealdorman se puso rígido.

No, no estaba equivocado. ¡Voces! ¡En la dirección de la aldea! Silencio, se escondió entre la maleza, eligiendo un hueco que lo escondía mientras le permitía ver el camino a la altura de los ojos. Dos figuras contrastantes, en acalorada discusión, guerreros armados, uno fornido y el otro flaco, se acercaron a su escondite... ¡Ewald y Wulflaf!

Una carcajada de placer causó que Ewald girara en redondo, desenvainando su espada, mientras Wulflaf escudriñaba en vano a lo largo del sendero y entre los árboles antes que lo localizaran por su risa.

"¡Cállense! ¡ustedes dos han hecho suficiente ruido para despertar a un oso en hibernación!"

"¡Lord! ¡Lo hemos encontrado!" Wulflaf sonrió al ealdorman que trepaba hacia él. "¡Es bueno verlo sano!"

"¡Mi fuerza ha retornado y me enfrentaré a cualquier hombre!"

"Nos dimos cuenta que teníamos que venir aquí por la forma de Wiht en piedras. Lo desarmé y la flecha también para que ningún otro se tropiece con él."

"Has hecho bien."

"¡Asaltantes del West Seaxe!" dijo Ewald, "Ellos han devastado la mitad de Kent. ¿Qué hay de Hynsige?"

El único sobreviviente de la matanza negó y bajó la cabeza. Con voz ronca, él dijo, "La historia debe mantenerse. Vengan, ¿recuerdan al porquerizo? Ellos lo mataron e incendiaron su casa y orzuelos también. Me temo que no haya puercos para que tu cuides, Ewald, pero tengo esto," levantando el pájaro, "Y agua dulce en el pozo."

"Lo tomaré mientras caminamos, Lord" dijo Wulflaf, "el Rey lo espera en Ottansford donde ha reunido una banda de guerra."

"¿Cuántos guerreros?" preguntó Aelfhere.

"Dos veintenas o más. No es un ejército, pero es suficiente para acosar a los opresores del West Seaxe y reunir hombres para Eadric." Una pluma de vuelo obstinado resistía, pero él la liberó sacudiéndola, "Debemos irnos con toda prisa si queremos alcanzar el campamento ante que anochezca."

"¿Cuán lejos?"

"Seis leguas al oeste."

Después de su comida, una marcha forzada los llevó antes del anochecer al campamento en un valle del río cerca de un vado. En presencia del Dux Andhun, Eadric recibió a Aelfhere con alegría, lo que pronto cambio a angustia ante las noticias de otra destrucción todavía, Maegdan stane.

"En Mercia. Asumimos tu llegada es oportuna, porque podrás vengar sus muertes," dijo el Rey. "Nos llegó la noticia del salón de Aethelred que los mercianos buscaban recompensa por la pérdida del territorio de Meon."

Los ojos azul pálido del rey se detuvieron en el rostro del Wihtwara. "Mul, el hermano de Caedwalla acordó reunirse con él en el suelo de Kentish, pero no cerca de las fronteras con Mercia, asumimos que por temor a la traición. Ninguno está seguro de la otra parte mientras ellos insisten en hombres desarmados para el encuentro." Los labios de Eadric se curvaron ante la realidad amaneciendo en el rostro del hombre viejo. "¡Bastante! ¡Los tendremos a nuestra merced! Mul está obligado a tratar con Aethelred a riesgo de tener otro frente de guerra."

"¿Dónde y cuándo será el encuentro?"

"Mañana, Mul con doce consejeros a dos leguas hacia el este. La granja de Wrota, ustedes pasaron cerca en su camino hacia nosotros. Aquí está mi plan: dividiremos nuestras fuerzas e interceptaremos a los mercianos. Con Andhun, trataremos para nuestra propia ventaja antes de acompañarlos, hacia el oeste, de regreso a los confines de sus tierras. Tomando el remanente de sus hombres y destruyendo al usurpador. Cayendo en un golpe, nosotros serviremos la cabeza del cuerpo del West Seaxe. ¿Qué dices tú?"

"Salimos dos horas antes del amanecer para despertar al enemigo con nuestra ira."

La granja, bañada en la amable luz de la mañana, dormía inconsciente de la actividad más allá de la empalizada. Los débiles rayos del sol naciente, eran incapaces todavía de atravesar el follaje, Aelfhere estudiaba los montones de maleza seca y ramas que sus hombres habían recogido a la luz de las antorchas. Satisfecho de la cantidad, llamó a Wulflaf, quien tenía una bobina de cuerda enrollada desde la cintura al hombro y era el más ágil de la banda. "Trepa la pared y abre la puerta. ¡Sigilosamente! Los gansos y perros harán ruido, entonces, ¡se rápido!"

A los cuatro lanceros más cercanos, les dijo, "Una vez, que esté entreabierto, corran al salón, acuñen la puerta con sus lanzas. El resto de ustedes deben seguir con las astillas."

Los graznidos, ladridos y balidos excedieron los temores del ealdorman. "Ustedes cinco," dijo, "dejen la madera, saquen sus puñales. La visión de las hojas suele ser suficiente para disuadir a los testarudos. No dañen a ninguno de la granja a menos que tengan que hacerlo. Ellos no son nuestro enemigo."

Desde adentro del salón venían voces elevadas y maldiciones. Mientras colocaban las ramas y ramitas contra las paredes del edificio, comenzaron los golpes contra las puertas, pero los sólidos postes de fresno de las lanzas lo mantenían firme.

Campesinos con los ojos llorosos, con la ropa desordenada, salieron de sus casas en desorden y alarmados. Bastaba una mirada para saber la intención de los atacantes.

Una sonrisa de lúgubre satisfacción arrugó el rostro de Aelfhere cuando uno de ellos gritó, "¡Mata a los cerdos del West Seaxe!" mientras otros gritaban su aprobación.

"Dame tu antorcha," dijo el ealdorman, tomando un manojo medio consumido de tiras de madera resinosa y arrojándolo en la maleza amontonada. "¡Otro más!" Se dirigió a la parte de atrás del edificio y embistió con otro tizón a la pila de leña. La última marca, la llevó al costado del salón para finalizar la tarea. Los tres fuegos juntos crepitaban y escupían y Aelfhere se acercó a Ewald y Wulflaf.

"Por Hynsige," dijo.

Pronto, la paliza puertas adentro se volvió frenética. Las llamas prendieron fuego a las vigas de apoyo, como el humo entraba entre las hendijas entre las juntas, causando tos a los cautivos, que juraban y amenazaban. El fuego estalló y los asaltantes retrocedieron ante el calor abrasador. Las vigas del techo cayeron, haciendo que las tejas de césped se estrellaran contra la habitación de abajo.

"Aetta, Hynsige," Aelfhere murmuraba a los primeros gritos. "¡Al final, golpeo el corazón de Caedwalla cuando él perfora el mío!"

Un campesino mirando las llamas, expresión reivindicada, atrajo la atención del Wihtwara y se acercó a él.

"¡Vete al infierno! ¡Que la mujer troll los apriete contra su pecho! Ellos asesinaron a mi hermano y a mi primo en la batalla del río," escupió el tipo en el suelo.

"¿A quién pertenece esta granja?"

Un movimiento de cabeza indicó a un hombre de más o menos la edad del isleño, pero con más blanco en su barba. Cuando el último grito agonizante se apagó, Aelfhere se acercó a él.

"La escritura está bien hecha," el granjero le ofreció su mano.

Apretándola, frunció el ceño. "Amigos, este es un poderoso golpe contra el invasor del West Seaxe, pero otros vendrán buscando retribución. ¡Ustedes deben dejar este lugar!"

Los ojos grises pálido se nublaron y la mandíbula se tensó. "Si mi hijo todavía estuviera vivo, podría, pero *ellos*" -hizo un gesto hacia el fuego- "ellos lo mataron y estoy solo. Hombre y niño, este ha sido mi hogar." Él llamó, "Quien quiera partir lo relevo de mi servicio. ¡Lleven sus familias de aquí, busquen un refugio!" Se llevó una mano a la frente y murmuró, "Dios sabe, ningún lugar está a salvo de los señores de la guerra."

El hombre que había señalado al granjero se acercó.

"Maestro, me duele dejarlo, pero debemos llevar la lucha al enemigo," se volvió hacia Aelfhere. "Lord, estoy dispuesto a blandir armas por su lado."

"Ay, yo también." Un robusto campesino dio un paso adelante. "Me perdí la batalla del río con un tobillo hinchado, no podía caminar, y vivo con la vergüenza."

"Debo defender a mi esposa y a mis hijos," dijo otro.

"Nos uniremos a usted después, Lord" dijo otro, "cuando hayamos encontrado refugio para nuestros bebés."

"Juntos podemos conducir al West Seaxe fuera de Kent," dijo Aelfhere y giró hacia el granjero. "¿No prestarás tus recursos a nuestra causa?"

La expresión obstinada retornó. "Yo soy viejo e inútil y no dejaré mi tierra, pero que te vaya bien mi amigo." Giró y entró a su casa.

Desde el borde del bosque, donde comenzaba el camino, Aelfhere miró hacia atrás al paño mortuorio de humo negro que subía de los restos del salón. En dolor, sacudió la cabeza, no por Mul y su enjambre de ratas, sino por el granjero cuya decisión era permanecer deseando la muerte.

Ellos marcharon atrás hacia Ottansford y rememorando las palabras de Eadric, *'hacia el oeste'*, el ealdorman lideró a sus hombres hacia el sol del atardecer. Ellos tomaron el camino antiguo que corría sobre las colinas para evitar el bosque y después de dos leguas, un explorador los llamó. Enviado por Andhun y encargado de conducirlos al campamento cerca de la frontera, el compañero apuntó y Aelfhere entrecerró los ojos en una colina. Yacía en cuclillas, adornado por la aureola de la puesta del sol.

"Otro lado del Nokholte, Lord, los mercianos acamparon abajo en el valle también."

El lino engrasado de la tienda se ondulaba con la brisa del atardecer detrás de la cabeza de Eadric.

"El perro de rapiña es asesinado, la manada también," dijo el isleño.

El joven rey apretó su puño.

"El primer golpe es dado. No debemos gastar más tiempo con los portadores de mensajes de Aethelred."

"¿No lucharán junto a nosotros contra el West Seaxe?"

"Trataremos de convencerlos de nuestra causa," Él miró a Andhun, "El Hijo de Penda permanece en disputa con el rey del norte del Humber sobre Lindesse. El East Seaxe desafía su señorío, por lo tanto, los mercianos son renuentes a tomar las armas sobre el valle de Meon. Aethelred se conformará con el pago."

"Entonces ellos deben encontrar a Caedwalla antes que lo haga mi hoja." Los labios del dux se retorcieron en un gruñido.

Eadric levantó la solapa de la tienda y salió

afuera, observando el sol poniente, antes de girar y encarar a los otros dos, bajando sus hombros.

"Matara al señor de la guerra de West Seaxe es una esperanza salvaje cuando tenemos tan pocos guerreros."

Con los pies separados, Aelfhere se paró frente a él y se inclinó hacia adelante con una mirada feroz, "No si nos movemos rápido para golpear al lobo sin cabeza en Cantwaraburh. Una vez que los invasores sean empujados fuera de Kent, los hombres se unirán a nosotros en nuestro camino a través de las tierras del Suth Seaxe y nuestros números aumentarán. Hoy, tras la matanza de Mul, dos guerreros se unirán a mí."

"¡Que así sea! ¡Salimos con la primera luz!" La voz de Eadric sonó como el martillo de un herrero.

A tres días de marcha llegaron a una colina en el bosque de Blean hacia el norte de Cantwaraburh. Su avance los llevó a través de una serie de asentamientos, donde ante las noticias de la muerte de los líderes del West Seaxe, los hombres tomaron sus puñales y lanzas para aumentar sus filas. Con el tiempo ellos alcanzaron Fefreham, a tres leguas de la base del enemigo, su número se había duplicado.

Aelfhere y Eadric se inclinaban bajo el liderazgo de Andhun en la batalla. La vegetación bajaba por los dos lados de la colina, mientras en el centro había un claro que había sido despejado bastante el camino que iba desde la ciudad hacia el norte. Para el ojo entrenado del dux, era el terreno perfecto para una trampa. Solo un tercio de los hombres acampaban en el lado abierto de la colina, el resto estaba escondido en los dos flancos en lo denso del bosque. Las fogatas lanzaron su alegre desafío a los observadores en el asentamiento abajo. En lugar de eso, Aelfhere y sus hombres en el bosque, con solo el abrigo de sus capas para confortarlos, trataron de tragarse el resentimiento por el bien del plan mayor.

Al amanecer, el ealdorman se levantó, se frotó los brazos entumecidos, antes de apresurarse a silenciar la charla de sus hombres. El éxito de su estratagema dependía del silencio.

"Pongan algo entre sus dientes" dijo él, "eso detendrá el parloteo y fortalecerá los dientes."

Wulflaf se acercó a él, "¿Cómo sabremos si se acerca el enemigo, Lord? ¡Todo lo que puedo ver es la corteza de los árboles!"

"Al sonar un cuerno, romperemos la cubierta. Piensa, que escucharemos al enemigo antes que a la señal."

En el bosque, inquietos por la acción, la verdad de sus palabras se hizo clara para ellos. El grito de guerra de la fuerza del West Seaxe en Cantwaraburh, repetido por los hombres de Andhun, resonando en su frondoso escondite. Convencidos de su gran número y despojados de la sabiduría de sus líderes, los invasores subieron en una carga temeraria colina arriba.

Al primer choque de acero, los gritos de los heridos y los aullidos de los asaltantes, Aelfhere tuvo que retroceder y girar alrededor de un guerrero que intentaba lanzarse a la refriega.

"¡Esperen a la señal!"

Incluso cuando miraba alrededor a la banda de hombres bajo su comando, el sonido del cuerno llegó fuerte y claro. Para los hombres quienes un momento antes estaban deseando sumergirse en la lucha, hubo una extraña vacilación. Todos los ojos estaban sobre el ealdorman.

"¡Síganme, debemos tomarlos por detrás!" Y diciendo esto, corrió a través del bosque encerrando la colina como un abrazo de dos brazos gigantes. Cuando él rompió desde la vegetación, una mirada le dijo que estaba en una posición ideal en la retaguardia del enemigo. La visión de Eadric liderando una carga desde el otro flanco del bosque, un poco más abajo, pero no lo suficiente para frustrar su plan, lo emocionó.

Ellos corrieron sin lanzas, una decisión tomada en favor de la ligereza de pies. Como resultado, ellos bajaron sobre los guerreros del West Seaxe con la ventaja de una sorpresa completa. Primero para golpear, Aelfhere sacó a dos hombres antes que cualquiera lo enfrentara y algunos de sus camaradas disfrutaron la misma suerte. Atrapados entre dos líneas de hachas oscilantes, los West Seaxe, sin líderes como estaban, no sabían donde reunirse. De corazón valiente hasta el final, lucharon hasta que ninguno quedó con vida.

Ewald, inclinado sobre su hacha, el pecho pesado jadeando para respirar, miraba alrededor. De repente, se tambaleó adelante con una sonrisa, levantó su arma y atravesó limpiamente el cuello de un enemigo muerto. Recogiendo su premio, miró a su alrededor, ¿Aelfhere? ¡Allí estaba!

"¡Lord!" llamó, cargando su hacha de batalla y cargando su trofeo en la otra mano. "¡Mira aquí!"

Él mantenía arriba una cabeza en un yelmo de metal, con un lobo corriendo forjado en oro alrededor del borde.

Limpiando la sangre y el sudor de sus ojos, Aelfhere miró el fino objeto.

"Por Tïw, yo juré traerlo de vuelta con la cabeza adentro, pero pensé que sería yo quien la cortara de los hombros."

"Yo no lo maté, Lord."

"Es lo mismo, tienes mi agradecimiento."

El ealdorman deslizó su espada dentro de su cinturón y extendió la mano hacia el botín, estudiando el rostro ancho y plano y su mirada sin vida.

"Aetta y los aldeanos están vengados," suspiró, sacudiendo el yelmo para liberarlo.

La gorra de cuero bajo el acero estaba limpia, el secó alrededor del interior con su mano antes de colocar la gorra de metal sobre su cabello desgreñado. Una parte de él había sido restaurada y él caminó con arrogancia para pararse junto a Eadric y Andhun, que estaban en una profunda conversación.

"... reunir todos los suministros que podamos conseguir en la ciudad," había dicho el dux cuando se volvió hacia Aelfhere, "... necesitamos más hombres, aunque hoy no perdimos muchos," y sus ojos vagaron por el campo cubierto de cuerpos, "en una cuenta aproximada todavía tenemos dos veintenas y diez." A Aelfhere, le dijo,

"Amigo, ve a Wiht, convence a Arwald de lanar sus fuerzas detrás de nosotros..."

"¿En las fauces del león...? el ealdorman vaciló. "Saldremos al amanecer," dijo apresuradamente para que nadie dudara de su resolución, "pero, ¿por qué no convocar a un debate? Proclamar la muerte de Mul y la destrucción de sus hombres. Anunciando el empujón para reclamar las tierras del Kentish, otros se unirán a causa del ataque a Kingsman y más allá del campo de acción del lobo."

13

CAEDWALLA Y CYNETHRYTH

Selsea, West Sussex, Mayo 687 AD

'Violada por la alegría'; así Cynethryth describía su estado a Rowena en los días que le concedió a ella Caedwalla. Una mañana lúgubre con niebla y llovizna que dio paso a una lluvia fuerte no apagaron su júbilo. Cuando esto aminó, el viento cayó y el sol inmaduro logró motear los alrededores de la abadía con una frescura brillante.

Inquieto, a pesar de la dulzura de su "cautiverio", Caedwalla no necesitó persuadirla para salir de los confines de la casa religiosa con su mujer.

"Vamos bajemos a la costa," dijo ella.

Una vez atravesaron el pueblo, el mar, vislumbrado más allá del tojo, aparecía plano y calmo. El camino los llevó a un claro entre los arbustos espinosos de flores amarillas y Cynethryth apuntó.

"Aquí era donde estaba erigido el Anillo de Piedra."

Ellos se aproximaron al agujero en el suelo, lleno de agua limpia, rodeada de relucientes helechos plumosos, musgos aterciopelados y hierbas con forma de espada.

"Es un lugar sagrado," dijo Caedwalla en tono bajo.

"El Obispo Wilfrith no piensa así. Él hizo arrojar la Roca al pantano. Lo llamó superstición ociosa."

"¿Es lo que tú piensas? ¿Por qué viniste aquí?"

"Para curar la negrura... Yo...yo tenía miedo de perderte, esposo..."

"¿Te curaste?"

Ella se mordió el labio. "Lo hice. Pero...oh, entre las viejas creencias y las nuevas, ¡estoy tan confundida!"

"¡Look!" le indicaba el estanque. "¡Un manantial!"

Desde la tierra oscura emergía una fuente de agua cristalina y en el borde de la hondonada, el agua fluía en un torrente que era nuevo para Cynethryth.

"Los espíritus del agua han reemplazado a los de la roca."

"No hay espíritus," insistió ella, "El Obispo Wilfrith me lo dijo, él me enseñó las palabras del Señor: *'Corta el árbol y me encontrarás, levanta la piedra y ahí estaré'*.

"Cualquiera sea la verdad de esto, este es un lugar sagrado. Puedo sentirlo. Nuestra gente dice que, si dos amantes tiran una piedra en un pozo, y cuentan las burbujas que suben a la superficie, ellos pueden saber cuántos años pasarán juntos."

Se agachó y recogió dos guijarros.

Cynethryth jadeó. "¡Déjalo ser, esposo!" suplicó ella, "¡yo soy temida!"

"¡Ven, lady, eres de temple severo! Conmigo ahora, ¡lanza la piedra!"

Ellos las lanzaron al mismo tiempo. Los ojos de Cynethryth se ensancharon y se encontraron con los de Caedwalla. Ninguno habló.

Por cada guijarro, una solitaria burbuja rompió la plácida superficie del pozo.

Al fin, él dijo, "¡Dos años! Pah! El portador de la cruz está en lo cierto. ¡Superstición ociosa! ¡no hagas caso!" Intentó hacer su tono frívolo, pero viendo el rostro pálido y la expresión tensa de su esposa, se maldijo a si mismo por ser un tonto.

"Quiero... volver." Su voz temblaba.

Antes que ellos alcanzaran la aldea un monje, corriendo, los llamó. Cuando se detuvo, sus palabras llegaron sin aliento. "Lord, el Padre Abad me envía. Un mensajero espera. ¿Vendrá usted a la abadía?"

"Estamos en camino. ¿Dio alguna indicación de su mensaje?"

El novicio vaciló, "Mi Lord, '*noticias graves*'."

"¿Graves?" Caedwalla entrelazó su brazo con su esposa, "¡Date prisa! Las buenas noticias mejoran con el mantenimiento, las malas empeoran."

El postulante los llevó a las habitaciones del abad, pero Eappa los encontró afuera para detenerlos. Irreconocible en la agitación, el rostro rubicundo presentaba un temblor. "Oh, este es un asunto terrible. Debo advertir al Obispo." Intentó salir corriendo, pero el señor de la guerra lo detuvo con un gruñido.

"¿Dónde está el portador de noticias?"

El abad lo miró como si la consulta fuera insondable, se retorció las manos. "En los establos," y sorprendentemente para alguien tan robusto, se precipitó afuera.

"El Abad Eappa está en un estado." Cynethryth tomó a su esposo del brazo, "No augura nada bueno. Ven, te llevaré a los caballos."

Ellos encontraron a un guerrero del West Seaxe dándole agua a su montura en uno de los abrevaderos. Se inclinó ante Caedwalla y su dama, diciendo, "Lord, vengo desde Kent con malas noticias..." Hizo una pausa para medir la reacción de su rey.

"¡Encendidos lentamente, no sabrán mejor!"

El mensajero inclinó la cabeza en señal de aquiescencia. "Su hermano está muerto y sus hombres derrotados en Cantwaraburh. Eadric creció en fuerza y recupera más tierra con cada día que pasa."

A punto de hablar, ante el sonido de pasos aproximándose Caedwalla giró para encontrar al Obispo Wilfrith apresurándose hacia ellos con Eappa a su paso.

"¿Es verdad?" jadeó el prelado.

El Rey del West Seaxe, con furia en sus ojos, lo ignoró. Dirigiéndose al portador del mensaje, le preguntó, "¿Cómo es que Mul perdió la batalla con un número mayor?"

"No lo hizo, Lord."

"¿Los superaba en número el enemigo?"

"Ellos no."

El Rey dio un paso hacia el guerrero, su

rostro era una máscara de ira. Para su crédito, el hombre no se inmutó, pero en una voz plana, dijo, "Su hermano murió después de la batalla."

Wilfrith miraba, frunciendo el ceño, desde Cynethryth a Eappa. Sacudiendo su cabeza en desconcierto abriendo la boca para intervenir, pero las duras palabras de Caedwalla lo cortaron en seco.

"Déjese de acertijos o le cortaré la lengua, ¡Habla!"

"Lord, Mul pereció con sus consejeros en una emboscada. El enemigo los atrapó en el salón del pueblo y los quemó vivos..."

El Rey empalideció, pero sin embargo no mostró emoción.

"¿Dónde?"

"Una granja, no muy lejos de Ottansford. Yo vi el esqueleto quemado del edificio personalmente. Detuvimos al granjero y le sacamos la verdad."

"¿Qué aprendiste?"

"Cantwara no lo mató. Antes que él muriera, nosotros se lo arrebatamos..." hizo una pausa mirando a la dama del rey y de nuevo a Caedwalla, "... Wihtwara, ¡Lord! Él juró que hablaba con el acento de la isla y un hombre muriendo no tiene razón para mentir. El líder, nos dijo él, portaba una espada... decorada con un lobo en el pomo."

Cynethryth jadeó y se aferró del brazo del Obispo Wilfrith, el color huía de sus mejillas. "¡Padre!" murmuró ella.

"¡Miura!" gritó el prelado. "¡Es el deseo de Dios! ¡Si solo me hubieras escuchado a mí! La isla pagana siembra discordia y miseria. Si la hubieras invadido cuando yo te urgí, tu hermano seguiría vivo. No debes demorarte más... destruye a los paganos. ¡La ira de Dios debe ser aplacada!"

Cynethryth liberó su agarre. Empujando al obispo lejos de ella, su rostro blanco, ella lo rodeó. "¿Qué ha sido del Dios del amor y el perdón de tus enseñanzas? ¿Por qué mi gente debe pagar por el acto de un hombre?"

Wilfrith la miró, "¿Desde cuándo los asuntos de los hombres han sido decididos por una mujer?" Volteó hacia Caedwalla. "Tu esposa está molesta. El Demonio nubla su juicio, mordiendo los tiernos brotes de su fe. Arwald complotó contra ti. ¡Aplástalo y a todos los enemigos de Dios!"

"¡No tienes pruebas! Protestó Cynethryth, con los ojos entrecerrados. "Por el contrario, Arwald intentó matar a mi padre y a sus siervos. Cualquiera sea el acto que mi padre haya cometido o no, seguramente se ha realizado sin la participación del Rey de la Isla."

"¡Suficiente!" el tono de Caedwalla fue perentorio. "¡La decisión es solo mía!"

Él se volvió y se alejó de los establos. Cynethryth miró a Wilfrith y al abad inocente, pensando acerca de seguir a su marido, pero eligió dejar que su ira se enfriara. En cambio, eligió las consoladoras caricias de su pony blanco.

Cuando al fin ella se unió a Caedwalla en la habitación reservada para ellos, ella lo encontró sentado en la cama, mirando a la pared.

"Siento pena por tu hermano. Nunca lo conocí."

Él no respondió ese, respetando su dolor, ella se sentó cerca de él esperando hasta que el eligiera hablar.

Ella pensó que nunca lo haría, hasta que al final él dijo, "Le robaron la muerte de un guerrero para él... se merecía algo mejor. Ellos deben pagar por lo que hicieron."

"Esposo, yo elegí al hombre que amo y no lo cambio, pero no me pidas que odie a mi padre o le dé la espalda a mi gente. Arwald no conspira contra ti."

"¿Necesito recordarte, que estabas comprometida con Eadric?"

"Pero él esperaba hacer un sur fuerte contra los mercianos y..." ella mordió su lengua.

"...Y el West Seaxe. Lo ves, él es un joven rey,

lleno de energía y ambición. Él no descansará hasta que cumpla su propósito."

"¿Por qué el envío hombres para matar a mi padre?"

"¿Quién sabe? ¿Él lo ofendió de alguna forma?"

"O, ¿Arʒwald deseaba tratar contigo?"

Ella se ruborizó con vergüenza ante su tono suplicante, pero la impulsaba la desesperación. Caedwalla no debía invadir su isla.

"Entonces, ¿Dónde están sus mensajeros? No, están parados para evaluar en qué dirección sopla el viento. Quien domine el sur ganará su apoyo. Una vez más, quien lo sostenga debe ser un rey cristiano, Wilfrith tiene razón en eso. Los reyes más allá de las fronteras no tolerarán ningún desafío a su autoridad '*dada por Dios*.'"

Por primera vez, él volteo para enfrentarla. "Como tú, tomaré su fe. Por esta razón, limpiaré a Wiht de los paganos."

Ella tomó su mano, las lágrimas caían de sus ojos. "¿Te ruego, ellos son mi pueblo!"

"Tú tienes mi corazón, esposa. Cuando nos casamos, tú te nombraste a ti misma Cynethryth de Cerdicsford. No conozco la isla. ¿Dónde está ese lugar?"

Sus ojos se suavizaron y su voz perdió su

tono. "Porque, es casi una isla dentro de la isla. Se encuentra al noroeste."

"¿Tu gente vive ahí?"

"Ay."

"Y el resto de los isleños, ¿los conoces, ¿no?"

Ella negó con la cabeza, frunciendo el ceño con perplejidad.

"Está resulto. ¡Ven! Hablaremos con el portador de la cruz."

La curiosidad despertó, Cynethryth, no obstante, guardó silencio. El instinto le decía a ella que cualquier cosa que él hubiera concebido a su favor podría escurrirse entre sus dedos como arena si ella intervenía. En silencio, ella se apresuraba para igualar su paso camino a las habitaciones del obispo.

Wilfrith, siempre uno de considerable presencia, los recibió con el aire de alguien determinado a salirse con la suya. Los hombros encuadrados, demostraba en sus gestos una mirada imperiosa. Solemne y en tono audaz, declaró, "Como un príncipe de la Iglesia, soy consciente que mis palabras están inspiradas por el Todopoderoso." Apuntando a Caedwalla, dijo, "Sin Su gracia, eres tan débil como una arpía junto al camino. Cuando te cruzaste con Él, volteó Su cara contra ti y los Cantwara desalojaron tu control sobre Kent."

"Por eso," dijo Caedwalla, la determinación endurecía su voz, "sin más demora destruiré a los paganos de Wiht."

Cynethryth jadeó. La habitación parecía cerrarse sobre ella y su cabeza le daba vueltas. ¿La había traído para que supiera de la condenación de su pueblo?

Los ojos del obispo brillaban y una ceja levantada. "¿Por qué este cambio de opinión?"

"¡Es la voluntad de Dios! Lo dijiste tú mismo..." El guerrero miró al clérigo y añadió, "Una cuarta parte de los isleños me sobra. ¡Sella este pacto! La gente del noroeste, los de mi esposa, los convertirás. No recibirán ningún daño a menos que rechacen tu coerción. Ellos te servirán y a cambio poseerán la tierra y la trabajarán para ellos mismos y para su tributo a la Iglesia. El resto voy a destruirlo, incluyendo a Arwald y su nido de seguidores."

Él volteó hacia Cynethryth y observó que el color volvía a sus mejillas. "Esposa, ¿podrías persuadir a tu gente que acepte tu fe?"

Satisfecha, ella asintió con la cabeza mientras giraba hacia Wilfrith.

"Obispo, ¿Está usted de acuerdo con los términos?"

"¡En efecto, lo estoy! Mi hijo. Dios ha inspirado tu elección. Recibe mi bendición en Su nombre."

Él bosquejó la señal de la cruz delante del señor de la guerra, *'In nomine Patris et Filis et Spiritus Sancte...*"

Cuando el '...*Amén*' murió en los labios del prelado, Caedwalla, mirándolo fijamente a los ojos, entregó, "Nuestro entendimiento es entonces honrado. Contaré con su apoyo, obispo. Ahora, me iré a reunir mis hombres y una flota, Wiht, luego Kent, sufrirán la ira del West Seaxe."

14

AELFHERE

Wiht, Junio 687 AD

"¡Lobo!"

Él le advirtió a los dos Wihtwara detrás de él, quienes sacaron sus armas.

En la penumbra vespertina del claro del bosque, los ojos amarillos se encontraron con los de Aelfhere, pero no ardían con ferocidad o hambre. El ealdorman leyó resignación en sus aburridas profundidades. La bestia no hizo intento de atacarlos o huir. Sus testículos hinchados hacían imposibles ambas.

"La criatura está enferma," avanzó sobre la bestia, "pero un lobo es un lobo y es mío."

Un corte de revés de su espada cortó la garganta del animal para poner fin a su sufrimiento.

"Gran bestia," murmuró Aelfhere, sacando su cuchillo de mano de su cinturón, cortando a través del corto pelaje del vientre para exponer las entrañas. "Apuesto a que lideró la manada en sus días." Con método, él trabajó para pelar el abrigo.

"El animal está infectado, Lord," Ewald arrugo su nariz con disgusto.

"Estoy tras esto, "dijo Aelfhere, redoblando sus esfuerzos, "aquí, sobre las costillas," raspó el borde afilado del cuchillo sobre la grasa y transfirió la grasa a su espada. Arrancando una fronda, la usó para untar toda la longitud de la hoja, repitiendo la operación sobre el lado reverso. Contento, arrojó la hoja de helecho al suelo, invocando, "Woden, envía el espíritu del lobo al acero... ¡pueda el enemigo sentir la fiereza de su mordida!"

Ewald se arrodilló sobre la carcasa, engraso su puñal y remarcó, "Esperemos que tu espada no tenga que servir contra Arwald y sus hombres, de lo contrario esta vez, temo que no sobreviviremos."

Wulflaf también embadurnó su arma, ganándose una reprimenda de su lord.

"Date prisa porque debemos estar en la casa del marido de mi prima antes del anochecer."

"¿Qué hay de los guardias en la puerta?"

El noble se burló. "Yo creo que un par de sceattas de plata comprarán su silencio."

Y así resultó.

La bienvenida en la casa de Siferth excedió a la visita previa tanto en calidez como rarezas ya que su prima abrazó a Aelfhere con sorpresivo fervor.

"¡Tranquila, Leofe, me romperás la espalda!"

Ella lo tomó de la mano y lo llevó dentro de la habitación donde una mujer estaba jugando en el suelo junto al hogar con un tímido niño. En la mesa, se sentaba un monje que miró a los recién llegados y sus armas con inquietud.

"¡Eabbe! ¿Eres tú? ¿Una mujer con un hijo? ¡La última vez que te vi, 'horneabas pasteles' de barro y guijarros en la calle!"

"Recuerdo, ¡me hiciste llorar porque no querías probar uno! ¡No te culpo ahora, por supuesto!" continuó ella, "Este es mi hijo, nació hace cinco inviernos. Saluda a tu tío Aelfhere, Beric."

El niño demostraba una tímida sonrisa, ante lo cual Leofe tiró de la manga del ealdorman y lo llevó aparte.

"Cuidado con tu discurso, primo," susurró

ella, “Eabbe no sabe nada de tu parte en la muerte de su marido. En cambio, nunca podremos agradecerte lo suficiente. ¡Ven, para que no despierte la curiosidad!”

Cerca del fuego, Ewald estaba tallando una pieza de madera con forma de un animal para el niño y Wulflaf estaba hablando con Siferth. Levantándose y acercándose, su sobrina le dedicó una dulce sonrisa a Aelfhere. “¿Y Cynethryth, tío?”

El sonido de su nombre traspasó su corazón. Con tono severo, la fulminó con la mirada.

“No hablaré de ella.”

Interrumpiendo su conversación, Siferth dijo, “Me temo que debemos. Este hermano viene de Selsea con un mensaje de tu hija.”

Sorprendido, el noble miró al monje y de nuevo a su anfitrión. “¿De Cynethryth? ¿Por qué?”

“El contenido es bastante sencillo,” dijo Siferth, “pero lo que está atrás es difícil de comprender. Ella me urge a que tome la familia y la lleve a Cerdicsford de inmediato, o eso es lo que el hermano dice,” y él asintió hacia la figura silenciosa en la mesa.

Aelfhere contemplaba pensativo las llamas del hogar. De repente, estrelló su puño en la palma de la otra mano. “¡Por Thunor! ¡Es tan claro como el agua de pozo de Uurdi! Caedwalla piensa invadir la isla!" añadiendo a Ewald y Wulflaf, "¡Esto fortalece nuestra mano con Arwald! ¿Tengo derecho a hacerlo? ¡Habla, hermano!"

El mensajero empalideció. "Yo no sé. La dama vino con el Padre Abad y me encargó traer el mensaje." Un ceño fruncido arrugó su frente. "Me dijeron que no hablara con nadie, que me fuera de inmediato porque el obispo no tenía que saber de mi misión. De una cosa estoy seguro... Caedwalla dejó la abadía por la mañana antes de mi partida."

Con la cara enrojecida, el ealdorman se dirigió al marido de su prima. "¿Lo ves ahora? Cuando el perro ponga un pie en la isla, él atacará la fortaleza primero, ese el significado detrás de la advertencia. Versado en la mente del mestizo rabioso, ella sabe que el matará a todos en Wihtgarabyrig."

"Leofe vete a primera luz con Eabbe y Beric," dijo Siferth.

Su esposa palmeó sus manos. "¿Tu no vienes?"

Con una sacudida de su cabeza, él contestó. "Yo me quedaré a defender nuestra isla, por Arwald que necesitará cada brazo fuerte para repeler al West Seaxe."

Pálida, Leofe detuvo su lengua. Ella debía tomar a su hija y nieto por seguridad y bendecir a Cynethryth por el preaviso. Por el momento, ella tenía mucho que manejar con cuatro invitados inesperados para alimentar.

En la mañana, con mutuas advertencias, ellos abandonaron la casa y se dirigieron por caminos separados. Dejando a un lado el temor y la inquietud, Aelfhere se aferró a la creencia que Arwald en lugar de matarlo en el acto, lo escucharía y prestaría atención a su advertencia.

Dentro del salón del rey, el ealdorman, Ewald, Wulflaf y el monje de Selsea permanecían como presas ante las fauces voraces de una manada feroz lista para matar. El odio ardió en los toscos rasgos entintados de Arwald.

"¿Estás loco para venir aquí? ¿Me tomas por un tonto o un cobarde?"

El creciente rubor en la garganta acompañó a los ojos saltones.

"¡El Árbol Danzante espera por ti!" El rey le hizo señales al ayudante de un ojo, "¡Enciérralos como cerdos para el matadero! ¡Columpia a los cuervos, carroña!"

Con un esfuerzo, Aelfhere mantuvo su nivel

de voz. “Presta atención a mis palabras, Lord, en días... o incluso horas... el West Seaxe bajo Caedwalla arribará a la isla y nosotros tendremos un enemigo común. Deje a un lado el rencor pasado, ya que estamos dispuestos a pelear a su lado.”

Se rascó su cabello enmarañado y con una mirada maliciosa a sus consejeros para ver sus reacciones, entonces Arwald habló. “¿Cómo sé que dices la verdad?”

“A mi lado está un monje de Selsea, enviado para advertir de la invasión que viene.”

Los ojos del rey, dos hendiduras bajo el halcón rojizo en su frente, cambiaron al monje quien asintió en confirmación. Un enorme puño se cerró, “¡Habla, por Tïw! O te lo escurriré con mis propias manos.”

El hermano, tragando duro, espetó, “La Dama del Rey en persona y el Padre Abad me enviaron para advertir del ataque inminente...”

“¿Por qué ella haría esto? ¿Está retenida contra su voluntad? ¿Sigue siendo leal a Wiht?”

Aelfhere aprovechó su oportunidad. “*Somos* fieles a Wiht, Lord” indicó a sus campesinos con las manos extendidas, “listos para derramar nuestra sangre, ¡no hay tiempo que perder! ¡Reúna hombres de todas las partes de la isla, reúnalos aquí en Wihtgarabyrig!”

Medio levantándose, con una vena espesa pulsándole en el cuello, Arwald gritó, "¿Te atreves a presumir que me dices lo que tengo que hacer?" Enfurecido se volvió a sus consejeros. "Si ellos dicen la verdad, ¿por qué no deberíamos tratar con el West Seaxe?"

Un breve intercambio terminó en asentimiento. Caedwalla no negocia excepto con acero.

"Mi rey," Aelfhere intentaba un tono apaciguador, "la alianza con Eadric se mantiene. El hermano de Caedwalla, el usurpador que gobernaba Kent, fue muerto por mí mismo. Después, nosotros destruimos su ejército." El ealdorman admitió a sus camaradas, "Nosotros peleamos al lado de los líderes del Suth Seaxe, los duces Andhun y Beorhthun, contra el West Seaxe. Si los Wihtwara conducen al perro de regreso al mar, nuestro poder combinado con el Suth Seaxe y el Cantwara prevalecerá."

La lujuria de venganza se frutaba por el momento, Arwald habló a través de los dientes cerrados.

"Si la flota del West Seaxe llega, nosotros lucharemos juntos," él gruñó, "si no es así, tu bailarás desde el árbol de roble."

La tarea como vigías no les convenía a los hermanos menores de Arwald. En la cima de la colina que dominaba el refugio de Braedynge, ellos juntaron piedras y tomaron turnos para apostar lanzando las piedras a una lanza clavada en el suelo a treinta pasos de distancia. La posición que había elegido el ealdorman dominaba la vista del mar, a través de un hueco entre los árboles. Allí el terreno caía abruptamente hasta un valle. Ellos vigilaban el este de la isla, de allí a través de las olas hacia la distante Selsea. El sol de la mañana, estaba lo bastante alto para iluminar las colinas más altas de Kingsham, ofrecía las condiciones favorables para la observación.

A pesar de su ojo perdido, es asistente al que el rey le había ordenado atarlos el día anterior, gritó "¡Ellos están viniendo! ¡Miren, allí! Hacia Potsmutha, esa mancha oscura en el mar."

Ewald asintió, habiendo pasado sobre esa mancha en el agua dos veces, pero en inspección más cercana, había manchas blancas en medio. La comprensión amaneció, pero Aelfhere se les adelantó con las palabras. "¡Esas motas brillantes son las velas! ¡Ven, vete a avisarle a Arwald y prepárense para la batalla!"

A media tarde, en la cima de la colina de tierra clara que se extiende ante la fortaleza de Wihtgarabyrig, los Wihtwara formaron una pared de escudos. Desde los bosques de abajo pululaban los guerreros del West Seaxe. Sus camisas de malla gris los hacían parecer una manada de lobos, furiosos y unido. Desde los árboles resonaba su aullante grito de batalla. Una lluvia de misiles, jabalinas, hachas arrojadizas y rocas saludó su lento avance cuesta arriba. Siguieron adelante, implacables, cerrando la corta brecha con una carrera, escudo a escudo, usando lanzas y espadas, rompieron la línea de los Wihtwara.

En la triturada masa de hombres, Aelfhere se posicionó a si mismo cerca del rey y sus hermanos, los dos jóvenes príncipes. Juntos, bajo el estandarte de la Isla, ellos abrieron camino hacia el emblema del dragón dorado donde Caedwalla y sus asistentes hacían una cosecha de carne y huesos.

Dos estandartes de dragones, uno blanco y el otro dorado, se acercaban hasta que se arremolinaron a yardas de distancia. El rey del West Seaxe avanzaba hacia Arwald, mientras Aelfhere gritaba a los hombres alrededor de él para tener cuidado de la prisa repentina. Caedwalla, ante todo, saltó sobre Arwald quien saltó, confiando en su fuerza prodigiosa y apuntando su hacha de batalla a la cabeza de su enemigo del West Seaxe. La fuerza completa del golpe brutal cortó a medias el escudo de parada, cortando la madera de tilo, las bandas de hierro y los postes. Al mismo tiempo, sus adversarios pillaban al isleño fuera de equilibrio, cortando a través de la cota de malla y por debajo del cuero entre las costillas sobre el corazón del impetuoso enemigo. Antes que Arwald recuperara el pie de su desequilibrio del violento ataque, sus asaltantes lo cortaron de nuevo, esta vez en el brazo desnudo del Wihtwara, cortando la extremidad hasta el hueso.

Siguió un poderoso golpe de su hacha, que atravesó el yelmo y partió el cráneo del rey de la isla, que cayó al suelo, inmóvil.

El intercambio brutal dejó el costado de Caedwalla expuesto así que en el instante que él le daba el golpe mortal a Arwald, la espada de Aelfhere le cortó el músculo de la parte superior de su brazo. En torbellino frenético de la batalla, los asistentes de West Seaxe se agruparon para defender a su lord, para su consternación, las circunstancias obligaron al ealdorman a alejarse de su presa. La visión de su cacique caído y la toma y arriado de su estandarte inició la derrota de los isleños, que dieron media vuelta y huyeron cuesta abajo.

Mortificado y arrastrado a lo largo de la retirada, Aelfhere intentó en vano detener la marea de camaradas que huían, Ewald, con la barba embadurnada de sangre, se agarró de su brazo, gritando, "Venga, Lord, el día está perdido. ¡Hacia el bosque! ¡Hacia el bote!" Tirando del reacio noble, cortó la línea de fuga, apartando a los guerreros aterrorizados, amenazando con derribarlos en su carrera ciega. Así fue como alejó a Aelfhere lejos de la nada de hombres en retirada que corrían hacia los árboles más cercanos, asegurando que no los persiguieran.

Los vencedores, intentando destruir la mayor parte de la hueste enemiga, se lanzaron de cabeza tras los hombres que huían, asestando golpes en las espaldas indefensas. Solo los gritos de los heridos perseguían a los isleños.

A pesar de la falta de perseguidores, no aflojaron el paso hasta que, sin aliento, alcanzaron el bosque verde al oeste del campo de batalla. Con el pecho pesado, se inclinaron sobre manos y rodillas, buscando que el aire entre a sus pulmones hambrientos. Seguros por el momento, a lo largo del camino a Odeton Creek, el ealdorman dio rienda suelta a su amargura enconada.

"Por el dios de un brazo, ¡mi espada hizo sangre! ¡Y aún el perro salchicha vive! ¿Qué destino es este? ¡Una vez más evadió mi ira!"

"Este día está agrio y cuajado, Lord, ¡pero

hemos sobrevivido para luchar de nuevo!" Ewald trató de levantarle el ánimo. "El clima es propicio y nuestro barco nos llevara a Audhun."

"Ay, el sol brilla, pero tropezamos en las sombras mientras los lobos del West Seaxe disfrutan de sus rayos."

No se trataba de dejar la isla con el crepúsculo sobre ellos, se acomodaron para pasar la noche en el bote, seguros de escapar con las primeras luces: un destino no compartido por sus compañeros isleños.

"¿Qué hay de Wulflaf?" preguntó el ealdorman. "¿Y que de los príncipes?"

"Difícil distinguir amigo de enemigo en la furia de la batalla. Wulflaf conoce el amarre, si los dioses quieren, puede unirse a nosotros en la noche. En cuanto a los príncipes..." Se encogió de hombros.

Las gaviotas estridentes y los cantos de las aves zancudas los despertaron al amanecer. La débil esperanza que Wulflaf se uniera a ellos murió y con eso vino la comprensión del alcance de la derrota. Con los corazones pesados, ellos remaron a lo largo del arroyo al suave oleaje del mar abierto. El viento soplaba desde el lado derecho llevándolos a la tierra del Suth Seaxe. La vela se tensó mientras Ewald aseguraba las cuerdas y Aelfhere lo llamó desde el timón,

"¡Wada atiende a sus hijos! El dios nos regala aguas calmas y briza agradable."

El hombre joven se unió a su líder, en la popa, quien prosiguió, "Con estas condiciones, sería más prudente establecer nuestro rumbo más allá de Selsea, más allá de la costa. El perro del West Seaxe aloja a Cynethryth en la abadía y no la dejará sin vigilancia."

De acuerdo con este curso de acción, cuando se acercaban al continente, Aelfhere desvió el barco hacia el este. Evitando las aguas blancas del arrecife de tiza, ellos navegaron a lo largo la línea de la costa pasando dunas onduladas y cañaverales hasta que llegaron a una ensenada adecuada siete leguas más allá de Selsea. Allí, ellos corrieron por la proa en una playa llena de malezas.

"¿Dónde ahora?" preguntó Ewald, escaneando el árido entorno dominado por las colinas.

"Selsea se encuentra al oeste, de eso estamos seguros. El sol está alto, pero no sobre nuestras cabezas. Nosotros debemos mantenerlo en nuestras caras y dirigirnos tierra adentro hacia terrenos más altos. Recuerda el plan del dux es empujar hacia Kingsham..."

"Muy rápidamente," lo cortó su camarada, "Eadric necesita reunir hombres en Kent mientras Andhun hace lo mismo sobre los confines de sus tierras."

"Ay, ellos necesitan reunirse para empujar para el oeste, entonces nosotros hagamos lo opuesto y nos dirigimos al noreste,"

Animados por un claro propósito, ellos se lanzaron en esa dirección a través del bosque hasta que el sol estaba alto sobre sus cabezas, ellos emergieron desde los árboles para encontrar los bajos adelante. Un extraño y largo espolón de tierra se erguía rígido contra el cielo, atrayéndolos como una piedra imán a su inquietante presencia.

A medio camino de la ladera, Ewald apuntó a un grupo de edificios ruinosos, antiguos en apariencia. "Alguien está ahí arriba, Juro que vi un destello de rojo."

"¡Vamos a averiguar!"

Paredes circulares intactas hasta la altura de la cintura y pisos salpicados de piedras caídas, sin techo, las chozas en ruinas eran un silencioso testimonio del pasado distante.

Antes de contemplar los alrededores, una piedra desprendida los alertó.

Sacando su espada, Aelfhere rodeo el costado de la cabaña a tiempo para vislumbrar a una mujer, largo cabello amarillo y falda escarlata arremolinada en la cintura, agacharse detrás de una pared. El ealdorman puso un dedo en sus labios y urgió a Ewald a circular en la dirección opuesta. Por su parte, dio un paso al descubierto y avanzó lo suficiente para asustar a la mujer que inició una huida inefectiva. Blandiendo su puñal, Ewald la atrapó entre los edificios circulares donde ella se sentó en cuclillas y esperó su captura.

Ambos lo miraron asombrados y Aelfhere exclamó, "¡Es un hombre!"

Levantó el arma, y extendió una mano para poner de pie a su presa.

¿Qué te trae a este lugar sagrado?" El sacerdote pagano cruzó los brazos sobre su pecho.

El guerrero escudriñó su rostro, la piel pálida manchada con líneas dibujadas con carbón en sus mejillas.

"Esto" Aelfhere hizo un gesto abarcando las chozas ruinosas, "¿es un lugar sagrado?"

"Esto es Hearg Hill, donde una vez se alzó el templo de Ingui, el Rey de los Elfos. Vengan, véanlo por sí mismos."

Liderando a los isleños por la empinada ladera hacia la cima donde los movimientos de tierra delineaban un antiguo fuerte de forma cuadrada, les mostró los retos de columnas de madera carbonizadas dentro de su perímetro.

"¡Destruido por el dux quien abandonó a los

dioses de sus padres! En su cabeza, el veneno de la serpiente gotea profundamente en la tierra de lodo y barro," siseó el hechicero evocando la perdición de la serpiente con el sonido sibilante.

"¿Un dux?" Aelfhere anticipaba la respuesta.

"¡Beorhthun!" el escupió el nombre, "Maldito para siempre, él, quien profanó las arboledas y templos santificados, cegando a la gente con la cruz y promesas de bienaventuranza eterna. ¡Pero, los dioses desataron su ira sobre el incrédulo, debilitando su brazo en la batalla!"

"¡Beorhthun!" el ealdorman frunció el ceño. "Ay, se convirtió al cristianismo, es verdad, y murió espada en mano. Yo luché junto a él en Kingsham."

"¡Miras! Ese montículo," él apuntaba hacia un túmulo elevado en la cima de la colina, "Allí yace un cacique que se reusó a las falsas creencias y sacrificó su vida. El dux lo asesinó por resistirse a la cruz. Yo llevé su cuerpo al suelo venerado para que pudiera pasar fácilmente al salón de Woden."

Los largos mechones amarillos se arrastraban detrás de él en las alturas azotadas por el viento y el sacerdote apunto con un espantoso cetro de huesos y plumas de cuervo a Aelfhere.

"¡Tú luchaste con él, pero tú no estás muerto! Los dioses te salvaron ¿por qué? ¡Porque tú los adoras como lo hicieron nuestros ancestros! ¿No es así? Ellos te guiaron hacia mí. ¡Ven!" él saludó al ealdorman y a su camarada. "¡Siéntense! Aquí...de cara al norte."

El hechicero se sentó con las piernas cruzadas y sacó una bolsa de cuero, a la que le dio vueltas y vueltas con suavidad.

"¡Habla, amigo! ¿Qué penosa situación te trae al sacerdote de Ingui?"

"Yo busco venganza por traición," el ealdorman dijo esto entre sus dientes cerrados.

"Tenlo en mente cuando arrojes las runas. Mézclalas con tus manos, ahora toma una a la vez, hasta seis. Pon la primera." Un dedo se apoyó en el suelo.

De la bolsa, sacó una piedra con una marca y, curioso, estudió en su mano antes de colocarla como se indica. Siguieron cinco piedras similares, presentada según las instrucciones, Aelfhere notó la ironía de la cruz alargada formada por las seis runas.

Los ojos del hechicero vidriosos mientras miraban la figura de la derecha; la figura de una t blanca invertida marcada contrastaba contra la piedra negra.

"El pasado," murmuró, "tu pasado... derrota y muerte," repitió las palabras dos veces más como en trance, agregando, "¡se acabó!" Un dedo flotaba sobre otro símbolo en el centro del diseño, marcada con una n. "Esto representa el presente," el sacerdote explicó, "lo que te constriñe ahora." Sus facciones se nublaron y, meciéndose adelante y atrás, él gimió. Ewald miraba a Aelfhere alarmado, pero el ealdorman, con un leve movimiento de su mano hacia arriba y abajo, lo instaba a calmarse. "¡Un lobo! ¡Un lobo en el bosque con un halcón en su cabeza! La bestia te mantiene entre los árboles, ¡no puedes pasar!"

El joven isleño quiso hablar, pero un rugido ahogado profundo en la garganta del sacerdote detuvo sus palabras. "Lo que nos espera," dijo e hechicero, su dedo cambiando a la runa más a la izquierda que tenía un r en su superficie brillante. "El camino que sigues te lleva lejos..." los ojos azules giraron en las órbitas poniéndose en blanco, "... ¡más allá del mar, dentro de la tierra, abajo, abajo, abajo! A donde la cruz habla en lenguas."

Desconcertado, el ealdorman frunció el ceño, pero no tuvo tiempo de reflexionar cuando el hechicero tocó la siguiente piedra.

"¡Aaaaagh!" él aulló y retiró la mano como su la runa le abrasara, descubriendo la o.

"¿Qué es eso?" gritó Aelfhere.

"¡Matanza, profanación y devastación! ¡La tierra invadida por abrigos grises! ¡Cruces saltando detrás de sus patas!" El sacerdote buscó ciegamente su cetro emplumado y con violencia y lo estrelló contra el césped junto a él en desafío. Con un suspiro de alivio, le entregó la runa del centro al ealdorman, quien, desconcertado, la tomó en su mano y estudió el v blanca.

"El desafío. El lobo con un halcón en la cabeza yace herido, su fuerza crece y mengua como la luna. ¡Caza a la bestia! ¡Por todas partes! ¡Al fin falla y muere! Toma su pareja..."

Aelfhere se irguió. ¿Se atrevería a tener esperanzas? ¿O era este otro truco del Lord de las Travesuras?

De nuevo, las palabras del hechicero atravesaron sus pensamientos, "el resultado," murmuró, apuntando a la piedra más lejana, marcada con una x, "boca abajo, ¡mira! Déjate guiar por el opuesto...sin venganza, sin asco... para vencer, *el amor* debe guiarte."

Los hombros del sacerdote se hundieron, la energía drenaba desde su cuerpo.

Dos leguas en su marcha lejos del vidente, siguiendo una antigua cresta de tiza, Aelfhere rompió su silencio. Acostumbrado a la consideración de su lord, Ewald había respetado su necesidad de reflexionar. En verdad, la apariencia y las declaraciones del hechicero lo habían asombrado menos que la energía invisible del lugar sagrado. Bajo la influencia de las palabras del sacerdote, había medio esperado que el espíritu de la tierra se hubiera manifestado en apariciones de la muerte de los elfos de Ingui. El flemático isleño estaba feliz de poner distancia entre ellos y Herg Hill.

"No por casualidad, hermano, nos encontramos al sacerdote. Los dioses me guiaron para escuchar sus palabras. ¿Qué harías con ellas, Ewald?"

"No mucho. Pero el lobo con un halcón en su cabeza es Caedwalla...el yelmo que usa está labrado con un halcón."

"Ay, el adivino habló de la herida que yo le metí, diciendo que el perro salchicha se debilita, aunque la tierra sea invadida por los abrigos grises...el ejército del West Seaxe. Pero también habló de cruces parlantes, bajo tierra y de mi camino que lleva sobre los mares..."

"Nunca se me dan bien los acertijos," dijo Ewald.

Sus intercambios los llevaron a un hueco en las colinas de tiza donde había un asentamiento en el valle abajo.

"Debemos buscar comida y un lugar para

dormir." Aelfhere apuntó a las casas apiñadas al lado del río. en el sitio más lejano de la banda de plata brillante, la empinada subida del terreno conducía a la continuación de la cresta. "¡Si fuéramos capaces de remontar la colina con alas sería un gran alivio para mis piernas *doloridas!*" Pero cambió el humor del ealdorman. "Pero el día llega a su fin. ¡Ven!"

Un sendero serpenteaba por la ladera y mientras marchaban, el retomó las palabras retorcidas del hechicero.

"La runa mostraba a Caedwalla cayendo y muriendo, ¿Estoy en lo cierto?" No esperando la respuesta. "El sacerdote me pidió que llevara a su pareja..."

"¡Cynethryth!"

"Ay, ¡y cuando lo haga la mataré!"

Ewald se detuvo, mirando la espalda del lord al que servía y amaba como a un padre. Consciente de la falta de compañía a su lado, Aelfhere se dio vuelta.

"¿Qué te pasa?"

"¿Matarla? ¿A tu propia hija?"

"La víbora traicionó a la isla...a todos nosotros. Padre, parientes, amigos..."

El campesino se acercó tres pasos. "¡Tu propia carne y sangre! Allá atrás el sabio te dijo que dejaras atrás el odio..."

"¡Suficiente!" escupió él. "¡Cynethryth...! Lamento el día en que mi semilla la engendró, pero mi espada enderezará el error. ¡Ven, la noche se cierra!"

Una cálida bienvenida los esperaba en el pueblo llamado Laew, comida y una cama, pero no las noticias que buscaban sobre el paradero de Andhun y sus hombres. A su requerimiento, sus anfitriones les dijeron que la falta de hombres en la edad de luchar en el asentamiento se debía a un pedido del dux. Sus noticias de victoria obtuvieron la respuesta entusiasta de los pobladores. Hijos y esposos habían tomado el camino de la cresta hacia el norte para empujar a la banda guerrera del West Seaxe de sus tierras. Pero en cuanto a donde encontrarlos, nadie sabía, el ealdorman y su amigo deberían seguir la cresta adonde se cruzaron con otro. Tomando la bifurcación de la izquierda estarían a los talones de los hombres del pueblo.

Tres días de marcha los llevó al campamento del Suth Seaxe, donde las filas engrosadas los alentaron a pesar de su cansancio. Una fuerza a tener en cuenta se extendía ante ellos.

"Solo estos pueden llevar a los invasores del

West Seaxe más allá de sus confines y aún deben unirse los Cantwara." Aelfhere levantó una mano en la dirección del campamento, "Una buena noche de sueño. Eadric, y estaremos en condiciones de prestar nuestros nervios a la causa. Pero las noticias de Wiht no pueden esperar, ¡busquemos al Dux Andhun!"

"¿Qué noticias de Arwald?" el duz sonrió a Aelfhere, pero su sonrisa de saludo se desvaneció, cambiando a una expresión desdeñosa ante las palabras del isleño. "¿Invasión? ¿Derrota?"

"Caedwalla está herido, yo mismo le di el golpe. Pudimos haber luchado hasta el final, pero quisimos traer esta preciosa información. El West Seaxe aún debe sofocar a la isla así que, si nos movemos de inmediato, podemos estar listos para encerar al enemigo cuando regresa a la costa. Cuando sus guerreros atraviesen las olas, serán golpeados por una lluvia de acero..."

"Podemos esperar que Eadric una sus huestes a las nuestras." El dux levantó su mentón.

"¿Qué? La pérdida de tiempo significa que desembarcarán y tendremos que enfrentarlos en el campo de batalla."

"De hecho, pero con mayor número..." su tono era resoluto.

El ealdorman miró alrededor a las caras no convencidas de los asistentes del Suth Seaxe e hizo un último intento.

"Su número será menor después que caigan al mar..."

Andhun suavizó su voz. "Amigo, tu juicio está nublado por los duros días que probaron tu temple. Descansa, para mañana podrás ver la sabiduría de nuestra decisión. Los Cantwara están en camino y juntos abrumaremos a Caedwalla."

Taciturno, Aelfhere dejó la tienda del dux y caminó penosamente con Ewald hacia un campamento donde los guerreros del Suth Seaxe les dieron la bienvenida.

"Con ese decreto," dijo en una voz tan baja que Ewald tuvo que esforzarse para agarrar las palabras, "Andhun puede entregar el sur a Caedwalla. Tres veces nos superó en el campo de batalla. ¿Qué le hace creer al dux que el lobo no tendrá éxito de nuevo?"

15

WULFLAF

Wiht, Julio 687 AD

Los ladridos y gruñidos de sus dos perros en el medio de la noche despertaron a Deorman. Asaltantes, asumió o peor, guerreros de Arwald, buscando hombres sanos por todo el país contra la amenaza de invasión. ¡Imposible! ¿No de noche? Un golpe distintivo pero débil, n o una paliza, llegó a la puerta. Lo inesperado e inexplicable dejaron al leñador inmóvil de miedo. Sus perros no serían una protección adecuada contra intrusos armador, entonces metió su puñal en su cinturón, pateó a los animales para que se callaran y se quedó en la puerta reacio a abrir sin identificar a los merodeadores.

El amenazador pelo erizado de los perros y sus dientes descubiertos confirmaban su presencia fuera de la vivienda. De nuevo, alguien golpeaba.

"¿Qui-quien está ahí? ¿Quién es usted?" llamó Deorman, vacilando en su voz mostrando su aprehensión. En el silencio, él repitió "¡Habla! ¿Quién está ahí afuera?"

Ningún ruido lo alertó a él entonces levantó la barra y poco a poco abrió la puerta...lo suficientemente ancho para ver el umbral, su cuerpo rígido para prevenir cualquier intento repentino de entrar. La pálida luz de la luna no reveló ningún alma viviente, hasta que bajó la vista, distinguió la forma con incrustaciones de sangre de un guerrero herido. Satisfecho que el montón arrugado no representaba una amenaza, despertó a su esposa para que lo ayudara a arrastrar al horrible hombre adentro.

"Trae paja seca, mujer, ¡y que sea rápido! Pon una olla sobre el fuego...necesitaremos agua caliente...el hombre está apenas vivo." Su mujer obedeció sus órdenes sin pronunciar ni una palabra, sabiendo su lugar cuando concernía a un hombre luchador. Sin embargo, una vez que el hombre yacía inconsciente sobre el jergón improvisado, ella asumió el rol de enfermera, removiendo su yelmo y le ordenó a su marido que le quitara la cota de malla. Con gran cuidado, cortó los pantalones para revelar la extensión de la herida de la pierna. Sus ojos encontraron los de su hombre, confirmando el milagro que el extraño aún viviera. Había sufrido un corte profundo en su hombre, un corte enorme en su pierna y lesiones cruzaban su cara. Una mezcla de sangre coagulada y barro del campo de batalla las sellaba disfrazando sus rasgos.

Deorman se sentó a una mesa de madera escudriñando a su mujer limpiar la suciedad que oscurecía el rostro con retazos de lino blanco arrancados de una prenda interior raída.

Satisfecha, ella vertió vinagre en las heridas antes de que, con gran paciencia, usando una aguja e hilo para coser los cortes en la pierna y en el hombro.

"¿Vivirá?"

"Está muy herido y ha perdido mucha sangre, pero parece un bruto fuerte...será mejor que recemos..." ella hizo una pausa, "...al dios que Arwald haya elegido para este momento del año para..."

Antes que ella hubiera terminado su insulto a su Rey, Deorman saltó de su banco para darle una bofetada que la dejó tambaleando.

"¡No te burles de nuestro Rey! ¡Nosotros tenemos mucho que agradecerle a él y tú debes recordarlo! Él nos protegerá hasta el final." Pero su voz llevaba poca convicción. "Yo temo que haya guerra y lo averiguaremos... si prevalece la fuerza de este desgraciado."

Frunciendo el ceño, frotándose la mejilla enrojecida y a punto de murmurar una respuesta imprudente, en cambio, distraída, la mujer respondió. ¡Y así lo hará! ¡Mira, se mueve!"

El guerrero gimió, sus párpados se abrieron un momento antes de parpadear y observar sus alrededores. El esfuerzo requerido para sentarse excedió sus fuerzas y volvió a caer, con un murmullo incoherente.

La mujer levantó su cabeza, logrando forzar un poco de agua entre sus labios, suficiente para que él murmurara, "Donde...donde estoy...no es..." Pero cayó en la inconsciencia una vez más.

Ella estudiaba la cara, limpio de la mugre de la batalla, y exclamó, "¡Deorman! ¡Deorman! Lo conozco... lo he visto en el mercado con una mujer. Hablábamos inútilmente mientras establecías un precio...el día que montaste el puesto con los yugos del buey que hiciste. ¿Recuerdas?"

"Ay, la cara es familiar. ¿Quién es él? ¡Habla!"

"Él va por Wulflaf, un campesino del ealdorman a través del estuario en Cerdicsford y su granja está al noreste a un día de aquí...la mujer me dijo... ¡seguro, es Wulflaf!"

"Yo no sé qué lo ha traído aquí, pero él tendrá noticias de la batalla y de nuestro rey y por lo tanto de nuestro futuro. Ahora vete a la cama. Yo dormiré junto al hogar en el caso que despierte." Entonces diciendo esto, descolgó su capa de un clavo para envolverse a sí mismo, apartó a un perro malhumorado y tomó su lugar junto a las brasas humeantes.

Wulflaf revivió la mañana siguiente, lo suficiente para ofrecer las gracias por su refugio y para beber leche tibia con miel preparada por Myldryde. Deorman, por ahora impaciente, se sentó en la paja al lado del Wihtwara herido y, en casi un suspiro, dijo, "Mi esposa me dijo que tú eres Wulflaf de Cerdicsford... ¿es así?"

"Es así...yo soy Wulflaf," respondió, aunque su cabeza estaba pesada y sus ojos se esforzaban por enfocar.

"¿Qué te trajo aquí adentro del bosque?"

"¡Huir!"

"¿Huir? ¿Qué, ahora?" Deorman casi escupe la palabra, "¡Huir! ¿Qué quieres decir?"

"Rompió el seto de batalla de los escudos... destruido por los dardos...asesinado, cayó al suelo..."

De nuevo cayó en el olvido.

El guardabosque miraba al guerrero incrédulo y temeroso. Giró hacia su mujer. "¡Esto *es* la guerra!" Giró de nuevo hacia el campesino, agarrando su hombro y sacudiéndolo. "¡Te escucharemos! ¡Al instante!"

Myldryde se paró de un salto. "¡Espera, Deorman, déjalo en paz! ¡Dale tiempo! Apenas escapó del día de su muerte...dale tiempo, digo yo..." imploró ella.

Cuando el guerrero al fin se sentó, Deorman y su esposa lo miraron a él, emocionados, anticipando el relato del intruso. Después de un momento, la cabeza moviéndose de un lado al otro y ojos observando, comenzó en tono vacilante, pero hablando en delirio como en una época diferente, "¡Alhmund! ¡Alhmund! ¡Mira! ¡Él yace en la tierra ensangrentada...no camarada para curar sus heridas...golpeado...! El día del destino...a la triste batalla con el corazón valiente... afilada espada arriba..." hizo una pausa, reuniendo pensamientos y espíritu, "¡Bothelm! ¿Cómo va la pelea? Nosotros estamos en sangre entre cadáveres. ¡No te acobardes de la lucha de armas...!" El sudor perlaba la frente del enfermo y gimió, "Ah, Bothelm con espadas talladas...el cuervo de manto negro con duro pico de cuerno, alas al matadero..."

La tensión de revivir el catastrófico conflicto abrumaba a Wulflaf por el momento y se desmayaba insensible una vez más.

"¿Puede esto ser cierto?" Myldryde miraba a su esposo. "¿Todo perdido para el invasor?"

"¡Mujer! ¡No escuches los divagues de una mente febril! ¡Él sueña! Arwald, el luchador de osos nunca se rendirá a los violadores de nuestra isla, ¡nunca! ¡Tengo mejores cosas que hacer más que escuchar sus desvaríos!" Deorman se puso su capa y cerró la puerta de un golpe, determinado a poner manos a la obra. Su esposa frotaba la cara del guerrero con paño húmedo antes de salir para comenzar con sus tareas diarias ordeñando a la cabra.

En la tarde, Wulflaf recuperó su conciencia y cuando Myldryde estaba poniéndole vendajes frescos en sus heridas, él murmuró, "Buena esposa...¿qué haces...por qué...?

"Calla ahora, estás con amigos. ¿No recuerdas habernos hablado de la batalla?"

Sus ojos brillaron con un brillo anormal, "No recuerdo nada...pero debo irme con mis hombres para alcanzar la victoria...¡Alhmund! ¡Bothelm! ¡Reúnan a los otros!"

De nuevo, la fiebre en su mente superó su breve respiro y prevalecieron las alucinaciones, hasta que gritó, "La cota de malla con anillo cerrado...picado por la lanza...ya no para sostener una dura hija o un hacha para mantener..." Él gimió y sus ojos se pusieron en blanco cuando

Myldryde puso una manta sobre su cuerpo sin sentido.

Después de algún tiempo, su marido retornó con un faisán colgando flácido de su cinturón. Se dispuso a desplumar y destripar al ave antes de pasársela a ella. "Toma esto esposa y haz con él lo que quieras."

Lo deshuesó y se ocupó de preparar un caldo. Un momento después, ella acarició el cabello húmedo del guerrero. "¡Wulflaf! ¡Ora, despierta! Debes tomar alimento para ayudar a tu recuperación," dijo ella, manteniendo una taza en sus labios.

"Te agradezco, buena esposa. Tú y tu marido han salvado mi cuerpo, pero no mi espíritu. En la mañana, debo irme, mis parientes están en gran necesidad de protección."

Deorman, escuchando las intenciones del hombre, dio una risa amarga. "Tú no estás en condiciones de proteger a nadie. ¡Es aquí donde vas a quedarte hasta que retorne tu fuerza!"

Myldryde silenció las protestas del guerrero y se aseguró, sorbo a sorbo, que él tomara la taza de caldo. Las gotas de sudor en su frente y el rubor en su rostro indicaban que la fiebre quemaba dentro y las palabras del guerrero comenzaron a ser divagues una vez más, "...el Rey es separado de sus parientes...la hoja atraviesa su casa del alma...el dragón dorado barre todo antes...huye...y huye derribado por detrás...hacia el bosque...la solidez del bosque..."

Espantada, Myldryde limpiaba la frente del hombre herido. "Esposo, puede ser verdad, ¿Arwald ha sido asesinado?"

"¡Nunca!" gritó el guardabosque, "¡Esos son solo los balbuceos de la enfermedad! Recuerda está más allá de nosotros y como bien sabes, la fiebre empeora al final del día. En la mañana, fuera de la aldea. Buscaré matricaria de la vieja, Seledryth, seguro que tendrá hierbas como bálsamo para cuidar sus heridas. ¡Esposa, vámonos a la cama, porque hay otro hombre que necesita cuidados tiernos!"

En la mañana, encontraron al guerrero consciente pero inquieto y débil. Cuando ellos emergieron desde detrás del toldo, él uso toda su fuerza para saludarlos una vez más con la palabra, "¡Huir!" antes de cerrar sus ojos para respirar en jadeos superficiales.

"La fiebre lo ataca, esposa. Rompe tu ayuno y luego vete conmigo a despertar a Seledryth de su sueño inactivo.

Myldryde de nuevo mezcló leche y miel, llevándola sobre el hombre herido. Con inesperada fuerza, el guerrero la tomó por la muñeca. "Arwald es asesinado," siseó él, "¡huyan! Caedwalla no perdona a nadie." Le sacudió su brazo, su urgencia causó que el líquido se derramara sobre la colcha, antes de desplomarse hacia atrás fatigado por el esfuerzo.

La mujer le lanzó una mirada suplicante a su marido.

"No le hagas caso, porque no sabe lo que dice," dijo Deorman, "Apúrate, él necesita matricaria."

"Pe-pero el habló suficientemente claro..."

"¡Menos parloteo, esposa! ¡Aliméntalo con la leche y luego ponte en camino!"

Deorman cerró la puerta con un golpe detrás de él y comenzó a serruchar el tronco de un árbol, recogido el día anterior, destinado a una nueva pocilga.

"Buena mujer, escúchame bien," le dijo su paciente cuando terminó su bebida, su discurso lúcido, "Apresúrate, encuentra las palabras para hacer que tu hombre se vaya. ¡no es seguro aquí!" Él respiraba pesadamente, reuniendo sus fuerzas, y de nuevo el agarre feroz la hizo estremecerse, "Diríjanse al pantano y luego a la costa. Adviertan al pueblo de Cerdicsford que partan de la isla," gimió y soltó su agarre. Mientras ella se frotaba la muñeca, él se hundió hacia atrás y en una voz débil, agregó, "ellos tienen botes para llevarlos a ustedes hacia la tierra del Suth Seaxe.

¡Vayan, abandónenme!" Él cerró sus ojos y murmuró, "¡Tïw ayúdame! Estoy débil como un bebé."

Envolviendo un chal alrededor de sus hombros, Myldryde tomó una canasta de mimbre y, determinada a hablar con su marido, se aproximó a él en su caballo de sierra.

"¿Aún aquí, mujer?" dijo él, cesando su trabajo y secándose la frente con su antebrazo, "¿qué es esto?"

Su mujer apuntaba hacia atrás a la casa, "Wulflaf, me dijo que debemos dejarlo y apresurarnos al pantano de allí a Cerdicsford. Deberíamos salir de la isla, dice él..."

Deorman dio un paso amenazante hacia adelante. "¿Estás loca? ¡Dejar nuestro hogar y todo lo que tenemos, en el mundo por la palabra de un cobarde asolado por la fiebre!"

"¿Cobarde, Wulflaf?" Su boca se abrió.

"Ay, lo escuchaste, ¿no? Él huyó del campo de batalla, dejando a nuestro Rey solo para barrer a los invasores hacia el mar."

"¡Deorman! ¿Cómo puedes saber que el Rey Arwald ganó el día? ¡Wulflaf dijo que él fue asesinado!"

El leñador levantó su pulo y su esposa, temiendo su temperamento, se alejó apurada.

"¡Ay, lo haría, el cobarde!" él se burló de ella,

"Ahora consigue esas hierbas antes que sientas la palma de mi mano."

Resentida, temerosa y ansiosa, se internó en el bosque por un sendero entre arbustos y sicomoros. El rocío de la mañana a principios del verano dio un brillo fresco al follaje y hacia al aire pesado, resonante con el insistente martilleo de un pájaro carpintero. Una ardilla roja se disparó por un tronco y la miró con sus ojos de cuentas. Myldryde comenzó a calmarse y a disfrutar su caminata hasta que, de repente, un grillo voló en su cabello. Con un grito, ella lo sacudió y se estrelló contra los arbustos. Superada por un oscuro presentimiento, ella se quedó quieta por un momento. ¿De qué deseaba advertirle la cabeza de cono? Los hechiceros los mantenían en jaulas minúsculas para escuchar sus consejos, pero sin hacer caso ella había barrido al insecto. Se regañó a si misma por su tonta ansiedad de que, según insistía su buen sentido, no había nacido de un ser alado sino de las horribles heridas que ella había atendido. Aun así, las mariposas azules que revoloteaban y el musgo verde exuberante que brillaba a la luz del sol no lograron restaurar su calma.

Cerca de la aldea, donde la maleza estaba dividida por senderos distintivos de tejones, Myldryde se congeló. La llamada de alarma de un colirrojo, un abrupto silencio que siguió a un claro estruendo en el matorral, y jadeó tapándose la boca con una mano. Con el oído tenso, captó un resoplido o más bien un lloriqueo: el inconfundible lloriqueo de un niño.

Localizando el lamento, ella se abrió paso entre el matorral color avellana para encontrar la forma acobardada de una niña, con cada mejilla mugrienta blanqueada por un hilo de lágrimas. "Ven mi dulce, ¡no puedes quedarte aquí! No puedes deambular por el bosque. No quieres que los lobos te encuentren, ¿no? Ellos engullen a los pequeños, como tu..." extendió la mano, pero para su sorpresa, la niña se encogió más entre las hojas.

Myldryde se puso en cuclillas, su cara nivelada con la infante, "¿Dónde está tu madre? ¿Cuál es tu nombre?"

En terco silencio, la niña se acurrucó como un erizo a la defensiva. La mujer la alcanzó, pero la encontró rígida e inflexible. Intentando ser lo más gentil que pudo, arrastró a la joven fuera de los arbustos hasta el sendero del bosque.

La luz del sol que no penetraba entre los arbustos iluminó los rasgos de la niña abandonada. "Eres la hija de Nereida, ¿no?" le preguntó Myldryde en tono gentil. "¿Ella te regañó? ¿Es así? Bueno, ¡ahora ella estará preocupada, fuera de si por saber dónde estás!" Ella tiró de la delgada mano, pero la niña seguía clavada en sus talones, sacudió su cabeza y estalló en llanto.

La mujer puso abajo su canasta y abrazó a la infante con sus brazos. ¡Cómo pesaba para ser una criatura tan pequeña! Por otra parte, ella habría visto cinco veranos. La niña se acurrucó contra su pecho y Myldryde se maravilló de los latidos del pequeño corazón. La chica estaba aterrorizada. Con dificultad la mujer se inclinó doblando las rodillas para recuperar su canasta y con determinación se encaminó hacia el pueblo. Aun así, la niña no dijo ni una palabra, pero sus lágrimas empaparon el vestido de la mujer cuando se acercaban más.

Donde el sendero se abría a campos que se extendían antes del pueblo, la mujer redujo su velocidad hasta detenerse. Algo estaba mal. Ningún movimiento capturó su atención y un silencio inquietante se cernía sobre el asentamiento. Sin golpes del martillo del herrero, sin voces ni llantos de bebés. ¿Dónde estaba el sentido en esto? ¿Habían huido como Wulflaf les había urgido hacer a ella y a su hombre? ¿La familia de la niña la había perdido en la confusión? Caminó a lo largo de la zanja inclinada del campo de trigo, las orejas verdes oscilantes comenzaban a tornarse doradas y desde una distancia estudio la casa cercana. Como todas las otras no tenía humo elevándose desde el techo y no había sonido de animales, ni aun un ladrido de perro perturbó la quietud. Un detalle le llamó la atención y ella bajó a la niña al piso porque no debía llevarla más lejos si lo que sospechaba era cierto.

"Quédate aquí, dulzura, cuida de mi canasta mientras to veo que está haciendo tu madre."

Los ojos de la niña se llenaron de lágrimas y se aferró a la canasta como si fuera un escudo.

Acercándose a la vivienda, la suposición de Myldryde probó estar bien fundada. Lo que ella había visto desde lejos era de hecho, un pie con botas que sobresalía más allá del umbral. Empujando la puerta hacia atrás, ella gritó cuando dos horribles pájaros negros pasaron graznando junto a su cara. Las m oscas pesadas y somnolientas se levantaron y se asentaron de nuevo. El hedor de la muerte la asaltó y ella se cubrió la boca y la nariz con su chal. La sangre yacía en charcos pegajosa cerca de los tres cadáveres, el tercero de un niño. Asqueada, se tambaleó hacia el aire fresco y forzó un pie delante del otro para llevarla hacia las siguientes casas alejadas de los campos. No necesitó entrar en estas casas ya que los cuerpos yacían afuera, esparcidos en posiciones antinaturales, con enormes heridas, cabellos ensangrentados y el blanco del hueso expuesto. Rapaces carroñeras chillaron ante su aproximación, los cuervos graznaron y aletearon, las ratas se escurrieron y Myldryde colapsó sobre sus manos y rodillas, su garganta agitada. La visión de un cuerpo sin cabeza destruyó lo último de su resistencia. Mujeres y niños habían encontrado el destino de los hombres del pueblo o peor, a juzgar por la ropa arrancada de los cuerpos indecentes. Su espalda se agitó en sollozos silenciosos y sus primeras lágrimas cayeron al suelo. Con esfuerzo, se puso de pie. Pensando en la niña y en volver para advertir a Deorman, y contarle ella misma. No tenía sentido soportar la angustia al ver más atrocidades profundas en el pueblo. Ninguno se había salvado, Wulflaf dijo la verdad acerca del West Seaxe. Los pensamientos de la matricaria estaban distantes en su mente, la mujer levantó su vestido por encima de sus rodillas y corrió hacia la hija de Nereida: ¿Por qué milagro había sido salvada? ¡Pobre pulga! Ella debía haberse escondido en algún recoveco para evadir a los asaltantes antes de emerger para observar el horror infringido en su aldea. No le sorprendió que ella se reusara a hablar. “No debo mostrarle a ella mi angustia,” murmuró en voz alta y se apresuró hacia atrás al campo donde la niña, aun aferrada a la canasta, no se había movido.

Ella le ofreció su mano, "Ven, vamos a ir a mi casa donde estarás a salvo. ¿Tienes hambre?"

Al fin, ella ganó la reacción de unos ojos bien abiertos y un asentimiento de cabeza. La niña no hizo esfuerzos por devolverle la canasta, demasiado grande para su brazo, pero poniendo una mano en la de la mujer se dejó llevar a lo largo del sendero del bosque.

El sonido de la sierra desde su claro le llegó a Myldryde hasta el final de la pista. Un cálido sentimiento de cariño la bañó, Deorman, tan fuerte de brazos, era un hombre trabajador, de temperamento apresurado, pero en general un esposo amoroso. Caminando afuera de los árboles, ella estaba determinada a hacerle comprender, pero por el momento él estaba de espaldas concentrado en cortar. Mucho mejor, ella tomó ventaja de su cuidado por la niña, llevándola hacia la cabra, cambiando la canasta por un cubo de leche. La pequeña no escucharía las palabras que ella hablaría con su hombre.

"Tú sabes ordeñar ¿no?"

Entusiasta, la niña asintió.

"Frota tus manos para calentarlas primero, ¡Eso es!"

Myldryde se apresuró hacia su marido quien

frenaba su serruchado antes sus pasos, antes de parar.

Se enderezó, pero ante la expresión de su esposa ahogó sus palabras ante su palidez, su rostro tenso y angustiado.

"¡Asesinados!" dijo ella, "la aldea completa, bebés y todos." É miró más allá hacia la niña que ordeñaba a la cabra niñera y ella explico, "La más pequeña de Nereida...ella se escondió de ellos. La encontré en el bosque..."

Tenso, Deorman bajó su sierra. "Entonces es verdad, ¡Arwald está muerto!" Se quedó de pie por un momento, cabizbajo, inseguro de qué hacer, luego dijo, "Ven, recoge un bulto de ropa. No mucho, ¡debemos viajar ligeros! Llevaremos la cabra."

La niña caminó hacia ellos con paso estudiado, cargando el balde, manteniendo la manija en frente de ella agarrada con ambas manos, cuidando de no derramarla leche. Myldryde lo agarró, llevando a ella dentro de la casa donde ella llenó una taza de líquido caliente y se lo dio con un pastel de avena para su hambrienta ayudante.

Gruñendo, Wulflaf se puso en una posición sentado, pero Deorman interrumpió cuando sus labios se fruncieron para pronunciar '*huir*'.

"Ay, debemos huir y te llevaremos con nosotros, así que levántate y te ayudaré a ponerte tu cota de malla."

El guerrero negó con su cabeza. "Partan sin mí. ¡Vayan! Los retrasaré."

"Yo conozco el bosque como mi propia mano," dijo Deorman, "hay lugares que el West Seaxe jamás podrá encontrar."

Wulflaf, con dolor, sacó las piernas del jergón y se puso de pie inestable. Él alcanzó su túnica, "Ayúdame con esto, pero no la cota de malla...estoy demasiado débil para usarla." Deorman deslizó el vestido sobre el brazo inerte y sobre la cabeza del guerrero. Wulflaf no había tenido problema en ponerse su otra manga y bajar su ropa más allá de su cintura. La herida recién cosida se mostró en carne viva y salpicada de sangre a través del agujero en sus pantalones, lo que indicaba que progresaba lentamente. Determinado a no olvidar al campesino, el leñador le abrochó el cinturón y forcejeó para meter los pies del hombre en las botas, "¡Aquí! ¡Myldryde, dame una mano! Abróchale las correas, ¿quieres?"

Se arrodilló para hacer lo que él le pedía mientras todo el tiempo la niña aldeana miraba con los ojos bien abiertos mordisqueando como un tímido ratón su pastel.

Al fin, estaban listos para irse. La mujer tomó

su bulto y la mano de la niña, Wulflaf agarró su espada y Deorman ayudó con el peso del guerrero para conducirlo hacia la puerta. "Tendremos que dejar la cabra," dijo con un suspiro.

"No es así," dijo Myldryde, "la niña puede aferrarse a mi vestido, yo puedo manejar al animal y el paquete." Y ella comenzó a desatar la criatura de su poste.

Cuando ella hacía eso, una banda de hombres con cota de malla salió del bosque. Myldryde gritó, su primer pensamiento fue para la niña a quien arrastró hacia su marido. Dejando ir a Wulflaf, y reunió a su esposa y a la niña con él.

Una voz del oeste del país resonó con entusiasmo, "¡Nos topamos con un premio justo! ¡Una buena oveja para el cubrimiento!"

Deorman protegía a su esposa, pero mientras lo hacía una lanza se clavó en él y cayó en agonía al suelo. Myldryde gimió y tiró de su cabello. La avalancha de los guerreros del West Seaxe, decididos a apoderarse y profanar a la mujer, habían ignorado al Wihtwara golpeado, no viéndolo como una amenaza. Un violento corte hacia arriba de la espada del hombre herido y el cuello de la mujer derramó sangre, la luz de la vida en sus ojos se desvaneció cuando cayó al suelo. Que la había salvado del dolor, la vergüenza, la humillación y una muerte prolongada fue el último pensamiento de Wulflaf cuando el impacto de tres lanzas lo derribó y lo envió al Waelheal.

La pequeña niña, todavía aferraba su pastel de avena e inadvertida al principio, corrió hacia la casa, pero una jabalina la traspasó. La punta de la lanza se clavó en la pared del edificio e inmovilizó al cuerpo patético como una muestra grotesca entre los otros fetiches junto al poste de la puerta. Tal vez los hechizos sean efectivos contra los espíritus malignos... pero en vano contra los demonios terrestres.

16

CAEDWALLA

Wiht, Julio- Agosto AD (dos días después)

El día atravesado por la noche sangró carmesí a través del cielo: los cielos reflejan la sangre que se filtra en la tierra. Con la furia del derramamiento de sangre, Caedwalla se apoyó en su hacha y contempló la carnicería. Su pecho subía y bajaba y la parte superior de su brazo palpitaba donde una hoja le había cortado el músculo... un pequeño precio a pagar por tal victoria, supuso. Sus ojos recorrían los cadáveres amontonados buscando los cuerpos de los hermanos más jóvenes de Arwald y uno Wihtwara en particular, Ninguna señal de ellos, así que miró por la pendiente hacia el borde de los árboles y observó a sus hombres regresando hacia el dragón dorado que revoloteaba dominando la cima de la colina. Consideró acertada la decisión de sus ealdormen de no perseguir a los isleños derrotados en el bosque. Eufórico, el rey blandió su hacha de batalla en un aullido gutural de triunfo y convocó a sus asistentes.

"Hermanos, este día hemos recuperado la isla y enderezar el error infringido en Cenwalh por el perro Merciano, Wulfhere, cuando lloraba y era un bebé en brazos. Los hombres cantarán de este día cuando nos hayamos ido." Una gran aclamación saludó sus palabras. "Allá se encuentra la fortaleza de Wihtgarabyrg. En la mañana, lo tomaremos y mataremos a aquellos que se nos opongan. No perdonéis a ninguno, ni mujer ni niño. Tomen las posesiones que encuentren." Gritó con el acompañamiento de un profundo gruñido de satisfacción, pero no quemen las casas. Deben servir para nuestro pueblo cuando se establezcan en estas tierras fértiles." El Rey hizo una pausa y miró las caras expectantes hasta que encontró a Guthred. "Ealdorman," él ordenó, "¡reúna sus hombres! Al amanecer, los dividiremos en bandas para buscar y matar a los que huyeron del campo de batalla..." de nuevo hizo una pausa, "...y todos los demás habitantes de la isla que encuentren.

No se aventuren más allá del arroyo hacia el oeste recorran el resto de la isla. Recuerden, el bosque, la marisma y el brezal son enemigos más temibles que cualquier hombre. ¡Sean cautelosos!"

Los West Seaxe eligieron quemar sus muertos, dejando a los Wihtwara para carroña. Al caer la noche, los vencedores acamparon en el fondo del terraplén inclinado que circundaba Whitgarabyrig.

Al amanecer, después de un corto descanso, Caedwalla inspeccionó su herida. Removiendo La ropa manchada de sangre revelando porqué el dolor punzante empeoraba: rayas rojas irradiaban de corte hinchado y supurante.

"Está infectado, Lord..." dijo Guthred, quien había dormido en el suelo al lado de su rey, "... una hoja contaminada. Busca agua," ordenó.

Ellos embebieron la herida y la vendaron. "necesita el jugo fermentado de una manzana para limpiar el veneno..."

"Lo encontraremos en la fortaleza. Qué dices tú, Guthred, ¿brecha excavando o por fuego?"

"La empalizada es de roble y puede resistir a lo largo del día..."

"Bueno entonces, como topos..."

"A menos...!

"¿A menos?"

"A menos que los llamen para que abran las puertas a cambio de sus vidas..."

Caedwalla resopló y dobló sus brazos. "Mis órdenes son no perdonar a nadie. ¿Me crees voluble como una sirvienta? ¡Fuera! ¡Arrasen a través de la tierra!" él puso una mano sobre el hombro del ealdorman, "corta la plaga para que la planta pueda crecer en vigor y salud. Encuentra a los hermanos de Arwald y destrúyanlos. Regresen en diez días y nos encontrarán sentados en ese salón.

La mañana presenciaba la operación de minería interrumpida por un yunque lanzado desde arriba. Para la alegría de dos barbas grises que miraban sobre la empalizada, aplastó la cabeza de uno de los excavadores. Esto provocó el único daño serio que los defensores infringieron en aquellos abajo. El progreso de la excavación de los atacantes del West Seaxe consternó a los Wihtwara sitiados y mucho antes que el peligro de los pilares de roble derrumbándose, la puerta se abrió.

Caedwalla, arma en mano, lideró a sus hombres a través de la entrada y sin vacilación o misericordia se lanzó hacia el defensor tan tonto como para destrabar la barrera. La postura arrodillada del hombre, con la cabeza inclinada, servía para acelerar la decapitación. Las víctimas furiosas se lanzaban como sabuesos mostrando los dientes al cacique y a las burlas de los asaltantes, encontrando el mismo destino.

A esto, los pocos habitantes mal guiados, reunidos en la esperanza de rendirse en el camino dentro del pueblo, huyeron aterrorizados pero las lanzas se clavaron en sus espaldas, cortando en seco su vuelo.

Inexorablemente, los guerreros del West Seaxe se movieron de casa en casa asesinando hombres tanto viejos, como jóvenes y niños muy pequeños, para pelear en la batalla. Ellos asesinaron infantes y bebés, violaron mujeres y niñas antes de robar los objetos de valor que encontraban.

Caedwalla, Impasivo, despreciaba la masacre, considerando que tan débil resistencia estaba por debajo de su dignidad. Más bien, su preocupación residía en los golpes en su hombro. Dirigiéndose a la guarida de Arwald en el centro del asentamiento en busca del enjuague ácido para su herida, encontró a tres barbas grises armados que le impedían la entrada. Dos de ellos tenían el porte de antiguos guerreros preparados para pelear hasta la muerte. Demasiado experimentado para subestimar a un hombre debido a sus años, Caedwalla puso su guardia.

"¡Por Tiw!" gritó él, "nunca se es tan viejo

para perder las esperanzas de abrazar a las valquirias...”

Pero ellos cargaron como uno solo para cortar la burla de uno con su brazo del escudo colgando inútil a su lado. Un hombre más débil no hubiera podido empuñar una espada a dos manos en una sola, pero Caedwalla hizo ligera su discapacidad. El furioso arco de su hacha de batalla los mantuvo a raya, pero el que parecía menos guerrero de los tres imprudentes, se apresuró a asestar un golpe en el flanco indefenso del cacique. Un simple giro resultó suficiente para adversario no entrenado. El acero afilado de la cabeza del hacha se clavó en su brazo, la fuerza del golpe cortó el miembro por encima del codo. Caedwalla saltó a un lado para evitar una embestida, enterrando su hacha en la espina del su oponente desequilibrado. Sin tiempo para liberar el arma del cuerpo, ante el Wihtwara que se aproximaba, se apartó del borde afilado que apuntaba a su cuello. En un instante, agarró a su atacante por la cintura y usó toda su fuerza para dislocar la articulación del hombro del hombre más débil. Con una cruel culata de su yelmo en la cara, él observó al barba gris desplomarse sin sentido en el suelo. Lleno de respeto por el valiente enemigo pero vacío de misericordia, agarró la espada, corriéndola atravesó el corazón del hombre. Por un momento fugaz, se preguntó si había despachado al alma de su víctima al Salón de Woden o al Cielo del nuevo Dios. Sin embargo, el tema apremiante de su herida no lo inducía a reflexión, le urgía, instándolo a entrar al edificio.

En la cámara de Arwald, suyo por conquista ahora, encontró una jarra de barro de vino.

"Ah, esto es mejor que un jugo de manzana ácido," dijo en voz alta, "¡y sirve para doble propósito!" Levantó el recipiente mientras buscaba un paño limpio para usar como vendaje. Se secó la boca con su manga, murmurando, "¡No temas, amigo Arwald, tu reino y todas sus recompensas están en buenas manos! Pero el más bello de tus regalos me aguarda cruzando el mar... ¡ah, eso muerde!" Hizo una mueca cuando el líquido rojo cursó fuera de la herida y bajó por su brazo. Vendándolo, atándolo con los dientes, no pensó más en el corte y bebió otro vaso de vino antes de acostarse en la cama de Arwald y caer en un sueño, cansado por la batalla.

Un mensajero dudó en molestarlo... la herida no. En sueños, rodó sobre el costado y el agudo dolor lo despertó. Maldiciendo, sacudió la cabeza y se tambaleó en sus pies intentando encontrar agua para refrescar su cara. En el salón, el campesino que esperaba se levantó desde un banco diciendo, "Lord, cinco barcos zarparon de la isla..."

"¿Cuándo?"

"Cerca del horario en que entramos en el pueblo."

"Busca al Ealdorman Hwitred de una vez. Ah, y encuentra un herrero. Dile que traiga un martillo y un cincel."

Caedwalla enjuagó la fatiga de su rostro y reflexionó. Cinco barcos significaban al menos doscientos Wihtwara habían huido de la isla. ¿Qué posibilidades había que los hermanos de Arwald acecharan entre ellos? O, los hombres de Guthred podían haberlos cazado. Una discreta tos interrumpió sus pensamientos.

"Lord, ¿Usted envió por mí?"

"Amigo Hwitred, una vez más. Necesito tus habilidades marineras. Reúne una tripulación y apresúrense a Selsea para alertar a Bealdred en Kingsham... que los Wihtwara han desembarcado por ahí. Si los cachorros de la camada de Arwald han alcanzado las tierras del Suth Seaxe, búscalos. ¡Ellos no deben escapar!" El Rey cruzó mirada con su ealdorman. "Captúralos, ealdorman, encontrarás en mi a un lord agradecido."

El guerrero estaba a punto de retirarse, pero Caedwalla levantó una mano cuando apareció una figura corpulenta usando un delantal de cuero, vacilando en la entrada.

"¡Ven! Caedwalla condujo al herrero, "necesito de tu destreza." Se dirigió al ealdorman, "¡Espera aquí! Si les agrada a los dioses, tendré otra tarea para ti."

El Rey llevó al herrero detrás de una pesada cortina y dentro de un dormitorio donde junto a la cabecera de la cama había una caja fuerte con tablones de madera y bandas de hierro.

"No tenemos la llave. ¡Ponte a ello!"

El herrero sostuvo un martillo y un cincel templado, "tomará un momento, pero esto lo persuadirá, Lord."

Después de un constante golpeteo en un mismo lugar, la banda cedió, entonces repitió la operación del otro lado, el herrero al final forzó que se abriera la caja. Caedwalla, esparciendo moneda y joyas en la cama, recogió cinco piezas de plata y se las pasó al herrero.

"Por tus esfuerzos," dijo él, "y por reparar la caja fuerte. Pon una cerradura nueva y haz dos llaves."

Encantado con su recompensa, el artesano hizo una reverencia mientras su rey dirigía su atención a las joyas. Vaciló, estuvo tentado de elegir un colgante de oro y ámbar para Cynethryth, pero optó por un collar de oro con granates alternando con colgantes de cristal de roca.

"¡Por qué guardar tal artesanía en una caja de madera!" murmuró él, cambió su propio anillo por uno más pesado y mejor elaborado.

Empujando su camino más allá de la cortina polvorienta y hacia el pasillo, le entregó el anillo desechado a Hwitred. "Un regalo en amistad, y toma estas monedas. Úsalas para soltar lenguas... un hombre puede vender a su hermano por menos. ¡Encuentra el nido de víboras!"

El ealdorman deslizó la banda de oro en su dedo y lo admiró.

"¡Se hará, Lord!"

"Toma este collar para mi esposa. Dile que lo use para mi regreso."

Después de su paciente espera, el guerrero se apresuró a reunir una tripulación.

Durante los días siguientes, Caedwalla arregló el escondite de la isla entre sus asistentes sin tierras. Pero la herida persistente no se curó y hacia el final de la semana comenzó a quejarse de dolores en la espalda, brazos y piernas. Un estado febril lo confinaba a la cama por catorce días y noches. Guthred, con su misión asesina hasta el final, esperaba con preocupación e impaciencia que su lord se recuperara.

Al duodécimo día de su enfermedad, Caedwalla apartó la cortina y entró en el salón pálido pero libre de fiebre.

"Lord, ¡es bueno verlo de pie!" lo saludó Guthred.

El señor de la guerra tocó su brazo. "Esta herida, con su repugnante perdición, no me dejará ser."

Guthred sopesó sus palabras. "Debemos partir parea Selsea, mi Rey, entre los monjes hay uno experto en sanación..."

La profunda carcajada de Caedwalla tronó alrededor de las vigas. "Ay, ¡y una con habilidad en amar!"

Guthred sonrió. "¡Ambos tenemos una esperándonos!"

Como el tiempo parecía bueno, ellos estuvieron de acuerdo en partir la mañana siguiente y hacia la media tarde del día siguiente Caedwalla estaba sentado con el torso desnudo en la enfermería de la Abadía de Selsea.

La cabeza gris tonsurada del enfermero se inclinó sobre un cuenco suspendido sobre una vela donde el monje calentó y revolvió un ungüento por tercera vez. Al lado del trípode de madera yacía una cáscara de huevo descartada, usada para medir la cantidad de miel en la mezcla, y un plato de mantequilla limpia. La oración del hermano terminó, le siguió una oración para hacer eficaz el ungüento, pero los ojos del Rey se entrecerraron ante las palabras del enfermero dirigidas a su ayudante apático.

"Puede haber pocas dudas. Es un caso de veneno volador y como regla debo equilibrar los humores por sangrado. Ahora, Hermano, dime ¡por qué no sigo mis instintos!"

El aprendiz se sonrojó, luciendo incómodo, murmurando una respuesta incoherente.

Una irritación llegó a la voz del monje. "Por el amor del Cielo, ¿no has aprendido nada? ¡Mira afuera por la ventana!"

Apresurándose a mirar afuera, el joven dijo. "Veo al Hermano Medwin atendiendo el jardín de hierbas."

"¿Y qué plegaria tiene en común el Hermano Medwin y un paciente sangrando?"

El hosco alumno se encogió de hombros y exasperado, el monje perdió la paciencia.

"¡San Telémaco, dame paciencia! Pueda él, el patrón de los idiotas, te ayude a aprender. ¡Mira, el día es caluroso! No dejaremos la sangre en el calor: esto empeora la infección."

Su tono se volvió gentil cuando se volvió hacia el rey. "El joven sirve cuando no necesita usar su propia mente. El cumple mis instrucciones al pie de la letra," se permitió una fina sonrisa, "desde el arroyo, trajo raíces frescas del muelle de agua... las que flotan. Del jardín de hierbas reunió un manojo de manzanilla, uno de hojas anchas y uno de parietaria. Los llevó al altar donde los hermanos cantaron misa sobre el mosto antes que yo prepare el bálsamo..."

Poco interesado en el método, más en el padecimiento, interrumpió Caedwalla. "¡Déjelo al simplón! ¿Este veneno volador que usted dice...?"

"Ay, Lord, entró en la herida desde el aire y luego a la sangre. Derretí tres veces el bálsamo de mosto y recé sobre la llama."

"¿No es una hoja contaminada entonces?"

El monje se rascó la nuca. "El veneno volador y la hoja envenenada podrían tener efectos similares..."

"¿Me curará este bálsamo?"

"La manzanilla reduce la inflamación y el dolor; las hojas anchas pelean contra la inflamación y la parietaria trae sangre fresca al área de la herida. Todo se calma y mejora. Ahora, es tiempo de limpiar y tratar el foco de la infección. Pero al final, es la voluntad de Dios y solo podemos orar por su ayuda..."

Con la herida vendada, el cacique retornó a su esposa y la encontró cosiendo con Rowena. Ella miró hacia arriba y el amor y la preocupación en su rostro calentaron su corazón. El collar que le había enviado con Hwitred brillaba en su pecho e incrementaba su placer.

"Esposo, ¿pudo curarte el enfermero?"

Puso su mano sobre el vendaje y flexionó su brazo, "Es sólo un rasguño obstinado, pero el hermano dice que, si Dios así lo decide, sanará."

"Entonces deberé sumar mis plegarias..."

Caedwalla interrumpió, "¿Dónde está Guthred? Yo hablaría con él."

Miró de una mujer a la otra.

Rowena dijo, "Se fue a la herrería para tener el filo de su hacha de batalla listo."

"Me reuniré con él allí para atender mis propios asuntos."

Las dos mujeres observaron la robusta figura dejar la habitación y Cynethryth le susurró a su amiga. "La felicidad me eludirá hasta que el sur esté en paz, establecida y bajo su influencia."

El líder del West Seaxe tenía el mismo pensamiento en su mente cuando persuadió a su ealdorman fuera de la fragua y su preciosa hacha.

"¿Recuerdas, Guthred, cuando derrotamos a Aethelwalh en Kingsham y buscamos el cadáver del padre de mi esposa entre los cuerpos?"

"Ay, Lord"

"Y no lo encontramos."

"No lo hicimos."

"¿Cómo podíamos reconocer el cuerpo?"

"Por la espada y el yelmo llevando la imagen de un lobo."

Caedwalla levantó su brazo lastimado, haciendo muecas de incomodidad.

"El que dio este golpe usaba un yelmo con la imagen de un lobo alrededor del borde. No puedo hablar de la espada, tan entusiasmada por morder. Yo no lo vi en el remolino de la batalla."

"¿Tu supones que tu suegro peleaba bajo el yelmo?"

"Ay, el isleño lucho al lado de Arwald. Escucha, hermano, he pensado mucho en esto. Por amor a mi esposa, no puedo cazar al perro y asesinarlo, pero tú no tienes tales enlaces..."

"Lord, yo lo encontraré y terminaré con su miserable vida."

Una sonrisa sombría saludó estas palabras, "no espero menos, amigo. Ahora, pregúntate, ¿por qué un hombre famoso por su valentía huiría de la batalla? No uno, sino dos."

Guthred frunció el ceño, "No tiene sentido en sí, porque como el hombre se jacta y canta sus obras entonces mejora su fama con una muerte apropiada."

Caedwalla escupió como su removiera un mal sabor de su boca.

"Como un lobo solitario, él deambula. Él anhela unir el Suth Seaxe con Wiht y Kent."

"Todas son más razones para asesinarlo."

El caudillo atrajo a su amigo a un abrazo y le habló cerca, "Yo consentí salvar Cerdicsford y los valores alrededor del asentamiento. Ya que tu esposa y la mía son cercanas como hermanas, yo te nombro Lord de la tierra desde el océano hasta el gran estuario..."

Un grito cortó en seco estas palabras. "¡Por ahí...!"

El Rey liberó a Guthred y giró en redondo. Una pequeña banda de hombres liderada por Hwitred arrastraban dos cautivos, hombres jóvenes de porte noble, con cuerdas atadas a la cintura. Luchando por mantener el paso con ellos cojeaba una figura harapienta con largo cabello blanco y barba dispersa contrastando con la fina matriz del Obispo Wilfrith.

El Rey se volvió a su ealdorman, "¡Ve a la herrería, busca tu hacha! Pondré a prueba su agudeza en sus cuellos." Él caminó para ir al encuentro del grupo que venía, apuntando a los hombres atados, uno un hombre fornido de dieciocho y el otro más joven, oscuro y de contextura más delgada. "¡De rodillas!" rugió Caedwalla.

Wilfrith dio un paso al frente, su expresión arrogante familia hacia el Lord del West Seaxe. "¿Cuál es tu intención?"

"Me refiero a despegar sus cabezas," dijo

Caedwalla, "Tan pronto como Guthred venga con su hacha."

El obispo frunció sus labios. "Mira, aquí está un hombre santo, Cynebert, un santo en la Tierra," él estiró las manos hacia el compañero hecho jirones, "un ermitaño. Él buscó refugio en su celda cerca del Vado de Reeds no lejos del Gran Bosque Ytene pero tus hombres lo encontraron. En su angustia por la captura de los príncipes se ató a si mismo junto a los cautivos como una lapa a una roca..."

"Portador de la Cruz, déjame recordarte que tú me llevaste a invadir la isla. Vivos, son una amenaza para *nuestros* planes."

El prelado dio un paso adelante, el ceño fruncido aumentaba las profundas líneas de su rostro.

"Es asi. Yo no digo que los perdones, pero ya que tienes el favor de Dios y su apoyo, como hemos visto tu supremacía en el campo de batalla, no los envíes al Infierno. Si mueren como paganos, tu responderás por sus almas eternas al Señor."

"¿Qué? ¡He matado cientos de paganos en el campo de batalla de Wiht!"

Imperturbable, Wilfrith replicó, "Ah, *eso* es diferente. Tu noble propósito era llevar la Palabra a la isla y librarla de paganos. ¡Ciertamente una alta instancia moral! Mostrar moderación ahora te ganará el favor del Padre."

El Rey miró confuso a Guthred quien había llegado con su hacha de batalla y a pesar de las palabras del venerable prelado, tomó el arma.

"¡Quédate, escúchame!" imploró el obispo. "¡Por supuesto que ellos deben morir! Pero concédeme seis meses para conducirlos a Cristo. Este santo hombre accedió a instruirlos."

El asceta de dientes podridos asintió con su cabeza con vigor para mostrar su acuerdo.

"¡Están todos locos!" le dijo Caedwalla a Guthred por la esquina de su boca. "¡Ellos mueren!" le dijo a Wilfrith y, presumido vio la consternación aparecer en el rostro del prelado, "en cuatro lunas, ni un día más y la primera luna dentro de tres días," añadió con deleite. "Hwitred asegúrate que ellos terminen en una celda ajustada para este propósito y cuando lo hayas hecho, ven a mis habitaciones."

El anciano recluso siguió a los captores y, el Rey, entregando el hacha de batalla a su dueño, permaneció enfrentando al obispo.

"Hijo mío, cada día creces en sabiduría. Debemos comenzar a pensar en tu inducción a la Fe. Piensa en esto, el Señor Dios favorece al que no es suyo. ¡Qué bendiciones deberán acumularse cuando aprendas a adorarlo a Él!"

Wilfrith no esperó una respuesta, pero alejándose caminando llamó. "¡Ven a mi cuando el espíritu te mueva!"

Caedwalla volteó hacia su ealdorman. "Amigo, el portador de la cruz no admite la fuerza en batalla. Nuestro éxito, él cree que es la voluntad de Dios. Sin embargo, al final debo ir al sacerdote, porque una vez que hayamos asegurado el sur, mi realeza debe ser tan bendita como la de otros reyes. Por lo tanto, la inmersión debe ser hecha ante una multitud..."

Un jinete, interrumpió estas consideraciones, galopando hacia el patio de la abadía, removiendo el polvo de la tierra seca. Saltó de su caballo y se inclinó ante su rey.

"¡Lord, soy enviado por Bealdred! Le llegó la noticia que los Kentings liderados por Eadric se adelantaban. Siguen el Medweg para reunir hombres en Tunbrycg, se enteraron de que... er..."

"¡Habla hombre!"

El mensajero bajó su cabeza, su tono de disculpa.

"Perdóneme, Lord, se enteraron que el Wihtwara te hirió y dicen que estás caído. Creen que es propicio atacar."

El Rey se rió, con desprecio en su voz, "¿Hacen eso? Ellos comparten mi propio pensamiento en ese tema, amigo. Mira primero a tu caballo, cuando esté descansado te diriges a Bealdred. Lleva le mensaje que Caedwalla está bien y sigue de inmediato. Debe enviar un mensajero a Cenred en Witan-caestre para levantar y enviar hombres a Kingsham en la luna menguante para aplastar a los Kentings de una vez por todas. Dile que trabaje con los herreros por las puntas de las jabalinas, puntas de lanza y hachas arrojadizas.

El jinete repitió los tres ítems del mensaje antes de llevarse su caballo.

Dos días después, Caedwalla estaba parado en el salón de Kingsham, complacido por la actividad en las dos herrerías y más aún por el progreso de su herida. El enfermero en Selsea le había dado un ungüento antes de irse. Ahora mientras lo cubría con una tela, murmuró para sí mismo, "Estos hombres de Dios tiene muchas habilidades, por lo que espero que el Todopoderoso, como ellos lo llaman, nos sonreirá cuando nos encontremos con el enemigo."

No es que se entregara a la oración, sus murmullos eran dirigidos a la deidad más como una transmisión de un pensamiento: la destrucción de Cantwara aceleraría los planes de Wilfrith para unir al sur en una gran diócesis. La llegada de los hombres de Cenred para incrementar su número algún tiempo después levantó su estado de ánimo mientras conducía su ejército a la frontera dentro de las tierras de Kent.

En el mismo espíritu, una semana después, inspeccionó al enemigo formado debajo de ellos, buscando en vano cerca del estandarte del enemigo, un yelmo con un lobo corriendo. Le dijo a Guthred, "¿Ves al Wihtwara? Yo no."

El ealdorman entrecerró los ojos, "Tampoco yo, Lord."

El ejército del West Seaxe avanzó a una feroz batalla, con las armas levantadas, escudos para defenderse, y marcharon hacia el estandarte que giraba con su caballo blanco encabritado. Decididos, se acercaron más, desde el ealdorman hasta el campesino más bajo, intentaba dañar al enemigo. La pendiente a su favor, jabalinas, hachas arrojadizas y rocas descendían sobre el enemigo como un enjambre de avispones enojados.

En el choque de muros de escudos una lanza cortó los anillos enlazados de la cota de Guthred, empujó con su escudo de modo que el eje de la lanza se rompió y la punta se liberó al saltar hacia atrás. Enfurecido, Caedwalla, cerca de él, blandió su hacha de guerra al guerrero, un bretón vestido con la cota del West Seaxe, que había asestado el golpe, terminando con su vida en un instante. Al mismo tiempo, vislumbró la impresionante figura de su rival, Eadric. El formidable joven rey cortando escudos, golpeando yelmos y cortando extremidades expuestas.

Caedwalla rugió, más por frustración que agresión, con Guthred tambaleándose al su lado.

¿Cómo puedo alejarme de tu lado, amigo, cuando más me necesitas?

Él defendió otro golpe dirigido a su ealdorman y miró hacia el emblema rojo.

Está más lejos, ¡mis hombres están ganando en el Cantwara!

En la furia de la batalla, valientes enemigos los de Kent y sus camaradas del Suth Seaxe, pero en mayor número era de Caedwalla. Al final, el choque de metales, gritos y lamentos terminaron... los del West Seaxe aullaron en triunfo.

El Rey se apoyó en su hacha de batalla junto a su amigo caído. Guthred respiraba y seguro que no moriría, centró su atención en asuntos más urgentes.

"¡Cenred, Bealdred, Hwitred...! Gritó nombrando a los virreyes y el ealdorman. "¡Aquí!"

Tres figuras, lo suficientemente agrios como para asustar a Hel mismo, emergieron de las filas de las milicias recogiendo los cadáveres. Ellos saludaron a su Rey y entre ellos, sabiendo que el sur de la tierra estaba en sus manos y Kent yacía abierto al saqueo.

"¿Qué noticias hay de Eadric?" preguntó Caedwalla.

Bealdred de Sumerseate habló. "He luchado como un demonio, pero, gracias al Creador por estos días de trabajo, cuando la fuerza de nuestros golpes nos acercó, sus ealdormen y asistentes se reunieron alrededor..."

"¿Habéis visto a alguien con un lobo dorado en su yelmo?" lo cortó Caedwalla, su voz era tan filosa como una espada.

La confusión en la cara del virrey proporcionó la respuesta. Él negó con la cabeza y siguió, "...ellos le gritaron que huyera, pero el digno guerrero, severo y decidido, se negó."

"Entonces, ¡Eadric yace con su maldito estandarte en el fango!"

"No, Lord," interrumpió Hwitred. "Veinte hombres lo arrastraron contra su voluntad. Escupió y maldijo como un lince de este bosque," señaló cuesta abajo, "donde se lo llevaron a toda prisa."

"¡No nos eludirá! ¡No debe ser!" rugió Caedwalla. "Hwitred, quédate con Guthred quien yace herido. ¡Tomaré dos veintenas de hombres hacia el bosque, hagan que recojan tres jabalinas cada uno, cazaremos al perro hasta que yazca ensangrentado en el suelo!"

"Estoy contigo, Lord," exclamó Cenred.

"¡Yo también! agregó Bealdred.

No fue una tarea difícil seguir el rastro de los hombres que huían a través del bosque, su camino era delatado por las hojas raspadas, las huellas en el barro, las ramitas rotas o la corteza de un tronco caído arrancada por las botas. La persecución los llevo a un arroyo que bajaba hasta un desfiladero estrecho y empinado.

"Lord, no podemos ir adelante," dijo Cenred.

"Mira aquí, las piedras están raspadas y otras aplastadas contra el barro," un guerrero gritó, "Se dirigieron cuesta arriba por el desfiladero."

"Seguramente están buscando un lugar para cruzar," murmuró Caedwalla. "¡Este camino!"

Pronto, adelantándose a los otros, Bealdred levantó una mano.

Alguien pisó un trozo de roca y barro aquí," apuntó con un dedo, "se rompió bajo sus pies y se separó del suelo y luego ¡lanzó al perro por el desfiladero! Hay marcas en la costa donde cayó." Señaló ocho yardas más abajo. "¡Miren! Los arbustos interrumpieron su caída, miren cómo se doblan hacia el lecho del arroyo."

"Y aquí," dijo Cenred, "es donde luchó para

volver a subir. ¡Cuidado! ¡Las señales son frescas!"

Tan pronto como las palabras salieron de sus labios el enemigo se levantó de la tierra encima de ellos, presentando escudos y hachas de batalla o blandiendo espadas...no más corridas.

Un gruñido de satisfacción retumbó en la garganta de Caedwalla. "¡Los tenemos!" sintió el desafío bajo la placa frontal del yelmo... ¡Eadric de Kent!

El Rey del West Seaxe pasó junto a Bealdred, desenfundó su hacha y gritó órdenes a sus hombres. "¡Avances diez pasos y liberen las tres jabalinas!" Una sonrisa sombría acompañaba sus palabras sabiendo que su enemigo no tenía misiles para lanzar. Como un gato montés que acechaba a un roedor, Caedwalla se aproximó. Sobre su cabeza, arriba en el aire, el granizo cargado de muerte se arqueó hacia la cantera. El enemigo se puso en cuclillas, con los escudos sobre sus cabezas, para parar los dardos. Cuatro hombres, empalados no participarían más en la escaramuza. Al ver a los Cantwara levantándose, Caedwalla saltó hacia adelante con un áspero grito de batalla, acortando la distancia en unos pocos saltos.

Tres hombres se apresuraron a juntarse a él para proteger a su lord jurado, el destino bien consciente eligió este terreno para su perdición, pero estaba determinado a vender su vida a un gran costo. Parando un golpe a su izquierda, Caedwalla se dio vuelta, clavó su hacha profundamente en el escudo de tilo de un guerrero, arrancándolo roto del agarre del hombre. A su lado, la espada de Cenred atravesó la garganta de otro y el mayor número de los West Seaxe encerraron a los hombres de Kent en una herradura de muerte. En medio de ellos, Eadric pasó por encima de un defensor caído y, ágil y musculoso, mató a dos de sus enemigos antes de llegar cara a cara con Caedwalla, Cenred y Bealdred.

Por un breve momento, el joven rey, con el rostro oculto detrás del semblante metálico del yelmo, se detuvo y escudriñó a sus atacantes. Ninguno de los tres imaginaba miedo detrás de la máscara. Su respeto por un digno enemigo no involucraba misericordia. Vivo, Eadric probaba ser un riesgo para ellos y debía morir. Pocos permanecieron en la lucha y superados en número, llevaron la muerte en sus corazones. Los tres reyes cargaron, el mango del hacha de batalla de Caedwalla se encontró con el del Rey de Kent y el choque sacudió a ambos hombres, causando que se tambalearan. La espada de Cenred reboto en la manga corta de la cota de Eadric mientras se tambaleaba hacia atrás. Lo apresuraron y una vez más él bloqueó el arco letal del hacha de batalla, pero dejando expuesto su costado. Rápido como una víbora sobre su presa, Bealdred clavó la punta de su espada a través de la malla anillada y, dolorido y afligido, Eadric se tambaleó. Listo para esto, Caedwalla blandió su hacha en un golpe de fuerza salvaje, cortando el brazo del hacha por el codo. La espada de Cenred cortó el aullido de dolor pasando por la garganta del joven rey cuyo cuerpo cayó a sus pies.

En el inquietante silencio del cese de la batalla, los del West Seaxe se reunieron alrededor de su Rey, quien dejó su hacha y se inclinó para desatar el yelmo de su enemigo. La agonía de la muerte había distorsionado su bello rostro.

"Un final digno," dijo Caedwalla entre dientes, "preparen una litera para que sea honrado en la muerte como en la vida." Arrojó el yelmo a un lado, donde rodó en la hierba antes de deslizarse por el borde del desfiladero para caer entre la maleza. Este no era el protector de cabeza que le preocupaba al Rey: pensaba en encontrar uno con un lobo grabado alrededor del borde y en que su portador yaciera muerto a sus pies como el Rey Eadric de Kent.

17

AELFHERE

Tomwordig, Julio- Agosto 687 AD

"¿Por qué deberíamos prestar atención a las palabras de un niño rey? ¿Uno lo suficientemente imprudente como para enviar como portavoz a un Wihtwara?"

Aethelred de Mercia permitió que el desprecio en esta última palabra perdurara mientras sonreía a sus consejeros y nobles.

"¿No fue Arwald asesinado y no fueron asesinados los isleños por el West Seaxe?"

El tono burlón del Rey irritó a Aelfhere, pero fue lo suficientemente sabio para esconder sus sentimientos.

"Lord, de hecho, soy un Wihtwara y he luchado en muchas batallas. Mi hija está prometida a Eadric de Kent y..."

"...casada con Caedwalla..." corrigió el gobernador de Mercia, para el asombro de aquellos que pudieran escuchar.

El ealdorman de Cerdicsford hervía por dentro pero no reaccionó a la risa.

"Lord, el mismo usurpador está enfermo, yace con fiebre en la Abadía de Selsea, enfermo de una herida infringida por mi propia hoja. Con Caedwalla a la cabeza, el West Seaxe es una fuerza a tener en cuenta... sin él es otra cosa. Los hombres de Mercia deben unirse con el Cantwara, el sur de las tierras debe ser salvado de los invasores:"

El sutil cambio de un aire de valoración no escapó a Aelfhere y el gobernante alto y de mejillas hundidas se acarició la barba, su tono se volvió más severo. "Estos son asuntos serios para discutir entre nosotros." Volviéndose hacia un hombre más joven a su lado, dijo, "Alhfrith, mira que nuestro invitado se encuentre cómodo, luego regrese rápido necesitamos su consejo." Llamando a Aelfhere, le dijo, menos en tono de pregunta y más como una orden desdeñosa, "Wihtwara, compartirás nuestra comida esta noche."

Ewald, quien con su ealdorman había hecho

el viaje de diez días a donde el río Tame se encuentra con el Anker, se unieron a ellos afuera. Él llegó a tiempo para escuchar, "No te preocupes amigo, soy el cuñado del Rey, y lo conozco bien. Para medir a un hombre, pone a prueba la paciencia hasta el límite." La sonrisa agradable y la entonación de Northumbria del noble alivió el rencor de Aelfhere. "El considerará tu petición. Ven," él lo condujo dentro de su propia casa, chasqueando los dedos apareció una criada. "Mira que nuestros amigos tengan comida y descanso. Hasta la tarde," dijo con una sonrisa cautivadora.

Una vez a solas, Ewald preguntó en vos baja, "¿Cómo es este Aethelred?"

"¿El hijo de Penda? Un hombre de más de cuarenta años. No me gusta. Aunque los hombres dicen que es más famoso por su piedad que sus habilidades en la guerra, recuerda que él desbastó Hrofescaester en el primer año de reinado. Con el ceño fruncido agregó, "Después derrotó a Ecgfrith en el Trent. Si tiene la mente para hacerlo, puede levantar un ejército poderoso."

"¿Qué te preocupa, Lord?"

"Eadric. Él joven y cabeza dura. La misión a la que nos envió está bien juzgada, pero cuando le supliqué que no hiciera ningún movimiento hasta nuestro regreso, no confié en la cautela en sus ojos. No se comprometió a hacerlo y dudo de su firmeza."

"Pero debe temer la fuerza del West Seaxe. El sentido común lo hará esperar para unir su fuerza con el poder de los mercianos."

"Ay, *tu* sentido, amigo Ewald, pero ¿Eadric frenará su osadía?"

Cada uno sumido en sus pensamientos, ellos comieron y bebieron en silencio. El cansancio del largo viaje les llegó y cayeron dormidos hasta que Alhfrith los levantó para la cena.

El sofocante aire de verano caía pesado alrededor de las paredes en forma de arco del salón. Los postigos de las tres ventanas que daban su enfoque se abrieron hacia atrás para combatir el humo de la hoguera central. A lo largo de la pared, sobre un escalón estaban alineados Aethelred, sus asistentes, ealdormen y lords en sus altos asientos mientras en el otro lado tenían bancos para sus esclavos. Los hombres más jóvenes se sentaron al otro lado del fuego abierto frente a ellos, sumando a ello el estruendo de la risa animada mientras pasaban la cerveza.

El Rey, notó a los recién llegados entrando al salón, hizo una seña a su cuñado y señaló los lugares vacíos cerca de él. Llegaron tres vasos llenos de espuma y Aethelred levantó su cuerno de uro a modo de saludo. Un bardo tocó una melodía en su lira, pero Aelfhere tuvo dificultad para comprendes el idioma en que cantaba, no ayudando el estruendo de voces que ahogaban la canción. Desde la cocina cercana venían mujeres sirviendo bandejas de rosbif, cerdo, venado y aves de corral. Pequeñas cestas de mimbre contenían trozos de anguila picada y cuencos de madera, chirivías, repollos, cebollas, frijoles, cebada y guisantes aromatizados con menta. Los dos Wihtwara alcanzaron el pan de centeno y disfrutaron de su primera comida sólida en varios días.

La bebida fluía, pero Aelfhere y Ewald se habían determinado a mantener la cabeza despejada y evitar cualquier temeridad, bebiendo sólo cuando el Rey o alguno de sus asistentes levantaba un cuerno en señal de amistad.

Aethelred se lamió los dedos y dijo, "Más temprano nos dijiste que Caedwalla está enfermo en Selsea."

Aelfhere dejó su comida. "Es así, Lord."

"Yo tengo un amigo en la abadía," dijo el Rey, con tono casual, pero el Wihtwara sospechaba que detrás de la simple declaración había un propósito, obligándolo a mostrar interés.

"Lo visité allí, Lord, no han pasado muchas lunas."

El Rey miró al ealdorman y esperó, deleitándose en el efecto desalentador de su poder.

Por su parte, Aelfhere, conociendo que el Rey de Mercia era un cristiano piadoso, esperaba evadir el asunto de creencias. Se conformó con una respuesta neutral.

"El Abad Eappa es un buen hombre."

"Pero no es *mi* amigo," dijo Aethelred, levantando su recipiente espumoso hacia el isleño forzándolo a beber. Con la mente en carrera, Aelfhere optó por una broma. Con una risa discreta, dijo, "¿Caedwalla, entonces?"

El Rey rugió su apreciación de la agudeza y aquellos sentados alrededor de su Rey, la mayoría de ellos inconscientes del intercambio, soltaron una risa congraciadora al unísono.

Cuando la alegría disminuyó, el Lord de los mercianos dijo, "Hablo del obispo. Después del encarcelamiento de Wilfrith por Ecgfrith y su exilio de Northumbria, se quedó hay bajo mi protección. Nosotros lo enviamos a convertir el Suth Seaxe." El Rey sonrió al Wihtwara pidió más cerveza lo que obligo a Aelfhere a beber de nuevo. El ealdorman se preguntaba a dónde llevaba esto, pero Aethelred continuó, "Mis informantes me dijeron que Wilfrith es cercano a Caedwalla, entonces, ¿por qué, isleño, deberíamos pelear con un amigo de un amigo?"

"El Rey del South Seaxe también fue patrón del Obispo Wilfrith," replicó él, sin vacilación, mirando a los ojos entrecerrados del Rey, “El mismo Aethelwalh quien sirvió como virrey para ti, Lord. Caedwalla lo asesinó y se apoderó de su trono. ¿Puede ser que Wilfrith no sea aliado del usurpador, sino que esté forzado a caminar con paso delicado?”

Aelfhere anhelaba agregar algo a esto, pero esperó, no deseando mostrar una falta de respeto.

“El señor de la guerra del West Seaxe es un pagano lo que lo convierte en un extraño camarada del sacerdote,” concedió el Rey. Con voz firme agregó, “Los isleños son paganos también.”

Él miró al ealdorman, quien aprovechó el momento para no perderlo todo, “Es verdad, Lord, pero el Rey Wulfhere se hizo amigo de Wilfrith y él, tu hermano, le dio la isla a Aethelwalh. A su vez, el obispo apoyó a Eadric como Rey de Kent contra su tío. Ahora es el tiempo de atacar al otro usurpador, Caedwalla, antes que el West Seaxe venga a amenazar las fronteras de Mercia.”

El efecto de las palabras del ealdorman en el Rey mostraron por un momento un ceño pensativo.

“¡Suficiente de asuntos importantes! Bebamos,” dijo el Lord de los mercianos ofreciendo un brindis por sus visitantes, “Y escuchen la música dulce.” Le hizo señas al arpista para que se acercara, "Ven, canta para nosotros de *Widsith, el Viajero Lejano,*" y aplaudió con sus manos por silencio, gritando, "¡traigan frutas y nueces!" A Aelfhere le dijo "Te daremos nuestra decisión luego de una debida deliberación y consideración."

Para Aelfhere, el tiempo se arrastraba como una sombra alargada.

"Nos hemos quedado cinco días aquí," dijo Aelfhere, con tono amargado, "Todavía no hay mensajes de Aethelred. ¡Eadric es un joven impaciente, imagina como es el campeón en la mordida!"

"¿Qué haremos, Lord?"

"Es poco lo que podemos hacer. Busquemos a Alhfrith, está bien dispuesto hacia nosotros y está bien ubicado para hablar con el Rey."

Ellos encontraron al nortumbriano en la compañía de dos asistentes y, rogando su permiso, Aelfhere lo llevó a un lado para confiarle sus preocupaciones. El noble suspiró. "El Rey no revelará sus preocupaciones a un extraño. Dios sabe que se movería contra Caedwalla en la mañana por la matanza de los sus virreyes inferiores, como lo hace la traición del Meonwara. Yo lo he escuchado decir que ellos *'se quitaron el manto Merciano a cambio del yugo del West Seaxe'*...pero no es fácil." Él frunció el ceño y dijo, "El problema de mantener a nuestros vecinos, los Hwiccas, estables, le preocupa. Su Rey, Oshere, murió dos años atrás y sus tres hijos pelearon para tomar el trono mientras cruzando el Severn, Mercia está en disputa con Powys sobre Pengwern y esto es hablar de guerra." Alhfrith levantó sus manos en señal de resignación. "Cuando juzgo que es correcto cobrar impuestos puedo obtener una respuesta, pero me temo que podría no ser la respuesta que esperas."

El ealdorman se encogió de hombros. "Un camino o el otro, debemos saber, porque Eadric espera nuestro retorno."

A pesar de las garantías de Alhfrith, el día llegó y se fue, pero a mañana siguiente un mensajero llegó a caballo a la corte de Aethelred. Esto, una ocurrencia regular, no despertó su interés hasta que un campesino se apresuró que el Rey requería la presencia de Aelfhere.

El salón, sus columnas talladas pintadas de colores alegres, contrastaban con la expresión sombría del rostro del Lord de Mercia lo que no presagiaba nada bueno.

"Wihtwara," dijo él, su voz no era cruel, "tenemos noticias de Tunbrycg en Kent. Los Cantwara fueron derrotados y Eadric está muerto por la mano de Caedwalla. Entonces los del West Seaxe han ganado el dominio del South."

Aelfhere jadeó consternado, por un momento el piso pareció moverse bajo sus pies.

'¡Eadric muerto!¡Todas las esperanzas se han ido!'

El pensamiento, insistente, lo dejó tambaleándose incapaz de captare las palabras de Aethelred.

"La herida de Caedwalla no fue tan grave si pudo liderar su ejército a una victoria aplastante y a destruir a Eadric con la fuerza de sus recursos."

El Rey escudriñaba al ealdorman, cuya palidez y semblante caído lo indujeron a continuar.

"Las ganancias del West Seaxe no nos complacen, pero amigo, con problemas en nuestras fronteras no es tiempo para encontrar conflictos. Nuestros asuntos cambian con la matanza de los Cantwara pero tú puedes quedarte tanto como quieras.

Aelfhere asintió y se inclinó, "Lord, su amabilidad es tan grande como su nombre, pero debo partir. Mi misión ha terminado y mi rencor personal; entonces permanecer en Mercia no tiene sentido, aunque pensarlo sea grato, le agradezco por escucharme y que Dios le conceda salud y larga vida." Pero el discurso del ealdorman disfrazaba su paganismo.

El Rey Aethelred inclinó su cabeza en reconocimiento y aplaudió. Un sirviente entró. "Escolte a nuestro amigo a la cocina y asegúrese que tenga todo lo necesario para su viaje. Llévalo a él y a su siervo a los establos. Mi regalo es un par de ponis para hacer más fácil sus viajes."

Intercambiaron cortesías, provisiones y monturas consignadas, Aelfhere y Ewald dejaron la corte de Tomwordig, tristes y desconcertados por su destino.

En su campamento nocturno, se esforzaron por llegar a un acuerdo con su situación.

"Todo en lo que creo y por lo que luché fue en vano," dijo Aelfhere. "Caedwalla prospera, Cynethryth me traiciona, a su propio padre, ahora ella es la Lady del todo el sur. ¡Soy inútil y débil! Mi tierra y mi casa tomados por los invasores, el Rey y los amigos están muertos," suspiró, mirando fijamente a las brasas de su fuego, "¿Que4 hay para vivir, excepto la venganza?"

"¡Lord, no es demasiado tarde! Debería hacer las paces con su hija y..."

"¡Nunca! La mataré a ella y a su despreciable esposo..."

"¡Pero ella es su carne! ¡Tú mismo ser! Sin una esposa la criaste..."

"¡Y un pobre esfuerzo hice con eso!"

"¡No es cierto, Lord! ¡Piense en esto! ¿No leyó e sacerdote de Ingui la runa que lanzó? ¿Cuáles fueron sus declaraciones? '*No debes dejarte guiar por la venganza sino todo lo opuesto, por el amor para vencer.* '"

"¡Sacerdotes! ¿Qué hicieron ellos por mí? Ewald, debo encontrar un camino. Con mis manos desnudas, ahogaré la vida de la serpiente, Cynethryth, y esta hoja, habiendo bebido, tienen sed de beber hasta saciarse de la sangre del usurpador."

18

CYNETHRYTH, CAEDWALLA Y WILFRITH

Kingsham, Agosto 687- Noviembre 688 AD

Rowena vaciló en el umbral, insegura entre ofrecer consuelo o dejar a Cynethryth sola en su angustia. La compasión por la figura acurrucada en su jergón, con los hombros agitados, la llevó a cruzar la habitación hasta el extremo de la cama, para acariciar el cabello rojo dorado, "¡Shhh! Dulce dama, derramar lágrimas no curará a tu marido."

El llanto cesó y ella se volvió con los ojos enrojecidos, las mejillas tensas y húmedas, con una expresión tan angustiada que Rowena la abrazó y la acunó como si fuera un niño.

"¡Silencio, silencio! ¡Todo estará bien!"

Cynethryth, como siempre, delicada en sus movimientos, se separó del abrazo consolador y se enderezó.

"Es cruel," se secó un ojo con la manda, "la herida cerrada, parece curada y cuatro lunas han pasado sin fiebre, solo para retornar."

"No te angusties, ángel mío, Caedwalla está en buenas manos, ¿No vino el enfermero desde Selsea? ¿Qué dijo él?"

"Él habla de *fiebre voladora* y sangría, pero mi esposo lo contradice y no quiere desangrarse."

"¿Cómo hacer?" los ojos verde salvia transmitían tierna preocupación.

"Él insiste que una hoja envenenada lo cortó y que su cuerpo debe combatir el veneno en batalla. Oh, Rowena, ¡temo que es una pelea que perderá!" Ella tomó a su amiga de la mano. "Él está fatigado y se queja de dolor de cabeza y de espalda. Tampoco comerá, Si tiene razón, ¿cómo podrá su cuerpo superar la ruina si carece de nutrientes?"

Rowena apretó la mano, "¿No le da sustento el hermano sanador?"

"Ay, vomitivos y pociones, pero mi lord no tiene apetito. ¡Catorce noches que miente así, y yo temo que muera! ¿Por qué debe suceder así? Justo cuando tengo la enfermedad cada mañana."

Los ojos de Rowena se abrieron ampliamente. "¿Estás embarazada?"

Cynethryth sonrió a través de las lágrimas y asintió.

Su compañera la abrazó nuevamente, manteniéndola con fuerza y murmurándole palabras tranquilizadoras, pero en su corazón también compartía la consternación de su amiga.

Para su sorpresa y deleite, Caedwalla se levantó de su cama después de siete días y para alivio de su esposa, su apetito retornó con deseo por la carne roja y el vino. Después de un tiempo, recuperó su fuerza, se dedicó a cualquier oponente dispuesto a intercambiar golpes con espadas de madera. Cortó troncos, arrojó lanzas y corrió con sus camaradas, no satisfecho hasta que ganó cada carrera. Guthred organizó una fiesta para celebrar la recuperación de la salud de su lord.

En la mesa esa noche, Cenred sacó a relucir el asunto de los dos príncipes.

"Mientras tu yacías enfermo, Lord, la luna brilló llena, la cuarta desde que tomamos a los hermanos del rey Wihtwara."

Un silencio repentino cayó sobre el salón, cada uno deseando escuchar el destino que le esperaba a los nobles cautivos. Dejando su cuerno para beber, con cuidado, Caedwalla frunció el ceño y declaró, "En la mañana partiremos hacia Selsea para enviar a los últimos de la prole de Arwald."

Estas palabras trajeron vítores entusiastas y copas golpeadas sobre la mesa. Los guerreros del West Seaxe no esperaban misericordia para sus enemigos y no la albergaban para ninguno de sus cautivos. Ellos no pretendían menos de su lord elegido.

La clavija del reloj de sol de la iglesia de la abadía marcaba una pequeña sombra en a la hora del Ángelus cuando Caedwalla estaba de pie delante de un Wihtwara arrodillado.

El Obispo Wilfrith, con una pequeña botella en una mano, señalaba a los prisioneros con la otra mano y le decía al Rey del West Seaxe, "Su preparación está completa. Ellos han rezado y ayunado," él levantó su vaso de vidrio, "ellos están bautizados, los pecados redimidos, para ser contados entre los fieles. El rito de unción permanece para la admisión en el paraíso."

Caedwalla no dejó de notar la serena aceptación, la falta de miedo y la luz de alegría espiritual en los ojos de los príncipes y se maravilló con esto. Se maravilló no menos, con la devoción del escuálido, y encorvado ermitaño que, con las manos apretadas contra el pecho, movía su boca en una plegaria silenciosa.

Wilfrith dio un paso adelante, tomando sales exorcizantes de dentro de su túnica y poniéndola en las bocas de los hermanos reales. Señalando con la cruz, vertió aceite de la botella en su mano, tocando con él en sus oídos, ojos, fosas nasales, labios, manos e ingle.

"A través de esta unción y Su más tierna misericordia pueda el Seños perdonarles cualquier pecado o falta que ustedes hayan cometido por escuchar, ver, oler, gustar, tocar o deleite carnal."

Imperturbable el obispo volteó hacia el Rey, "Procede como creas conveniente, sus almas están listas para volar al seno de Cristo."

Con un gesto de su mano, Caedwalla convocó a un espectador. "Desenrolla su cabello" Él observaba inmóvil mientras el hombre completaba la tarea. "Entrelaza el mimbre en su cabello y mantenlo ajustado," él miraba al cautivo más joven.

El príncipe miró hacia arriba y sonrió., "Esto no es necesario, Lord. No me acobardaré si golpeas de verdad."

La multitud de guerreros que miraban se puso inquieta, murmurando, porque habían esperado el deporte de los gritos y lamentos, no el puro coraje de un joven noble.

"Tú mueres como un rey debería" le dijo

Caedwalla con admiración, levantando su hacha y midiendo la distancia.

"Bendito seas, Lord, por liberar mi alma" el niño pronunció sus últimas palabras.

El arma se balanceó y la cabeza cayó a dos pasos del cuerpo, el único ruido sordo que rompió el silencio expectante.

"Sea rápido, Lord. Tiene mi perdón," dijo el hermano mayor, sin un temblor.

Enojado y preocupado, Caedwalla golpeó con igual rapidez, entonces girando hacia el obispo que rezaba, interrumpiendo su invocación, "Padre," el título sonó extraño en su lengua, "debemos hablar." Él tomó el brazo del prelado, sin respeto, llevándolo a las habitaciones del obispo a la vista de los hoscos espectadores, su entretenimiento frustrado no así su sed de sangre.

Dentro de la cámara, él preguntó, "¿Qué le enseñaste a los cautivos que enfrentaron la muerte con tanta calma?"

Wilfrith sonrió, mirando hacia la Cruz colgada a la pared. "Su final llego misericordioso, rápido e involuntario. Él dio su vida por nosotros para que podamos acceder al paraíso, como enseñamos a los príncipes... ellos murieron contentos de vivir en esplendor para toda la eternidad. Es el regalo de la Fe."

Caedwalla miraba a la Cruz, después de un largo silencio en el cual, con creciente interés, el prelado observaba las emociones cambiantes en la cara del rey. "Este regalo que tú hablas de... ¡puede ser mío! Debes enseñarme lo que le enseñaste a mis enemigos."

"Cuando nos conocimos, cada uno en el exilio, en el bosque de Andredes, tú me llamaste '*padre santo*' y juraste que serías un hijo obediente. Yo te prometo ser un padre fiel en la enseñanza y en la ayuda."

El obispo estudiaba al señor de la guerra, el rostro se alargaba adquiriendo una severidad grabada. "Dios fue nuestro testigo, pero, Caedwalla, ¿no lo hemos decepcionado los dos?"

"¿No le di a tu Iglesia un cuarto de Wiht como prometí en mi juramento? A cambio, ofréceme su consuelo."

El prelado sacudió su cabeza, "El Todopoderoso te favorece porque tú eres un instrumento para destruir a los paganos. Aunque es tu alma lo que Él aprecia. Él es un Padre demandante y Su espíritu ha entrado en tu pecho para que ahora, Él te convoque y tú debes convertirte en un catecúmeno y yo en tu catequista."

"Portador de la cruz, ¡habla con palabras que yo comprenda!"

Wilfrith se rió. "Tú necesitas preparación

mental y moral y yo seré tu guía. Tú debes quedarte en Selsea para aprender día a día."

"¡Imposible!" rugió Caedwalla, "¡parto para destruir a los Kentings de una vez por todas!"

Wilfrith chasqueó su lengua. ¿Qué pasó con el *'hijo obediente'*? Envía a tus asistentes en tu lugar para arrasar Kent. Los Cantwara están débiles en defensa y no son rivales para el ejército del West Seaxe. Ofrécele a tu ealdorman que tome las riquezas que pueda y dedícale una porción a la Iglesia de Dios."

El Rey caminaba por la cámara como una bestia enjaulada. Al final, se detuvo y declaró, "Muy bien, enviaré a mis hombres a Kent y ordenaré que unos décimos de nuestras ganancias sean entregados a ti."

"El Todopoderoso te elevará sobre todos los otros, hijo mío."

La mañana siguiente, parado cerca de su esposa, Caedwalla supervisaba la partida de sus hombres.

"Yo debería ir a la cabeza," murmuró entre los dientes apretados, "pero es tiempo de aceptar la religión."

Cynethryth, exuberante con alegría, tomó su esposo de la mano.

"Verás como el Espíritu Santo, una vez que haya entrado en tu corazón, cambia hasta la forma en la que ves a un pájaro," entusiasmada. Ella desvió su atención a un tordo aleteando en la parte superior de la cruz silbando su canción.

Igualmente, ella anhelaba verter sus sentimientos, para hablar de su alegría que él estuviera a salvo en la abadía con ella, por una vez ni un día arrebatado entre campañas. Ellos debían trabajar juntos y en el futuro cuando Dios eligiera llevarlos a su seno, ellos podrían compartir en Su amor sin límites. Nada de esto le había revelado ella, juzgando su humor poco receptivo mientras él estaba con los ojos entrecerrados mirando a sus hombres en la distancia. Poco pensaba ella en el momento que estaría contento de que fuera *su* fe, no la de él, lo pondría a prueba en lo meses por venir.

Por el momento, su vida estaba llena de emociones contrastantes. Mientras ella disfrutaba la felicidad de la vida matrimonial, en un momento, ella pensaba con dolor en su padre cuyo amor ella había perdido y preguntándose qué destino había caído sobre él. Rezaba por su bienestar elevado y se consolaba y calmaba su culpa porque sabía que en realidad lo había traicionado. Por el contrario, su amistad floreciente con Rowena y sus paseos diarios fuera de las tierras de la abadía en medio de la belleza del campo hacían que su corazón cantara. Le encantaba cuando Caedwalla compartía sus nuevos conocimientos en discusión y para aprender del fino intelecto de su marido.

Como un catecúmeno, el sacerdote le permitía atender a la primera parte de la Misa hasta el final del sermón, pero entonces lo despedía. Distinto que su lady esposa, Caedwalla aún no era considerado uno de los creyentes. La paciencia de Cynethryth, ella sabía, debía ser recompensada con su bautismo. Mientras tanto, ella se maravillaba de las manadas de animales arribando a la abadía, enviados por el pillaje del West Seaxe. A ella le preocupaba que el pueblo de Selsea pudiera prosperar en el próximo invierno mientras aquellos en Kent les fuera difícil sobrevivir a la depredación. ¿No eran cristianos los Cantwara también? Por qué, se preguntaba ella, Dios no intervenía para finalizar estos tormentos.

Cuando ella perseguía al Obispo Wilfrith, él replicaba, "Sin pecado, sufrimiento o demonio en el mundo, Jesús no habría sido clavado en la Cruz. Entonces, el sufrimiento en el mundo es necesario para alcanzar la Cruz, que en su momento nos revela lo grande y asombroso que es el amor de Dios."

En l anoche, Cynethryth dio vueltas a esas palabras mientras yacía sin dormir. Sin embargo, no ahuyentaron sus imaginaciones de bebés hambrientos y madres con los pechos secos de leche.

Pero el gran examen de su fe novata vino en los días anteriores de la Mis de Cristo, cuando Caedwalla cayó enfermo por tercera vez, no mucho después Guthred y los otros retornaron con el botín.

En esta ocasión, con una fiebre rabiosa, ella creyó que el moriría. Sus plegarias parecían en vano y ella se cuestionaba como Dios elegía infligir esto a alguien que abrazaba Sus mandamientos por completo. En sus momentos de lucidez, Caedwalla se quejaba de agudos dolores en sus articulaciones y, fatigado, cayó en una profunda depresión que amenazaba con socavar su deseo de vivir.

La enfermedad duró tres semanas, pero después de la Epifanía él se recuperó y una vez más comenzó a reconstruir su fuerza. Cynethryth notó con curiosidad la fe cada vez más profunda del Rey y Wilfrith con satisfacción. Parecía que el roce de Caedwalla con la muerte había tocado una fibra profunda en su ser. Su contacto diario con el obispo se prolongó y a principios de la primavera ellos viajaron juntos a Kent. En esta tierra, Caedwalla, angustiado por la devastación del reino que había ordenado, llevó al prelado a un lado.

"Qué puedo hacer para enmendarlo, Padre? ¿Cómo puedo arreglar esto?"

"Hijo mío, si estás dispuesto a ser generoso, tu legado será tal que generaciones rezaran por tu alma de ahora en adelante y hasta el final de los días."

"¿Cómo es eso? Guíame Padre."

"Pronto nos reuniremos con el Arzobispo Theodore de Tarsus en Cantwaraburh, que es quien gobierna sobre la Iglesia. Nos peleamos, me depuso y me expulsó, pero con tu ascendencia en el Sur y nuestra amistad cercana, ha llegado el momento de la reconciliación."

El juicio de Wilfrith resultó astuto. Un sacerdote condujo al obispo y al Rey ante la presencia de Theodore y Eorcenwald, obispo de Lundenwic. Theodore, parado alto y erguido para un hombre de ochenta y cinco años. Con su cabello blanco y su nariz larga, cortaba una digna figura mientras su piel oliva y sus ojos oscuros anunciaban su origen griego bizantino. Detrás de las corteses palabras de circunstancia, Caedwalla detectó animosidad hacia su compañero. Este sentimiento no se extendía a él mismo... de hecho, el arzobispo apretó su mano con calidez y presentó al otro hombre, un ex abad de ascendencia real. El rubio cabello rizado de Eorcenwald y su barba estaban teñidos de gris, pero el porte de un hombre más joven contradecía sus sesenta años.

"Yo creo que tú estás preparado para abrazar la verdadera Fe," remarcó el arzobispo.

"Estos diez años pasados, el Obispo," señaló a Eorcenwald, "convirtió a otro Rey, el noble Sebba del East Seaxe. Ahora," dirigió una sonrisa tensa a Wilfrith, "parece que igualarás su logro."

Wilfrith se inclinó, sin hacer comentarios, por lo contrario. En cambio, planteó el asunto subyacente a su visita.

"El Rey busca orientación porque desea manifestar su gratitud a Dios por los beneficios recibidos en actos de generosidad y piedad."

Los dos altos clérigos intercambiaron miradas, aunque ninguno habló. Al fin, el arzobispo, eligiendo sus palabras cuidadosamente, dijo, "Después de recientes...eeee... trastornos, la Iglesia en Kent es indigente. La necesidad de una abadía en Hoo es más urgente. El Abad Ecbald necesita una concesión de tierra," extendió las manos en signo de impotencia, "Y Dios sabe, no hay ni una moneda para construir las paredes..."

"En la diócesis de Wintanceastre," dijo el Obispo de Lundenwic, tomando ventaja del repentino silencio, "hay una gran necesidad de una casa religiosa cerca de Fearnhamme, si el espíritu moviera al Rey a conceder tierras allí, estoy más que dispuesto a redactar la carta."

"Este es un buen comienzo," sonrió Caedwalla, dirigiendo una mirada perspicaz al arzobispo, "dos casas de monjes habrá... siempre y cuando..." hizo una pausa para el efecto, suficiente para que Theodore moviera una mano impaciente, "...serán ofrecidas plegarias por mi alma en Mis en ambas abadías.

La pronta aceptación de estos términos llevó a los cuatro hombres a pasar los siguientes días en discusiones provechosas donde cada uno se beneficiaba. En privado, Wilfrith sugirió fortalecer los lazos enviando testigos del West Seaxe a la concesión de tierras del Rey del East Seaxe a la Abadesa Aethelburh en Berencingas. Caedwalla agregó territorio cercano dentro de su regalo, a la noble mujer, hermana del Obispo de Lundenwic. Como Wilfrith observó, este nuevo orden político y militar podía ser resistente a cualquier ataque futuro de Mercia. Para extender la influencia del West Seaxe al norte del Río Temese, el concedió tierra para una abadía en Badrices Teg en medio de las marismas.

Al regreso de su viaje a Selsea, un altamente satisfecho Wilfrith confió al Rey. "Theodore expresó el deseo que yo lo suceda en Cantwaraburh. ¡Mira como Dios sonríe sobre nuestro pacto!" Los ojos del prelado relucían con el brillo de la ambición. "¡Que se haga Su voluntad... que ambos, Rey y Arzobispo, ¡dominemos las almas del Sur!"

Parecía que los bien trazados planes de Wilfrith llegarían a buen término con la ayuda de la Divina Providencia, pero no fue así.

Una vez más Caedwalla cayó enfermo y como en las ocasiones previas, cada combate que duraba tres semanas, fue peor que el anterior. Se hizo evidente un patrón; la enfermedad reapareció cada cuatro meses dejándolo más débil y demacrado. La primera aparición de mechones grises en su cabello conmocionó a Cynethryth, porque su esposo no había cumplido aún los treinta años. Maldijo al hombre que había cortado el brazo de Caedwalla. En desobediencia de los preceptos cristianos, ella le deseo todos los tormentos de Job sobre él, sin saber que su propio padre era el objeto de su maldición.

Mientras el rey, con su rostro tan gris como la piel de lobo bajo la cual yacía, sorbía el caldo que Cynethryth mantenía en sus labios, Guthred rogó que lo admitieran urgentemente.

De pie incómodo junto a la cama, él dijo. "¡Lord, malas noticias! Los mercianos han tomado la tierra al norte del Temese."

"¡Por los dioses!" Caedwalla tiró el bowl de la mano de su esposa, lanzando lo que contenía sobre el suelo. El Rey, luchó por incorporarse sobre un codo.

"¡Fuera!" le gritó a Cynethryth, quien se agachó para recuperar el recipiente. "¡Déjanos!"

No acostumbrada a tal comportamiento de su amado esposo, ella vaciló, pero solo por un momento. La desobediencia no debía seguir a un severo disgusto, porque en su débil estado, podría dañarlo.

A solas, Caedwalla hizo que su ealdorman se sentara en el extremo de la cama. Si mano agarró el cobertor de piel de lobo hasta que sus nudillos se pusieron blancos.

"Los espías mercianos deben trabajar bien. Su maestro real está a salvo en el conocimiento que estoy aquí sin poder." Su agarre en la muñeca de Guthred se apretó con fuerza sorprendente para alguien tan demacrado, "Me estoy muriendo..."

"¡No, Lord! ¡No diga eso...!"

Los ojos del Rey destellaron. "¡Calla! ¡No me hagas gastar la poca fuerza que tengo en una discusión sin sentido! ¡Escúchame bien! Toma un caballo a Wintanceastre, busca a Ine, hijo de Cenred, mi primo segundo. Tengo una decisión, es joven, pero tiene el vigor para liderar al West

Seaxe en mi lugar." Caedwalla sacudió el brazo de su ealdorman, "Nadie debe escuchar de esto, ninguno ni Bealdred ni Cenred, los dos virreyes deben jurar lealtad a Ine, o todo mi trabajo está deshecho."

"Lord, la enfermedad te tiró abajo antes y..."

La rabia estalló en sus ojos febriles, pero el Rey liberó el agarre y se echó atrás en su cabecera.

"No sabes nada, amigo Guthred," le dijo en una cansada y frágil voz, "¡Vete y no le digas ni una palabra a tu esposa, para que la mía no se entere de esto!" Convocando al guerrero más cerca de él le dijo, "Antes de tu partida, envía un mensajero a Selsea, que me traiga al Obispo."

Caedwalla cerró sus ojos y dio un suspiro pesado. Con dolor, Guthred miró el rostro demacrado, su lord había envejecido veinte años en sólo seis meses. Abatido y apesadumbrado, se volvió para cumplir sus órdenes.

Luego de dos días, entró el Obispo Wilfrith, arrastrando a Cynethryth detrás de él. Impaciente, el intento de bramido de Caedwalla se parecía a un débil bramido. "¡Tú de nuevo, mujer! ¡Fuera!"

La mujer Wihtwara se mantuvo firme, y replicó fulminante, "Si estuvieras bien, esposo, golpearía con buenos modales..."

Los labios del Rey se curvaron, "¡Si yo estuviera bien, estarías golpeando en esta cama conmigo!" Mirando hacia el prelado dijo "¡Perdóneme, Padre! Esposa," suplicó, "tenemos asuntos graves que discutir; prepara comida para tu indigno lord."

Los labios de Cynethryth sacudió la cabeza y apartando la cortina, se dirigió a la cocina.

Caedwalla esperó para reunir sus pensamientos. "Siéntese, Padre, tengo mucho que decir y estoy débil." Todo lo que le había dicho a Guthred, lo repitió, finalizando, "Quiero abdicar e Ine es mi elección," Con la voz cansada agregó, "Su hermana Cuthburh está casada con el Rey Aldfrith de Northumbria..."

"¡Ha! Eres un hábil estudiante, ¡Te he enseñado bien!"

El Rey rio disimuladamente. "Los mercianos serán frustrados. Dejémosle mantener el tramo norte del Temese. Es un pantano en su mayor parte y el río forma una barrera natural..." Caedwalla cerró sus ojos, el esfuerzo de hablar fue demasiado.

Wilfrith se inclinó hacia adelante en su silla, "Te sobrecargas, hijo mío. Descansa ahora y mañana hablaremos nuevamente de la sabiduría de tu decisión y los beneficios que puede generar."

El Obispo, convencido de la inminente muerte de Caedwalla por las palabras del Rey y su apariencia, resolvió anticipar su bautismo. Esta idea agradó al inválido y seguramente se habría concluido de no ser por el extraño orden de la dolencia. Una vez más, Caedwalla se levantó de su cama de enfermo y la cambió por el vigorizante aire de primavera de Kingsham.

Cuando Ine llegó acompañado por Guthred y una fuerza bien armada a sus espaldas, el Rey le dio la bienvenida y ordenó que prepararan una fiesta. En la tarde, sacó un pesado anillo de su dedo y lo puso en la mano de Ine, declarando su abdicación y partida inmediatamente hacia la Abadía de Selsea.

Los virreyes juraron lealtad a Ine y Caedwalla cabalgó libre de las cargas del reinado con su dama, Rowena y Guthred hacia Selsea.

Por unos pocos días, su esposa y compañeros lo vieron poco ya que pasaba la mayoría del tiempo con el Obispo Wilfrith. Cuando él juzgó el momento apropiado hizo una asamblea cerrada para hacer una declaración.

"Cynethryth y yo," impartió, para asombro de su esposa, "abordaremos un barco y cruzaremos el mar hacia Roma, porque yo deseo obtener la purificación del bautismo en el santuario del apóstol. Como yo soy rey, nadie más que el guardián de las llaves del Cielo puede bautizarme. Guthred iras a Cerdicsford, para tomar tu señorío. Rowena, espera a Cynethryth allí."

"¿Solo a Cynethryth?" preguntó Rowena sorprendida.

"Ay, lady, porque no volveré de Roma."

19

AELFHERE

Mayo 688- Abril 689 AD

"¡Ewald! ¿Qué noticias de Lord Aelfhere?"

El saludo del paisano Wihtwara delataba la avidez por noticias de su antigua vida. "Nunca pensé en volver a verte en este mundo!"

"Bueno, no soy un fantasma," dijo Ewald, apartando su mirada del rostro excitado hacia el campo sembrado y luego hacia la empalizada que encerraba la Abadía de Selsea, para asegurarse que su presencia hubiera pasado desapercibida.

"Aelfhere ha hecho una granja a muchas leguas, por lo tanto, escondida en lo profundo de la tierra boscosa de Cantwara. En cuerpo, está bien pero su corazón, decidido a la venganza, se inquieta."

"¿Venganza? Dijo el labrador, arrojando la hoz usada para despejar las zarzas y las malas hierbas que invadían la zanja, con tono sospechoso: "Ay, él perdió si granja en Cerdicsford, bastante cierto, pero aquellos de nosotros que vinimos aquí con él no podemos quejarnos. El suelo se adapta al crecimiento y el Abad Eappa nos trata bien. Si uno de nosotros cae enfermo, los monjes tratan la dolencia..."

"¡Escucha con atención! Medwin, no vengo a perturbar las vidas asentadas, sino por noticias de Cynethryth y su esposo. ¿Conoces su paradero?"

Aliviado el campesino se rio, "¡Ay, seguro! ¿No escuchaste? ¡El país está ansioso por eso!"

Ewald gruñó, "¡No escuché nada, y no lo haré si no lo escupes!"

Otra carcajada y la pausa de quien tiene el poder de ocultar las noticias antes de captar el brillo en los ojos del guerrero y apresuradamente agregó, "Caedwalla se retiró."

"¿Se retiró? ¿Cómo es eso?"

El campesino se encogió de hombros, "Lo que ellos altos y poderosos elijan no tiene nada que ver con nosotros hasta que se trata de dar y tomar..."

Ewald apretó el puño. "¡No tienes sentido, hombre! ¡Fuera con eso antes que te golpee!"

"¡No necesitas usar ese tono!" refunfuñó Medwin, "Algunas gentes no tienen paciencia," y escupió en la zanja. "Caedwalla se levantó y se fue. Tenemos un nuevo Rey. Ellos dicen que es joven, pero con una cabeza vieja, pero sigue siendo uno de esa escoria del West Seaxe."

"¿Se fue? ¿Adonde? ¿Y Cynethryth?"

"Se fue con él, como no. Un hermano de nuestra abadía nos dijo que se fue a Roma a *firmar* ... algo o lo otro...como quiera que se llame... por sus pecados. De todos modos, nosotros tuvimos que amueblar su viaje, como si no trabajáramos con nuestras manos hasta el hueso tal como está." El labrador miró hacia las colinas en la distancia y continuó, "Ellos dicen que él tomó todas las ovejas de Downs. También tomó el vellón y todo el trigo de las estancias de arcilla del Weald, las monedas y el hierro y los monjes le dieron vino. Se levantó y se fue con la última luna, lo hizo, tomó una compañía de monjes, monjas y sacerdotes y las ovejas... ¿te dije que...?"

Rehusando la oferta insistente del Wihtwara de comida y bebida, Ewald, deseando que su visita pasara desapercibida, rogó a Medwin que guardara silencio, Cerca de Maegdan stane, cansado, entró en el recinto del porquerizo difunto y se dejó caer en una silla al otro lado de la mesa frente a su lord. La debilidad de la cerveza no le molestó mientras apagaba la sed de su viaje de seis días.

Mientras Ewald bebía, Aelfhere estudiaba la cara del único hombre con el que contaba como amigo. Empujando hacia atrás su silla, cruzó la pequeña habitación para ir a buscar pan y mantequilla recién batida, trayéndolos en un plato de madera. Aunque anhelaba escuchar sus noticias, Aelfhere no dijo nada, reconociendo que el silencio era la mejor forma de mostrar gratitud por la fatiga que él había causado a su fiador. Después de todo, lo había enviado varias leguas a pie.

Ewald comió con ganas, pero se detuvo. "¿Recuerdas a Medwin, Lord?"

"El tipo de las piernas torcidas? Ay, un duro trabajador, ¿qué hay de él?

"Lo encontré limpiando una zanja y me dijo que Caedwalla renunció."

Aelfhere, apoyándose en la mesa, miró al guerrero. Pasó un tiempo antes de que hablara.

"¿Abdicó? ¿Por qué haría esto?

"Parece que tomó un barco hacia las tumbas de los Apóstoles..."

"¡Roma!"

El ealdorman cerró un puño y maldijo.

"Medwin dijo que llevó a Cynethryth con él, Lord."

Ewald apretó su vaso de cerveza cuando el puño volvió a caer e hizo una mueca cuando el lord saltó y su pesado asiento de madera se estrelló en el suelo.

"¡Yo voy a asesinarlo así tenga que seguirlo hasta el fin del mundo!"

"¡Déjelos ser, Lord!" Ewald mantenía su voz respetuosamente, "nosotros podemos encontrar mujeres para desposar, hacer hijos y tener una buena granja aquí. Como usted dice, Roma es el otro lado..."

"¡Tú eres joven, para hacer *tu* hogar aquí! Yo parto a la tierra de los Haestingas al amanecer."

Aelfhere cayó en su jergón, puso una manta sobre su cabeza y pronto sus ronquidos revelaron a su siervo insomne que, a diferencia de él, no tenía dudas de atormentarlo hasta que se despertara. Maldiciendo al ealdorman como a un viejo loco, Ewald aceptó que no lo abandonaría. En cambio, juró usar el largo viaje a Roma para disuadir al vengativo padre de quitarle la vida a su hija.

"Cuando nos dirijamos al sur hacia la costa," dijo Aelfhere, la siguiente mañana, "necesitamos encontrar el promontorio de White Rock. A sotavento hay un puerto de donde parten los comerciantes a las tierras de los francos. Podemos comprar pasajes y saber cómo llegar a Roma."

Llevaron a los pocos animales de un año que habían criado a la cabaña del campesino más cercano que bendijo a los dioses por su buena fortuna. De él aceptaron una magra provisión de queso y carne seca para sustento en su viaje hacia la costa.

En el muelle a la sombra del acantilado blanco, Aelfhere, buscando pasaje, hablaba con un pescador que clasificaba su captura. Después de unos intercambios corteses, el hombre se enderezó, "¿Wihtwara por el acento?"

"Ay"

"¡Raro como un diente de berberecho serás!"

Aelfhere miró fijamente el rostro curtido por la intemperie. "¿Cómo es eso?"

"Ayer hablé con uno de tu clase en Selsea. Ellos huyeron de la isla. Bare salió y les salvó el pellejo, ¡lo hicieron! ¡Todos muertos, esa pobre gente!"

La sangre se fue del rostro del ealdorman y agarró el brazo del pescador. "¿Quién hizo eso?"

"Los Seaxe del oeste... ¡dicen que los lidera el Hijo de Woden!"

La venganza devoraba su alma, la resolución de llegar a Roma de Aelfhere se redobló.

Las monedas de plata facilitaron la búsqueda de un propietario de barco dispuesto a cruzar el Canal, especialmente dadas las condiciones favorables de calma. Completado el viaje sin incidentes, la solidez del muelle de madera en el bullicioso puerto de Quentovic fue una cuestión de indiferencia para los isleños. Acostumbrados al movimiento de las olas, ellos sonrieron a la vista de una banda de peregrinas sajonas mareadas. Riendo, Aelfhere codeó a su compañero. ¡No estoy acostumbrado a navegar! ¡También está en calma! ¿Quién piensas que está a cargo?"

"Una forma de averiguarlo," dijo Ewald, acercándose a los viajeros.

El ealdorman vio como un hombre señalaba a una figura envuelta en una capa negra, capucha gris colocada sobre su cabeza, dejando su cara completamente escondida. Ellos intercambiaron palabras antes que Ewald regresara.

"Su líder es un abad," le dijo a Aelfhere, "se conoce con el nombre de Aldhelm. Son monjes y monjas en su mayor parte, en peregrinación."

"¡cristianos!" Aelfhere escupió en el muelle.

"¡Tenía que ser!... en su viaje para visitar al Papa. Será mejor que ganemos el pasaje, vamos."

Se acercó a tocar al monje de la capucha gris en el hombro. El abad desenmascaró su rostro para revelar un semblante contundente iluminado por unos inquisidores ojos marrones. El ealdorman juzgó que él habría visto cincuenta veranos.

"Nuestro destino es Roma y estamos dispuestos a pagar si tienen dos literas... aunque no somos cristianos," advirtió Aelfhere.

El monje se iluminó, su bello rostro perdió años, "Nosotros tenemos santos y mártires que no eran cristianos hasta que el Espíritu Santo tocó sus corazones." Él miró a los dos hombres, "Nuestra partida cuenta con cinco guerreros, así que dos tipos robustos como ustedes son bienvenidos." La astuta mirada se clavó en el isleño, "¿Por qué ir a la Ciudad Santa si no comparten nuestra fe?"

"A buscar a mi hija," Aelfhere respondió con asesinato en su corazón y se sorprendió al ver al abad tensarse y fruncir el ceño.

¿Habré traicionado mis pensamientos? ¿Cómo?

El momento pasó y antes de estrechar sus manos, el Wihtwara pagó una contribución para el pasaje tan lejos, dijo el monje, como la boca del Río Rhone cerca del Mediterráneo. Los nombres no significaban nada para él.

Con el viento favorable, la embarcación de vela cuadrada cortó bien la corriente.

A media tarde, el abad se acercó a Aelfhere y se apoyó en la borda a su lado con un gesto amistoso.

"Este canal es el Canche, algunos dicen que este nombre es de los Cantwara que van en peregrinación en masa. Pronto, dejaremos el barco y los guías nos llevarán a un bosque donde caminaremos por el campo hasta el otro río."

Esa noche ellos durmieron bajo los árboles en un recinto seguro, su empalizada los protegía contra las bestias salvajes que aullaban y gruñían.

No había amanecido aun, Aelfhere un madrugador encontró a Aldhelm sentado cerca de uno de los fuegos que él había reavivado. A la luz de las llamas, se esforzaba por leer un pergamino del que sus ojos se apartaron hacia la copa de los árboles hasta una estrella solitaria en el cielo iluminado.

Curioso, se acercó el ealdorman. "Se levanta antes que la alondra, monje," le dijo en una voz baja, no deseando despertar a los otros. "¿Lo molesto?"

"¡Lo suficientemente bien como para parar mi mente de ceder!"

"¿Qué es lo que hace?"

"Trato de hacer," corrigió el abad, con una sonrisa gentil. "Estoy leyendo, pero la métrica no es la correcta."

'Métrica' no significaba nada para Aelfhere, pero él amaba una rima burlona. "¿Es este el rompecabezas en su mano? ¿Lo leerá?"

Aldhelm giró la vitela hacia la luz parpadeante y recitó la primera línea,

"Nitorem ante lucem semper fero..." comenzó.

El ealdorman gruñó molesto, "No conozco el lenguaje de los cristianos. Dilo en nuestra lengua."

"Es crudo en latín," el abad se rió entre dientes, "así que n o encajará en sajón, pero si tu deseas... por lo que vale, es duro, mente," él repitió antes de leer:

'Siempre traigo brillo antes de la luz
del día
Espléndida, firma de la luz del sol que
despierta,
Desviado, me vuelvo bajo en los cielos
En Oriente, donde mi resplandor compite

Con el lejano Bizancio con primeros destellos
Mientras los durmientes yacen en dulces sueños;
Oyente, te conviene proclamar el tiempo
Para todos y cada uno, ¿cuál es mi nombre?'

El monje sacudió su cabeza en frustración, "se necesita trabajar en esto, pero es mejor en latín."

"Recítelo de nuevo," dijo Aelfhere. "¡Podría tener un indicio!"

El abad accedió, pero cuando terminó su atención se dirigió a los cielos nuevamente, el isleño miró en la misma dirección hacia la brillante estrella.

"¡Tendrás que esforzarte más que eso, amigo!" Aelfhere se rio entre dientes, "¡Mira hacia el este! Amanece y la respuesta es la *Estrella de la Mañana*," apuntó sobre los árboles.

"¡Ha-ha! Me has superado en esta ocasión, pero ten cuidado, tengo más de cien rimas. Mejoran el latín de las novicias y el viaje es todavía largo para poner a prueba tu astucia. ¡Ven a sentarte y a hablar!"

Surgió una extraña compañía entre los dos hombres, a pesar del malestar que el abad provocó en el ealdorman. Persistía la sensación de le leyera sus pensamientos más íntimos. A pesar de todo, la fuerza de la personalidad de Aldhelm lo atraían a buscar su compañía. El monje hablaba del amor de su Dios y la belleza de la Creación. Imperturbable, Aelfhere contrarrestaba con historia del Woden, Thunor y otros dioses, pero el intangible poder de la doctrina del amor y el sacrificio comenzaban a violar las certezas del isleño. No obstante, no logró vencer el escudo que el ealdorman había erigido alrededor de su corazón. Detrás de su protección se ocultaba el guerrero oscuro de la venganza, espada en mano, listo para golpear.

El reluciente Marne los llevó río arriba más allá de Catalanus, desde donde marcharon por tierra hasta el Saona para tomar una barcaza de fondo plano a lo largo del río y de allí al Ródano más amplio. El curso de agua fangoso que fluye rápido puso a prueba las habilidades de la tripulación con sus bancos de arena cambiantes, más que nada donde se estrechaba. En aquella ocasión, el Wihtwara manejó postes y remos para ayudar a avanzar en medio de las corrientes impredecibles. Estos peligros hacían imposible navegar de noche, así que los marineros amarraban el barco durante las horas de oscuridad. Esto significó que pasaron seis semanas desde que dejaron Quentovic hasta remar en el delta costero y desembarcar en Fos donde cesó todo el tráfico fluvial.

Aelfhere olió Marseilles antes de avistar sus enormes paredes defensivas. El sol caliente de mediados de Junio aumentaba el hedor de las calles estrechas, mezclando el olor del pescado con el aroma de las especies importadas. El gobernador de este imperio del Mediterráneo Occidental gobernaba el mercado de Francia con puño de acero, Aelfhere y Ewald se quedaron boquiabiertos con la cantidad y el orden de las embarcaciones amarradas una al lado de la otra en el puerto. El *cellaria fisci* los enormes almacenes reales devoraban ánforas de aceite y grano y bienes de todo tipo...papiros, especies, pieles, platos de plata y esclavos pasaron ante sus ojos desconcertados.

"¡Ven!" Aldhelm tiró del brazo de Aelfhere, "loso guías nos llaman. Date prisa hacia el barco. Seguiremos la costa hasta el puerto de Ostia."

"Debemos pagar," dijo el ealdorman.

"Ay, ¡a bordo, ven!"

Un viento favorable desde el valle del Rhone los llevó al mar de Liguria, pero cuando cambiaron el curso hacia el sur, la fuerte brisa y la corriente obligaron al capitán a virar o usar los remos.

Al final, ellos amarraron en la otrora noble Ostia donde la gente vivía, en su mayor parte, en chozas entre las ruinas antiguas. Los viajeros se sintieron aliviados al dejar atrás la miseria y se dirigieron tierra adentro las seis leguas hasta Roma.

El muro perimetral de enormes bloques de piedra revestidos de ladrillo rojo se extendía por once millas ininterrumpidas alrededor de la ciudad. Ellos entraron entre las torres redondas gemelas de la Porta Ostiense.

"Nosotros estaremos en la Abadía de St. Vincent en el Borgo," dijo Aldhelm, "Estoy seguro que ahí habrá habitaciones para dos más si quieren unirse a nosotros."

Aelfhere miró alrededor las calles llenas de gente en las innumerables iglesias y las extrañas figuras religiosas entrando y saliendo de sus puertas.

"Le agradezco," dijo él, "Nunca pensé tener un amigo cristiano, un monje, un comienzo. ¡Pero para dormir en una abadía es un paso demasiado lejos! Encontraremos una posada..." vaciló porque tenía una idea, "...la encontraremos cerca de su alojamiento,"

Más tarde, cuando él y Ewald se instalaron en su habitación, él explicó.

"Si los viajeros de nuestra patria vienen a

esta parte de la ciudad, hay una oportunidad que el lascivo y su consorte estén escondidos por aquí. ¡Una taberna es un lugar común para comenzar nuestra búsqueda!"

Consultas discretas y generosas ofertas de vino en las posadas no consiguieron la respuesta que buscaba. Nadie reconocía las descripciones que el ealdorman daba de su hija y Caedwalla. Tampoco la exploración por el Borgo produjo resultados en los días siguientes, pero por casualidad se encontraron con Aldhelm.

"Ah, Ealdorman," dijo él, "Tenía esperanza de cruzarme contigo antes de mañana. Ven conmigo, hay un tema que te interesa... ¡pero no diré más! Confía en mí, ¿qué dices?"

El monje sonrió agradablemente y Aelfhere se encontró accediendo a una reunión la mañana siguiente fuera de la abadía.

Cuando él se había ido, el ealdorman perplejo se volvió a Ewald y preguntó. "¿Cómo es que este tipo me hace hacer su voluntad?"

Al día siguiente Aelfhere en compañía del abad, dos monjes y Ewald pisaron los monumentales adoquines de la Vía Apia. A su derecha notó que la gente convergía en una entrada que conducía al subterráneo.

"¿Vamos allí?" preguntó él.

En respuesta. Aldhelm tomó su brazo y lo

condujo detrás de los que avanzaban arrastrando los pies hacia el agujero en la roca. Ellos siguieron la pendiente empinada descendente y pronto, los ojos del ealdorman se acostumbraron a la oscuridad. Sobresaltado, se rozó con las paredes con incrustaciones de nichos sepulcrales.

"Esto se siente como si me llevara al reino de Hel. Monje, ¿o me equivoco?"

A la luz parpadeante de las lámparas de aceite humeante, el semblante ensombrecido de Aldhelm adquirió un aspecto diabólico.

"Por el contrario, mi amigo, este es un lugar sagrado de santos y mártires y estamos yendo a donde yacen los restos mortales de nueve papas, enterrados hace muchas vidas. Pero, aún más, y estaremos en presencia viviente del Papa Sergius... el Santo Padre que celebrará misa aquí en estas catacumbas, un privilegio concedido a unos pocos."

Aelfhere no contestó. Su cabeza le daba vueltas. Él, un no creyente, se había dejado conducir como una dócil cabra ante el maestro de la religión que él odiaba. No tenía sentido: ¡el abad tenía los poderes de un hechicero! Resignado y caminando, recorrió con la mirada las repetidas imágenes pintadas o esculpidas en las paredes; una paloma con una rama en su pico, peces, anclas o pájaros extraños entre las llamas.

Ellos llegaron a una cripta angosta con un alto techo en arco de ladrillo rojo. Más alto que la mayoría de la congregación, Aelfhere miraba por arriba a un hombre parado delante de un altar. Con su espalda hacia la gente, usaba en su cabeza una mitra blanca, tela de oro en su base, con forma de yelmo de guerrero.

La asamblea cayó en un profundo silencio cuando el Papa comenzó a hablar en una lengua que el ealdorman no entendía. Su cantico evocaba respuestas cortas de los participantes en la misma lengua. Asombrado, los pelos de los brazos de Aelfhere se erizaron mientras por el rabillo del ojo, observaba como Ewald se pasaba una mano temblorosa por la frente.

Sergius se dio vuelta e hizo la señal de la cruz, sin más cánticos se dirigió a la gente de nuevo, en latín. El Papa de piel morena y barba oscura se estaba comunicando con sus seguidores, adivinó el ealdorman.

Luego, agradecido de estar afuera al aire libre, Aelfhere se volvió a Aldhelm, "¿Cuál fue la instrucción que tu sacerdote dio a la reunión?"

"¿Instrucción? ¡Ah, el sermón! El Santo Padre nos dio una lección de las escrituras...nuestras sagradas escrituras."

"¿Y qué dijo?"

"Él nos habló del Evangelio de San Mateo."

Aldhelm lo cito de memoria, "*¿Qué hombre hay entre ustedes que si su hijo le pide pan le dará una piedra?... si ustedes siendo malos, saben dar buenos regalos a sus hijos, ¿cuánto más su Padre... dará cosas buenas a los que le piden?*" El abad sonrió al ealdorman. "Aquellas eran las palabras de Cristo."

Ewald se adelantó, agarrando a Aelfhere por el brazo y le susurró, "El mismo mensaje que te dio el hechicero: ¡no debes desafiar la voluntad de los dioses!

20

CYNETHRYTH Y AELFHERE

Roma, Abril 689 AD

El Papa Sergius se inclinó hacia adelante en su trono, pasando su mirada sobre Cynethryth para fijarla en Caedwalla parado a su lado.

"He escuchado," dijo él, hablándole en un tono uniforme, "que serías aceptado en la Fe."

"Santo Padre, he derrotado a muchos enemigos y derramado mucha sangre, mi pasado, no puedo cambiarlo, pero he viajado por tierras extranjeras para implorar el bautismo de tus manos."

"No hay un tratamiento especial para reyes. Todos son iguales delante de Dios, los ricos, los pobres, el maestro y el esclavo. El Obispo Wilfrith escribió que estás dispuesto a estar parado descalzo humilde entre otros."

"Es así."

El semblante del Papa se suavizó. "El *festum festorum* se aproxima y con esto, el solemne bautismo de la Víspera de Pascua. A partir de hoy, observe la continencia y no coma alimentos durante cuarenta horas antes de la fiesta de Pascua. Ve, y ponte las túnicas blancas de los electi y no puedes quitártelas hasta el Domingo Bajo."

"Antes que pierda las vestiduras blancas, la muerte me llevará," dijo Caedwalla, con voz queda.

Cynethryth miró, con sus ojos llenos de lágrimas y puso una mano sobre su vientre hinchado.

Después de la audiencia con el Papa, afuera del Palacio Apostólico del Lateran, ella lo agarró del brazo. "¿Por qué dijiste que morirás? ¡Eso no es así!"

Caedwalla se detuvo y giró para enfrentarla. "Porque, esposa, es la verdad, la

enfermedad supura dentro mío, estoy débil y cansado." Él cayó sobre una rodilla, rodeando sus muslos, atrayéndola hacia él, besando la leve hinchazón de su vientre, "Piensa en el pequeño guerrero en tu vientre; críalo para que sea un mejor hombre que su padre cuyos pecados por cuenta y naturaleza pueden llevarlo al infierno para siempre."

Cuando él se levantó, el gris que dibujaba su rostro le roía el corazón.

"¡No es así, esposo! Has fundado abadías en Kent y en tu camino a Roma donaste dinero para la fundación de la iglesia en Samer." Ella sonreía. "Aquí en la ciudad tu das a los mendigos en la calle y ¿no te enseñó el Obispo Wilfrith las palabras de Cristo? *'En verdad os digo, en la medida que hagas esto por uno de mis hermanos más pequeños, lo hiciste por mí'* ¡Ten fe! El bautismo limpiará tus pecados, pero te lo ruego, ¡no más charlas así! ¡Derrota la enfermedad como barrías a tus enemigos!"

Siete días después, el brillo de lámparas y velas. La Noche Angélica en Roma brillaba con brillo de día donde antorchas encendidas fuera de las casas, en las calles y esquinas resplandecían con la simbólica luz del Cristo Resucitado. El ambiente alegre de la multitud anticipaba la fiesta del día siguiente. Voces alzadas y risas contrastaban con el silencio y el dolor del día anterior cuando el fervor de la Pasión traspasaba los corazones de los fieles con espinas.

Arrastrado y empujado con Cynethryth del brazo, Caedwalla vio a otros vestidos como él con túnicas blancas, su número aumentaba a medida que se acercaban al baptisterio cercano a la basílica.

Dentro del edificio y al abrigo del frenético bullicio de ciudadanos apresurados, Cynethryth lanzó una mirada ansiosa a su marido. El sufrimiento había grabado líneas profundas alrededor de su boca: el esqueleto del guerrero musculoso cuya presencia no hace mucho exudaba amenaza. Por primera vez, in este lugar sagrado, ella reconoció lo inevitable y cerro sus ojos llorosos, rogando por su redención.

Un hombre joven con atuendo sacerdotal la llevó a sentarse en medio de la congregación que rodeaba la fuente bautismal. Ella juzgó que la piscina octogonal hundida se extendía nueve metros. Cientos de *competentes,* hombres y mujeres de todas las edades, vestidos de blanco, parados descalzos en pieles de cabra. Con dificultad, Cynethryth localizó a su esposo entre ellos y, le tembló el corazón, identificó a la figura del Papa detrás de él, con la cabeza descubierta, como los otros sacerdotes.

Una sucesión de eventos, familiar para ellas por su propio bautismo, paso en una neblina, que se hizo más turbia por un tumulto de emociones conflictivas. La cruda realidad de la pérdida inminente, la nueva vida que llevaba dentro de ella, el pensamiento de la eternidad de Caedwalla, la alegría por su salvación y el miedo de un futuro incierto mezclada con los sentimientos evocados por los rituales y los pronunciamientos en latín. *'Ergo, maledicte diabole'*, ella escuchó como el Papa y los otros clérigos, en el rito de exorcismo, imponía las manos sobre el converso; el canto del Salmo 139, *'Erue me Domine ab homine malo a viris iniquis serva me'*...'Líbrame, O Señor del demonio; rescátame del injusto'; la recepción del credo y el estandarte de la cruz para protección contra el *'diabólico adversario'*; la renunciación al demonio, sus pompas y sus ángeles y la inscripción como un *'soldado de Cristo'*.

Cynethryth suspiró, juntando sus manos como el Papa, en medio de todos los otros participantes, entró en la fuente hundiéndose hasta la cintura, sumergió a Caedwalla tres veces bajo el agua. El Papa Sergius enunció las palabras rituales del Bautismo.

Los días siguientes, como Cynethryth esperaba no haber conocido nunca estuvieron marcados por el flujo y reflujo de doctores, enfermeros y sacerdotes. Delirante y consumido por la fiebre, Caedwalla ya no la reconocía y el sangrado y las pociones resultaban inútiles a medida que se debilitaba y empalidecía más. Ella entendió el considerable esfuerzo que él había hecho para conseguir el bautismo y una vez obtenido, renunció a todas las armas que había blandido para protegerse del enemigo invisible. En cambio, había depositado su confianza en su iniciación a la paz y al amor sacrificado.

Siete días después de su inmersión, aun en sus ropas bautismales y cerca de treintavo verano, Caedwalla dio su último aliento. Perturbada, Cynethryth, era incapaz de compartir una despedida final con el hombre que amaba, se dejó escoltar a la presencia del Santo Padre.

Sergius, en la compañía del Arzobispo de Milán, miró con compasión ante el rostro manchado de lágrimas de la joven viuda.

"No estés triste, Lady," dijo él, "Tu marido murió en la gracia de Dios y está en la bienaventuranza del seno de Nuestro Salvador. Consuélate con la nueva vida que el Padre te ha regalado. Cría a tu hijo en la rectitud para que cuando el Todopoderoso lo llame, se reúnan los tres en el Paraíso."

El Papa, en su sabiduría, encontró la oportunidad de la muerte de Caedwalla para glorificar la Iglesia. Con la mano extendida señaló al prelado a su lado.

"Este es mi hermano en Cristo, Crispus, Arzobispo de Milán," le dijo a Cynethryth, "el Todopoderoso elevó alto a tu esposo y él sirve al

Padre bien. Con tu consentimiento, hija mía, erigiremos una magnífica tumba digna de él en la basílica de St Peter, cuyo nombre eligió al ser bautizado. Mi venerable hermano creará su epitafio:"

Con los ojos enrojecidos, Cynethryth miró al Pontífice, suspiró y dijo, "Santo Padre, debo dejar a mi esposo aquí, porque no podré llevarlo a la isla para mi alumbramiento. No se cómo emprender el viaje a casa," sus lágrimas brotaron una vez más.

El Papa alcanzó una campana de plata, un secretario entro a la cámara y se inclinó.

"Acompaña a nuestra Lady Cynethryth a la Abadía de St Vincent. Encuentra al Abad Aldhelm y dale instrucciones que incluya a la dama entre aquellos que deben regresar a su tierra natal. Seguramente ella tiene suficientes monedas para el viaje."

Sergius se levantó, bendijo a Cynethryth y le deseo buena suerte: la audiencia había terminado.

Aturdida, Cynethryth siguió al joven sacerdote por las calles llenas de gente de Roma, pasando por el antiguo templo del Pantheon y sobre un puente cruzando un río. ellos en el Borgo por la orilla opuesta. Ocupada con su dolor y ajena a su entorno, la viuda caminaba detrás de su guía en silencio. Con la cabeza gacha.

Aelfhere, pasando la Abadía de St Vincent, reconoció el cabello rojo dorado de su hija aún antes que ella lo viera. Con intenciones letales, desenvainó su espada y empujó al sacerdote indefenso en los brazos de Ewald quien, consternado, vio a Cynethryth jadear y llevarse una mano a la boca.

"¡Padre! ¿Aquí?"" ¡Víbora!" el ealdorman escupió la palabra. "¿Bajo qué roca se desliza tu marido?" El rostro deformado por la rabia, él se aproximó a su hija, poniendo la hoja bajo su mentón, "Llévame con él de lo contrario terminaré con tu vida donde estás parada."

Las lágrimas cayeron por las mejillas de Cynethryth, ¿Qué otras emociones debían desgarrar su corazón ese día?

"Caedwalla ha muerto," las palabras salieron ahogadas de su garganta, pero Aelfhere, aunque entendía, no deseaba creerlas.

"¿Muerto?" dijo él, "¡mientes serpiente!"

"Es verdad, ¡en el nombre de Cristo!" exclamó el sacerdote, "él murió la pasada hora."

"¿Cómo es eso?" retrajo el arma.

Muy triste, Cynethryth miró a su padre, "Él nunca se recuperó de una herida que le hicieron en la batalla en Wiht," ella sollozó, "la hoja envenenó su sangre."

"Mi hoja," Aelfhere susurró, sin ser escuchado por aquellos que estaban alrededor. En efecto, él había asesinado a su enemigo. ¡Fue su venganza! Él estudiaba a la mujer delante de él. "¡Entonces, estás sola!" gruñó, con furia en su voz. "¡Debes desear unirte a tu esposo en la Tierra de Hel! Y yo te obligaré."

Amenazante, levantó la espada con el pomo de lobo.

"¡No, Lord, ¡se lo ruego!" grito Ewald, "¡No su única hija!"

"¡Mátame!" siseó Cynethryth, "y conmigo destruirás a tu nieto."

"¿Embarazada?" Aelfhere bajo la espada, los ojos se posaron en la pequeña pero notoria redondez de su vientre. Confundido, puso el arma en su cinturón. Él cerro sus ojos y vio la cara de Caedwalla, atrás en la batalla, se desvaneció en el sacerdote de Ingui evitando la venganza y luego se trasformó en Sergius el Papa, predicando el discurso de Cristo sobre *...los buenos dones...* para el hijo. Por último, la imagen más clara de todas la de una niña de cabello rojo dorado de diez años que arrastra a su amigo que se estaba ahogando a la seguridad de la playa. Lloroso, Aelfhere, abrumado por la ternura, dio un paso adelante y mantuvo apretada a Cynethryth.

'No te dejes guiar por la venganza sino todo lo contrario...para superar.'...

Como un herrero suelda dos metales y los convierte en una hoja, Aelfhere fusionó las palabras del hechicero con las de Cristo. La vida dentro del útero de su hija prometía un nuevo comienzo, pero ¿por dónde empezar?

Cynethryth susurró en su oído: "Padre, debemos ir a Cerdicsford, nuestras vidas han cambiado para siempre, pero..." ella citó lo que el Obispo Wilfrith le había enseñado: *'si cualquiera está en Cristo, es una nueva creación. Lo viejo ha muerto, he aquí que lo nuevo ha llegado'*".

"Ay," murmuró Aelfhere, "¡me he hartado del viejo mundo y los dioses sanguinarios! Hija, abracemos la primavera."

APÉNDICE

El epitafio en la tumba de Caedwalla escrito por Crispus, Arzobispo de Milán dice:

"Ato estadista, de gran riqueza, con descendencia, un reino poderoso, triunfos, botines, caciques, fortalezas, el campamento fue su hogar; cualquiera sea el valor de sus padres, todo lo ganó el mismo, Caedwalla, fuerte en la guerra dejó todo por amor a Dios, para que como rey peregrino pudiera completar el trono de Pedro y como Pedro recibir las aguas puras de la fuente de vida, y en tragos brillantes bebía el brillante resplandor de la gloria vivificante que fluye a través del mundo. Y aun cuando ganó con alma ansiosa el premio de una nueva vida, dejó a un lado la rabia bárbara y cambiando de corazón, cambió su nombre con alegría. Sergius el Papa le pidió que se llamara Pedro, él mismo su padre, cuando se levantó renacido de la nueva fuente, y la gracia de Cristo, purificándolo, lo llevó inmediatamente vestido con las ropas blancas a las alturas del Cielo. ¡Maravillosa la fe del rey, pero grandiosa la misericordia de Cristo en cuyos consejos nadie puede entrar! Porque llegó seguro desde los confines de la tierra, incluso desde Bretaña, a través de muchas naciones, sobre muchos mares, por muchos senderos, y vio la ciudad de Romulus y reverenció el santuario de Peter, portador de dones místicos. Caminará de blanco entre las ovejas de Cristo en comunión con ellas, su cuerpo está en la tumba, pero su alma está en lo alto. Se podría decir que cambió un cetro terrenal por uno celestial, a quien ves alcanzar el reinado de Cristo."

"Aquí fue enterrado Caedwalla, también llamado Peter rey de los sajones, el vigésimo día de Abril, en la segunda acusación, aproximadamente treinta años de esas, en el reinado de nuestro piadoso señor, el emperador Justiniano, en el cuarto año de su consulado, en el segundo año del pontificado de nuestro señor apostólico, Papa Sergius."

NOTAS HISTÓRICAS

Si bien se sabe que la esposa de Caedwalla se llamaba Cynethryth, los historiadores no saben nada de sus orígenes. Para el propósito de mi novela, y con una considerable licencia literaria, elegí hacerla nacer en la Isla de Wight, Aelfhere es una creación mía.

Respecto a la isla y a la masacre a la que se refiere el venerable Bede [4, 16]...también tomó la isla de Wight...y mediante una cruel matanza se propuso destruir a todos los habitantes de la misma, y colocar en su lugar a la gente de su provincia...' puede ser interpretado de distintas formas. ¿Bede habría estado pensando en las maneras guerreras típicas de la clase guerrera en la Edad Oscura Cristiano? En cuyo caso la masacre no habría involucrado a granjeros, ancianos, mujeres y niños como en 'El destino del Lobo', Bede también se refiere a los dos príncipes '[...] conducidos a un lugar llamado at the Stone donde pensaban permanecer ocultos del rey victorioso, pero fueron traicionados y se ordenó que los mataran. Esto lo dio a conocer cierto abad y sacerdote, cuto nombre fue Cynebert, quien tenía un monasterio no muy lejos de allí en un lugar llamado Reodford que es el Vado de Reeds, él acudió al rey que yacía en privado en esas partes para que lo curara de las heridas que había recibido mientras luchaba en la isla de Wight y le suplicó que si los muchachos inevitablemente tenían que morir, se le permitiera primero introducirlos en los misterios de la fe, [...] 'Ahora habiendo restaurado la dignidad al difamado (por mi) Cynebert quien no era un ermitaño andrajoso, habría que añadir que normalmente se necesitarían más de los cuatro meses que concedí para la instrucción en los misterios de la fe.

La Crónica Anglo-Sajona señala en 685 que Caedwalla 'comenzó a luchar por el reino' y señala que Caedwalla era el hijo del Rey Cenberht quien murió en 661 después de conceder la autoridad real a Cenwealh. Puede ser que Caedwalla se sintiera decepcionado por no ser confirmado por Cenwealh en la posición de su padre, lo que lo llevó a disputar la realeza con su hermano Centwine. No se puede excluir que Centwine fue forzado a entrar a un monasterio después de esta lucha y que no se retiró voluntariamente.

La relación entre el cristiano Wilfrith (aka Wilfrid) y el pagano Caedwalla ha sido también sujeto de mucha especulación. Se habla muy bien de Caedwalla en la Vida del Obispo Wilfrid de Stephen (Capítulo 42), señalando que Caedwalla buscó a Wilfrid y que Wilfrid lo apoyó en el exilio. Esta oscura relación pagano-cristiana comienza a aclararse cuando se lee que Wilfrid fue tratado malamente en la corte de Caedwalla rival de Centwine, como se señala en la Crónica en 676.

Vede también menciona la concesión de un cuarto de Wight a la Iglesia bajo Wilfrith. Que esta parte debe haber sido el área de Cerdicsford es atribuible a mi imaginación.

La curiosa naturaleza de la enfermedad de Caedwalla me intrigó porque mientras la documentación nos dice que enfermó por sus heridas, esto no explica cómo pudo conducir los eventos en los últimos años de su vida. Parece que la enfermedad era recurrente. Esto me hizo pensar en la brucelosis humana que se manifiesta con los mismos síntomas descriptos en la novela.

No hay evidencia que Caedwalla conociera

a Ine en persona para consignarle a él su reino. Finalmente, el Papa Sergius frecuentemente decía misa en las catacumbas par sentirse espiritualmente cerca de los Padres de la Iglesia, cuando Caedwalla murió el Papa ordenó que fuera enterrado en St Peter, y un epitafio laudatorio se inscribió en su tumba. Cuando la nueva Basílica fue erigida, las reliquias de Caedwalla fueron trasladadas a la Cripta. Él es reconocido como el santo patrono de los asesinos seriales (reformados) y su fiesta es el 20 Abril.

Queridos lectores,

Esperamos que hayan disfrutado la lectura de *El destino del Lobo*. Por favor tómense un momento para dejar una reseña, aunque sea leve. Su opinión es importante para nosotros.

Descubra más libros de John Broughton en

http://www.nextchater,pun/authors/john-broughton

Atentamente

John Broughton y el Equipo de Next Chapter

ACERCA DEL AUTOR

Si usted quiere encontrar algo más sobre el autor, por favor visite su página de Facebook en www.facebook.com/caedwalla/ o en su blog en www.-saxonquill.com

Usted puede también estar interesado en chequear su primera novela, también publicada por Endeavour Press, *The Purple Thread,* que trata de las (des) aventuras de Begiloc, un guerrero británico forzado a llevar misioneros sajones a Thuringia en el siglo VIII.

CPSIA information can be obtained
at www.ICGtesting.com
Printed in the USA
LVHW030215070121
675758LV00009B/185

9 781034 167266